知·趣

見微知著

红楼梦文本探

石问之 著

浙江古籍出版社

图书在版编目(CIP)数据

见微知著:红楼梦文本探 / 石问之著. -- 杭州:浙江古籍出版社,2024.6
(知·趣丛书)
ISBN 978-7-5540-2988-6

Ⅰ.①见… Ⅱ.①石… Ⅲ.①《红楼梦》研究 Ⅳ.①I207.411

中国国家版本馆CIP数据核字(2024)第109727号

见微知著:红楼梦文本探

石问之 著

出版发行	浙江古籍出版社 (杭州市环城北路177号 电话:0571-85068292)
网 址	https://zjgj.zjcbcm.com
责任编辑	吴宇琦
责任校对	张顺洁
封面设计	吴思璐
责任印务	楼浩凯
照 排	浙江大千时代文化传媒有限公司
印 刷	浙江新华印刷技术有限公司
开 本	787mm×1092mm 1/32
印 张	11.625
字 数	220千字
版 次	2024年6月第1版
印 次	2024年6月第1次印刷
书 号	978-7-5540-2988-6
定 价	75.00元

如发现印装质量问题,影响阅读,请与印刷厂联系调换。

自 序

作为公认的我国古典长篇小说中艺术成就最高的一部，《红楼梦》可谓是经典中的经典，是中华民族在文化领域的骄傲。然而，毋庸讳言，在四大名著之中，《红楼梦》也是文本问题最严重的一部。这一方面是因为曹雪芹在创作《红楼梦》的过程中，曾不断地调整创作思路，即所谓"披阅十载，增删五次"，但因英年早逝而没能完成最后的整合工作，从而造成书中众多的人物年龄混乱、时序混乱、情节自相矛盾等问题。仅仅是一次秦可卿故事的改写，在书中就产生了众多的文本自相矛盾的问题，至于"五次增删"对文本造成的冲击，更是可想而知。另一方面，因为《红楼梦》早期是以钞本的形式传播，在几十年的传抄过程中，出现了大量的讹误、脱文和后人擅改、增补等问题。如果再算上后四十回，那文本问题就更加多了。

在今天的红学界，红学研究应"回归文本"这一主张可以说正在成为共识。而文本研究的前提是先要有可靠的文本可供研究。因此，如何研究出可靠的文本来，便是《红楼梦》研究的基础性工作了。这就涉及一系列的疑难问题，比如，后四十回以及前八十回中部分章节的作者问题；又如，在"五次增删"的成书过程中产生的诸多文本冲突中，如何判定作者最后的意图问题；再如，诸多版本异文的真伪优劣问题；等等。脱离了可靠文本，艺术研究、人物形象研究、思想主旨研究等很容易出现根基不牢的问题，以错误的文本内容或者误读的文本内容来进行人物、思想、艺术研究，只会是错上加错。这类失误从清朝评点派开始，直至今日，都是非常普遍的，需要引以为戒。

《红楼梦》后四十回的作者问题是红学研究绕不开的最基本的问题。对前八十回与后四十回是否是同一作者的不同认知，很大程度上决定了研究者们完全不同的红学观。因为对后四十回的不同认知，会反过来影响对前八十回思想主旨、人物形象的认知和评价。比如说，众多评点派人物之所以大肆贬低薛宝钗，其实根本上应是受了后四十回的影响。如果按照后四十回中所刻画的薛宝钗形象，来反观前八十回她的言行，自然会倾向于认为薛宝钗是个极其虚伪狡诈的人物。而这是不是曹雪芹笔下的"山中高士晶莹雪"的薛宝钗呢？这类问题正是我们今天的文本研究需要继续探索的地方。这也是本书将《〈红楼梦〉宝、黛、钗故事结局的另一种可能——后四十回的作者是曹雪芹吗》一文作为本书开篇的旨意之所在。

《红楼梦》前八十回中的众多自相矛盾的情节，绝大部分应该都是在"五次增删"的成书过程中因为缺乏周密细致的统稿所造成的。所以,《红楼梦》的成书研究对于文本研究是至为重要的,可谓是文本研究的基础之一。就拿书中秦可卿的故事来说,从第五回一直到第六十四回,文本中关于秦可卿的情节常常是充满着矛盾的。而作者对秦可卿故事的中途改写,正是造成这些文本矛盾的原因之所在。如果不是因为脂批提示作者曾经删除了"淫丧天香楼"的故事情节,对于书中这些互相冲突的内容,我们将很难解释得清楚。同样,像林黛玉和薛宝钗进贾府的年龄冲突这类问题,也只有在成书的视角下才能得到合理的解释。本书收录的《"淫丧天香楼"叙事下〈红楼梦〉文本新解读》《〈红楼梦〉"二秦故事"文本问题解释路径新探》《林黛玉进贾府年龄问题再探》《〈红楼梦〉第六十四回:疑似〈石头记〉初评本的文字》等几篇文章,都是从成书的视角来阐释书中文本问题的。其中,第六十四回对于探索《红楼梦》成书过程来说至关重要,它是解开众多文本谜团的一把钥匙,应当引起学术界的高度重视。

对于文本研究而言,版本研究无疑属于另一个重要的基础性工作。没有扎实的版本研究作基础,文本研究往往就缺乏自信。《红楼梦》在传播的过程中,因不同的传播渠道、不同的抄写链条而形成不同的版本。研究这些版本之间的流变关系,对于文字的溯源工作具有重要的价值。因每个版本在抄写过程中都有不同程度的变异,既会产生一些新的讹误,也有一些对前人讹误的纠正，与此同时，各个版本还承继有从其最早源头本上就延续下来的一些共同的讹误。所以，既不可迷信任何一个版本，也不要轻忽任何一个版本。包括程高本在内，每一个版本对于完善《红楼梦》的文本，都有一定程度的贡献，这些贡献都应该发掘出来，加以吸纳。

最后，对于文本研究而言，除了知识积累外，问题意识、审美能力、批判思维和学术自信都极其重要。没有这些学术品质和能力，我们不仅很难做出突破性的学术成绩来，甚至会常常以假为真，以丑为美。我们的文本研究工作，要敢于在缺乏版本支持的情况下，基于语言学的一般规律和文学艺术的普遍规律，发现文本中的深层次问题。这样我们的研究工作才能不断走向深入，取得突破。

在小书即将出版之际，草草敷衍几句，既是我个人这么多年从事《红楼梦》阅读和研究的一点感悟，也算作全书的导读吧，希望能对阅读《红楼梦》有所帮助。书中难免存在一些讹误和不当之处，恳请广大读者朋友批评指正，以便以后能进一步完善。

本人曾于2022年8月在浙江古籍出版社出版了《玉石分明：红楼梦文本辨》一书。目今的这本《见微知著：红楼梦文本探》可算是《玉石分明：红楼梦文本辨》一书的姊妹篇，其中的很多话题是对《玉石分明：红楼梦文本辨》一书的延续和拓展。本人自2016年开始便着手进行《红楼梦》

（一百二十回本）的修订工作，目前修订工作已经完成，不日将在浙江古籍出版社出版，很快就能与读者见面。本书与《玉石分明：红楼梦文本辨》以及尚未最后完稿的《红楼梦文本释》（拟用名）一书，都是本人从事《红楼梦》文本修订工作中的阶段性成果。此项学术活动一直得到浙江古籍出版社的大力支持，在此深表谢意。

我要对我的暨南大学的同事们表示衷心的感谢！暨南大学的罗立群教授、赵黎明教授、赵友斌教授、张鸿巍教授、杨辉旭副教授以及很多其他同事都为本人从事红学研究提供了很大的帮助。

我要对我的博士生导师程国赋教授表示衷心的感谢！程老师和各位同事为本人从事红学研究不仅提供了很多指导意见，也创造了非常多的便利条件。

我要对南京大学的苗怀明教授表示诚挚的谢意！本书收录的文章中，相当一部分的初稿都是通过"古代小说网"这一学术平台发表的，苗教授为此付出了大量的心血。我要对中国艺术研究院红楼梦研究所的孙伟科老师、胡晴老师、陶玮老师、卜喜逢老师、孙大海老师以及《红楼梦学刊》编辑部的其他老师表示衷心的感谢！我要对《文史知识》杂志社的孙永娟老师、李猛老师表示衷心的感谢！各位老师都是本人从事红学研究道路上的伯乐。

我要对北京大学陈熙中教授表达特别的感谢！每当遇到

拿不准的文本难题的时候,我都会习惯性地向陈老请教,陈老每每都引经据典地答疑释惑。

在本人学习和研究《红楼梦》的过程中,很多师友给予了资料上的帮助和观点上的启发,如任晓辉老师、张胜利老师、兰良永老师、顾斌老师、于鹏老师、李娟老师、余光祖老师、曹震老师、詹健老师、李南俊老师、宋庆中老师、陈海燕老师、王朝相老师以及李恒老师等等,在此一并表示感谢!

本书中的大部分内容,初稿都是通过期刊和微信公众号陆续发表的,其间收到很多读者的批评反馈意见,对完善本书起到很大的作用,在此一并致谢!

最后,要特别感谢我的妻子任晓芳女士。本人从事红学研究期间,妻子承担了绝大部分的家庭内外的事务工作。她的很多观点也加深了我对《红楼梦》的理解。没有她的理解和支持,就没有此书。

二○二四年二月,石问之序于暨南大学

目 录

第一部分 《红楼梦》文本疑难问题新阐释……001

《红楼梦》宝、黛、钗故事结局的另一种可能

 ——后四十回的作者是曹雪芹吗……003

"兄弟观"的文学逆转:从《诗经·常棣》到《红楼梦》

 ——《红楼梦》"鹡鸰之悲、棠棣之威"批语新解……020

"淫丧天香楼"叙事下《红楼梦》文本新解读

 ——以第十二回为中心……030

《红楼梦》"二秦故事"文本问题解释路径新探

 ——秦可卿"淫丧"与"病亡"两条叙事线的交织与

矛盾……049

林黛玉进贾府年龄问题再探

 ——第四回中的另一套人物年龄坐标系统……089

红学研究中"回归文本"与"索隐本事"之辩证

 ——以"史湘云到底有一个叔叔还是两个叔叔"为例…103

"冷月葬诗魂"与"冷月葬花魂"意境之别……113

001

"冷月葬花魂"新解

——"葬花魂"葬的究竟是什么花…………125

《红楼梦》第二十二回结尾处文字真伪再探

——以惜春灯谜为切入点…………133

第二部分　《红楼梦》版本与校勘难题新探索…………141

甲戌本《石头记》"凡例"的作者及其版本性质 …………143

甲戌本"甲午八日泪笔"批语作者新解 …………156

体悟《红楼梦》之"一字不可更，一语不可少"…………175

《红楼梦》第一回文本中的几个问题…………193

《红楼梦》第七回中的文字脱落问题…………206

《红楼梦》第六十四回：疑似《石头记》初评本的文字　216

《红楼梦》文本校勘中几处疑难文字辨析…………244

《红楼梦》文本和脂批中几处文字讹误…………258

新时代呼唤更伟大的《红楼梦》校勘本…………269

第三部分　《红楼梦》人物形象新解读…………289

我们是不是读了一个假的林黛玉

——以"送宫花"一回文字为例…………291

"笑""叹"难分

  ——如何评价"金钏投井"后宝钗的言行…………302

蒙冤的薛宝钗

  ——如何评价"宝玉挨打"后宝钗的言行…………311

或为"小红故事"思想主旨与叙事艺术的一个重大损失

  ——第三十回中一处疑似他人增补的文字…………320

《红楼梦》前四回中贾雨村故事的叙事艺术…………332

晴雯二题：身世之谜与花神之辨

  ——晴雯身世：曹雪芹尚未整合好的文字…………341

美玉微瑕：《红楼梦》第二十五回的彩云、彩霞故事……352

第一部分

《红楼梦》文本疑难问题新阐释

《红楼梦》宝、黛、钗故事结局的另一种可能

——后四十回的作者是曹雪芹吗[①]

我们目前看到的《红楼梦》宝、黛、钗故事的大结局，属于后四十回的核心内容。如何评价这部分内容，学界分歧极大。有些学者对这部分内容给予了非常高的评价，甚至认为其出自曹雪芹手笔。《光明日报》2022年8月8日刊登傅承洲老师《也说〈红楼梦〉的作者——从钗黛结局谈起》一文，文章认为宝、钗、黛结局的情节构思不仅非常巧妙，而且还完全符合第五回有关判曲的暗示，所以应该是曹雪芹原创的，并由此推及后四十回作者应该就是曹雪芹，进而提出"我们阅读《红楼梦》，就应该读程伟元、高鹗整理排印的一百二十回本，最好是修订本程乙本"的观点。

应该说在当下的学术界，持有与傅承洲老师类似观点的学者大有人在。本文拟就程高本中宝、黛、钗故事结局在叙事逻辑的合理性问题上提出些不同的看法，并进而探索曹雪芹原本设计的宝、黛、钗故事结局可能会如何展开。

就程高本《红楼梦》宝、钗、黛结局的情节看，固然有其精彩之处。但细究起来，其中也存在众多不合理的地方。在宝、钗、黛结局的故事设计中，调包计无疑是核心。而调

[①] 本文首发于《文史知识》2024年第1期，略有增删。

包计得以实施的前提是贾宝玉变得神志失常。贾宝玉神志失常的前提，则是通灵宝玉的失踪，而这一逻辑关系只有在程高本的叙事体系中才能够成立，却与脂评本的叙事体系完全背道而驰。因而，也从根本上就背离了曹雪芹原本设计的叙事逻辑。

在脂评本上，石头、神瑛侍者与贾宝玉三者的关系非常清晰：

石头是虚拟的作者，因为动了凡心想到人世间享受一番，便求着癞头和尚携带到了人间，这就是贾宝玉出生时口中衔着的那块"通灵宝玉"。它每天记录着周围发生的事情，感受着人世间的喜怒哀乐，最后大概是因为实在受不了人世间的悲惨，又让癞头和尚送回青埂峰去了。石头被癞头和尚变成"通灵宝玉"后，又与薛宝钗的金锁构成了世俗意义上的"金玉良姻"意象组合，对贾宝玉与林黛玉的"木石之恋"造成了巨大的心理压迫。所以二人才不断地争吵，贾宝玉才一再地扔玉，甚至于砸玉。

至于神瑛侍者呢，则是与绛珠仙草发生了一段恩情关系，后来神瑛侍者下凡到了人间，变身为贾宝玉；绛珠仙子为了报恩，也下凡到人间，变成了林黛玉。所以，我们看第三回中写到，二人一见面，便彼此觉得很眼熟，同时贾宝玉潜意识里便感受到那块玉不吉利，"不是个好东西"，便抓起玉就扔了。

而程高本则对"石头""神瑛侍者"的关系进行了彻底的改写,将第一回中的两个不同的神话故事合并成了一个神话故事,从而确立了"石头""神瑛侍者""通灵宝玉"三合一的叙事体系。被程高本改造过的"石头",便具有了在曹雪芹笔下所不具备的新特征,即"来去自由,可大可小"。

正是因为有了这个特征,所以,"石头"自己游玩到了警幻仙子处,被警幻仙子封为"神瑛侍者",并因此与绛珠草结缘;之后,自己又跑回青埂峰下,变成了一块"美玉"。这块美玉被癞头和尚带到人间后,就是贾宝玉出生时嘴里衔着的那块"通灵宝玉"。也正是因为有了"来去自由"这个本领,所以后四十回中它莫名其妙的消失才有了逻辑基础。由此可见,后四十回的作者或者整理者应是有意识地根据后四十回情节设计的需要而对第一回的内容进行改造的。说后四十回作者是曹雪芹,在这里可能就要闹很大的笑话了。且程高本对第一回的改造,因不够细腻,有些地方造成了明显的文本上的自相矛盾,比如下面这处文字:

> 忽见那厢来了一僧一道,且行且谈。只听道人问道:"你携了此物,意欲何往?"那僧笑道:"你放心,如今现有一段风流公案,正该了结,这一干风流冤家,尚未投胎入世,趁此机会,就将此物夹带于中,使他去经

历经历。"①

这处文字,程高本与脂评本基本是相同的。在脂本上,"这一干风流冤家,尚未投胎入世"指的是由神瑛侍者(非"石头")和绛珠仙子投胎的贾宝玉和林黛玉尚未出生,所以,癞头和尚打算在贾宝玉出世的时候,顺便把"石头"夹带在其中,这是严丝合缝的。而程高本把"石头"和"神瑛侍者"合二为一之后,"石头"即"神瑛侍者","神瑛侍者"即"石头"。如此一来,又岂会再有"夹带"一说!

除了这类文字上的硬伤之外,程高本对"石头"与"神瑛侍者"的关系做了一番改造后,更会产生一些难以解释的逻辑悖论。

比如,在程高本上"石头"本身就是"神瑛侍者",后来又是贾宝玉所戴的那块"通灵宝玉",这个关系固然是清楚的。同时,"石头""神瑛侍者"又是贾宝玉的前身,贾宝玉是"石头"下凡的载体,这样就产生一个难题:"石头"是如何能同时变为"通灵宝玉"又脱胎为贾宝玉的呢?

又如,既然"石头"就是"神瑛侍者",而"神瑛侍者"又是与绛珠仙子有情感瓜葛的,那为什么第三回贾宝玉刚见到林黛玉时就要扔玉呢?后来第二十九回更是闹到还要砸玉

---

① [清]曹雪芹、高鹗著:《程甲本红楼梦》,书目文献出版社1992年版,第90页。

的程度,难道不正是因为那块玉(即神瑛侍者),贾宝玉才跟林黛玉有了前世的缘分吗?

又如,既然是"石头"跟林黛玉有前世瓜葛,按说林黛玉应该跟贾宝玉的"通灵宝玉"特别投缘才对。可事实却相反,贾宝玉的"通灵宝玉"常常让林黛玉倍感压力,忐忑不安。

又如,既然后四十回中,通灵宝玉一度自己跑走了,那是谁还在记录着发生的故事呢?《红楼梦》本名《石头记》,石头是整个故事的虚拟作者。所以,在前八十回中,我们经常能看见"石头"边记录故事边自言自语的场景。现在,作为故事记录者的"石头",虽然具有远程记录的功能,但当自己跑了的时候,至少应该说一句类似"我虽然离开了,但我还在记录着故事"这样打圆场的话,才会比较合理。所以,后四十回作者在设计"石头"失踪这个叙事逻辑的时候,应该是忽略了"石头记事"这一曹雪芹原本的设计,变成了作者本人直接记事了。这是一个非常大的失误。

以上这些都是程高本叙事逻辑上不太容易解释清楚的问题。通灵玉丢了,贾宝玉因此变得神志失常,这与前八十回的叙事是完全背道而驰的。在前八十回中,很清楚地展示出"金玉良姻"和"木石前盟"对立的叙事架构。通灵玉对应的是宝钗的金锁。这一"金玉良姻"的象征意义,对宝玉与黛玉构成了严重的威胁。这一点,在阅读前八十回时,相信我们都不难感受得到。对宝玉而言,这个通灵玉本质上是个束缚，是压制爱情自由的象征，用第三回中贾宝玉的话说，就是"不是个好东西"。所以，宝玉才会一而再地摔它，甚至砸它。延续前面八十回的构思，若果真失去了通灵玉，对宝玉来说，反倒应该是件大喜事才对，又怎会反而变得神志失常了呢？这与前八十回的内在叙事思路显然是背道而驰的。相反，只有能够威胁到宝玉跟黛玉爱情的事情，才可能会让他变得神志失常，比如，在第五十七回中当紫鹃扯谎说黛玉要离开贾府时，宝玉便顿时变得神志失常了。

程高本对"石头"与"神瑛侍者"关系的改写，本质上是服务于后四十回需要的，却忽略了一个事实，就是程高本的前八十回总体上也是曹雪芹设计的原本的叙事体系。程高本第一回对"石头"与"神瑛侍者"的改写，今天看来，缘由也很简单：就是因为除了甲戌本《石头记》之外的各个版本，在第一回中都脱落了关于癞头和尚如何把石头变成"通灵宝玉"的那段四百多字的文字。如果不是因为当初有这段文字脱落，或许压根就不会有后来程高本这样的叙事安排，今天我们所看到的程高本后四十回的内容，可以说是纯属偶然。所以，若说后四十回的作者是曹雪芹，这是跟曹雪芹开了多么大的一个玩笑。

其实，如果我们对前八十回的文字理解到位的话，或许从中可以推测出黛、钗结局的大体故事走向。运用伏笔把故事结局巧妙地提前剧透，是《红楼梦》一书的显著叙事特点。

若把脂评本第一回和第八回的内容理解透彻了，宝、黛、钗故事的结局我们或许就能猜出个十之八九。

在第一回中，我们知道癞头和尚曾赋予了"石头"几样奇异功能。当"石头"好奇地询问"不知赐了弟子那几件奇处"之时，癞头和尚告诉他："你且莫问，日后自然明白的。"到第八回时，"通灵宝玉"所具有的几件奇异功能终于开始露出了一角：一除邪祟，二疗冤疾，三知祸福。"通灵宝玉"所具有的这三种奇特功能应非虚言，如第二十五回的时候，"除邪祟"这一奇异功能果真便派上了用场。

我们知道，在脂评本叙事中，贾宝玉原本是"神瑛侍者"到人间来历幻的化身。第一回中，跛足道人离别时曾对癞头和尚说过一句话："三劫后，我在北邙山等你，会齐了同往太虚幻境销号。"就这句话中的"三劫"，甲戌本《石头记》有一条眉批："佛以世为劫，凡三十年为一世。三劫者，想以九十春光寓言也。"这条批语是对"三劫"作出的一种宗教意义的解读，这种解读是否切合书中之意，尚不得而知。《红楼梦》能否把贾宝玉写到九十岁，也不得而知。

本文拟从叙事功能角度，对"三劫"提出一种新的解读，作为对这条批语的补充，供读者参考。

这里的"三劫"除了可能是佛教意义上的计时单位外，也很可能是实指由"神瑛侍者"历幻而来的贾宝玉未来将要经历的三场大的人生劫难。神仙下凡历劫题材，在我国古代小说中颇为多见。

《红楼梦》中本身也有提示。来看第一回中的一处文字：

> 这石凡心已炽，那里听得进这话去，乃复苦求再四。二仙知不可强制，乃叹道："此亦静极思动，无中生有之数也。既如此，我们便携你去受享受享，只是到不得意时，切莫后悔。"石道："自然，自然。"那僧又道："若说你性灵，却又如此质蠢，并更无奇贵之处。如此也只好踮脚而已。也罢，我如今大施佛法助你助，<u>待劫终之日，复还本质</u>，以了此案。你道好否？"石头听了，感谢不尽。①

其中，癞头和尚对"石头"所说的"待劫终之日，复还本质"之"劫"，肯定是"劫难"之意。"石头"来到尘世所要经历的劫难会是什么呢？是不是正是其主人贾宝玉所要遭受的劫难呢？从这个角度理解"三劫"，会带来全新的阅读体验。

那么，贾宝玉所要经历的"三劫"具体会是哪三劫呢？结合前八十回的文本内容以及"通灵玉"的三种奇特功能来推断，"三劫"或许就是：家人间不合乃至相残之悲剧、婚姻爱情不自由之悲剧以及家破人散、流离失所之悲剧。贾宝

---

① 中国艺术研究院红楼梦研究所校注：《红楼梦》，人民文学出版社2022年第4版，第3页。下文中，此书简称为人文社本《红楼梦》。

玉要经历的三劫，想来正是曹雪芹要着力书写的人间三大悲剧。

经过这"三劫"后，整个《红楼梦》故事也就结束了：在经历完这三大劫难之后，幻化为贾宝玉的"神瑛侍者"便完成了下凡历幻的主要任务了；而"石头"也应在体悟到红尘中"美中不足，好事多磨"之后而重归青埂峰下。

贾宝玉将要经历的"三劫"与"通灵玉"的三个奇特功能，或许正是对应关系，一劫一解。贾宝玉经历的第一劫，在第二十五回中已经体现得很充分了，即家人间互相残害的悲剧。此劫正是通过"通灵玉"而破解的。

宝玉要经历的第二劫是什么呢？应该就是婚姻爱情不自由的悲剧。在第五十七回中，已经预演过一次，贾宝玉仅仅是听说林黛玉要回老家去，就急得神志失常了。大家想想，若是黛玉死了，他又会是怎样的情形？这一定又是个无法面对的生死劫。这一劫，想必还是得靠"通灵玉"之"疗冤疾"这一奇异功能方能化解。

学界对于"冤疾"的理解，尚存很大的分歧。本文的看法是："冤疾"，即"冤孽之疾"。"冤孽"，佛教语，指因造了恶业而招致的冤报。也常用于男女之间因某种前世因果而产生的说不清、道不明的导向悲剧结局的情感纠葛。书中多次提到宝玉与黛玉的情感关系时，都用了"冤孽""冤家"之类的措辞。如第一回中一处文字：

只听道人问道："你携了这蠢物，意欲何往？"那僧笑道："你放心，如今现有一段风流公案正该了结，<u>这一干风流冤家</u>，尚未投胎入世，趁此机会，就将此蠢物夹带于中，使他去经历经历。"那道人道："<u>原来近日风流冤孽又将造劫历世去不成？</u>但不知落于何方何处？"那僧笑道："此事说来好笑，竟是千古未闻的罕事。只因西方灵河岸上三生石畔，有绛珠草一株，时有赤瑕宫神瑛侍者，日以甘露灌溉，这绛珠草始得久延岁月。后来既受天地精华，复得雨露滋养，遂得脱却草胎木质，得换人形，仅修成个女体，终日游于离恨天外，饥则食蜜青果为膳，渴则饮灌愁海水为汤。只因尚未酬报灌溉之德，故其五内便郁结着一段缠绵不尽之意。恰近日这神瑛侍者凡心偶炽，乘此昌明太平朝世，意欲下凡造历幻缘，已在警幻仙子案前挂了号。警幻亦曾问及，灌溉之情未偿，趁此倒可了结的。那绛珠仙子道：'他是甘露之惠，我并无此水可还。他既下世为人，我也去下世为人，但把我一生所有的眼泪还他，也偿还得过他了。'因此一事，<u>就勾出多少风流冤家来</u>，陪他们去了结此案。"[1]

前引文中，多次用"风流冤家""风流冤孽"等措辞来

---

[1] 人文社本《红楼梦》，第8页。

形容神瑛侍者与绛珠仙子、贾宝玉与林黛玉之间的关系。第五回中，警幻仙姑也曾对贾宝玉说过"因近来风流冤孽，缠绵于此处，是以前来访察机会，布散相思"等语。

又如，第二十九回中的一处文字：

> 那贾母见他两个都生了气，只说趁今儿那边看戏，他两个见了也就完了，不想又都不去。老人家急的抱怨说："我这老冤家是那世里的孽障，偏生遇见了这么两个不省事的<u>小冤家</u>，没有一天不叫我操心。真是俗语说的，'<u>不是冤家不聚头</u>'。几时我闭了这眼，断了这口气，凭着这两个冤家闹上天去，我眼不见心不烦，也就罢了。偏又不咽这口气。"自己抱怨着也哭了。这话传入宝林二人耳内。原来他二人竟是从未听见过<u>"不是冤家不聚头"</u>的这句俗语，如今忽然得了这句话，好似参禅的一般，都低头细嚼这话的滋味，都不觉潸然泣下。[1]

又如，在《红楼梦》第十二回中，贾瑞因暗恋意淫凤姐而病入膏肓，跛足道人持"风月宝鉴"来拯救他的时候，口称专治"冤业之症"。此"冤业之症"，即可谓"冤疾"的一种表现形式。

书中贾瑞、秦钟、宝玉与黛玉等大概皆被曹雪芹归类为

---

[1] 人文社本《红楼梦》，第407页。

罹患"冤疾"之人。《红楼梦》又名《风月宝鉴》，大体也是取这方面的意思。曹雪芹创作《红楼梦》，或志在治疗普罗大众之"冤疾"；而"通灵玉"则主要是疗贾宝玉之"冤疾"。

我们知道，在《红楼梦》中神瑛侍者与绛珠草之间有恩情关系，在神瑛侍者下凡为贾宝玉后，绛珠仙子为了酬谢神瑛侍者的恩情，也下凡为林黛玉，以眼泪偿还神瑛侍者的灌溉之恩。那么，林黛玉与贾宝玉之间本质上的报恩关系却如何被称为冤孽情债了呢？这就是俗眼观情的结果。因为宝黛之间的感情太诚挚、太投入、太专一、太脱俗，世人理解不了，只能斥之为"冤孽"。所以，书中的"冤孽""冤家""冤疾"等应都是迎合世俗的态度、模拟世俗的口吻而已。

以上是本人对"疗冤疾"的理解，与前辈学者如周汝昌先生等人有较大的不同。这一看法是否立得住，还得交由读者朋友去评判。

我们知道，贾宝玉最终还是没能跟林黛玉成亲，而是跟薛宝钗结了婚。而贾宝玉的痴情又本是全部寄托于林黛玉身上的，如何能让他完成从坚守"木石前盟"到接受"金玉良姻"这一转变，实在是《红楼梦》创作中的一大难题。第五十七回中，紫鹃仅仅是跟宝玉开玩笑说林黛玉要回苏州老家了，宝玉听后就几乎病死过去。开个玩笑后果尚且如此严重，如果黛玉果真泪尽而逝，试想宝玉又该如何。恐怕此时已非人力所能挽救，必须得依赖"通灵玉"之"疗冤疾"奇异功能，方可治愈宝玉之"冤疾",进而接受黛玉已逝之事实,并最终愿意接受宝钗。

想来在曹雪芹的原笔中,黛玉之逝、宝玉之恸,必是风云变色、草木含悲之文章。如今我们看到的后四十回中,直接让贾宝玉变傻了,这不排除是笔力跟不上后的无奈之举,或是取巧之举。如果贾宝玉的"冤疾"最终还是得靠"通灵玉"才能治疗好,那"通灵玉"自然就不能失踪。因此,后四十回中以"通灵玉"的失踪为前提的宝、黛、钗结局的情节设计,极有可能是不符合曹雪芹原本设计的叙事思路的。

此外,调包计的设计也显得过于戏剧化了些,人物形象也有严重变形之嫌疑,如黛玉含愤而终,宝钗犹如"傻大姐",皆未必符合前八十回中的人物形象设计和故事发展的脉络。其中,人物形象受损最严重的恐怕就是薛宝钗。根据第九十五回的内容可知:早在第八十五回时,宝钗事实上就毫不犹豫地答应了宝玉亲事了。这样一来,前八十回中她后来与黛玉亲如姐妹的言行,就都变成虚伪的表演了;而第八十七回中她竟然还给黛玉写了四首同病相怜的诗,就更显得恶心了。如此一来,宝钗的形象与曹雪芹设定的"山中高士晶莹雪"的宝钗形象大相径庭。所以,清朝众多的评点派皆说宝钗虚伪之极,就不奇怪了。这主要得拜调包计所赐。

除了宝钗形象受损外,鸳鸯等人的形象也受损非常严重。第九十七回写到黛玉病危时,"紫鹃等看去,只有一息奄奄,明知劝不过来，惟有守着流泪，天天三四趟去告诉贾母。鸳鸯测度贾母近日比前疼黛玉的心差了些，所以不常去回"。其中，"鸳鸯测度贾母近日比前疼黛玉的心差了些，所以不常去回"这两句，恐怕对鸳鸯的形象也会造成一定程度的损害。另外，书中一本正经地书写包括黛玉在内的众人请妙玉扶乩的这类迷信活动，也庸俗化了《红楼梦》的思想和艺术。曹雪芹在前八十回但凡写扶乩等迷信活动，都是作为讽刺和调侃性质写的，跟后四十回这种一本正经说鬼话，格调完全不同。

最后，再捎带谈一下程高本尤其是程乙本到底还是不是最好的读本这一问题。我个人是完全不赞成这一看法的。单就前八十回而言，在版本演变上，程高本的底本与现存的甲辰本关系最近。而这个系统的底本上，删改文字非常多，失真也非常严重，叙事逻辑上时常有跳脱现象。

这里举一个不少学者都曾提到的例子。程甲本第五十一回中有一处文字：

> 一时，焙茗果请了王太医来，先诊了脉，后说病症，也与前相仿（这句话，程乙本改为"也与前头不同"），只是方子上果没有枳实、麻黄等药，倒有当归、陈皮、白芍等药，那分两较先也减了些。宝玉喜道："这才是女孩儿们的药。虽疏散，也不可太过。旧年我病了，却

是伤寒，内里饮食停滞，他瞧了，还说我禁不起麻黄、石膏、枳实等狼虎药。我和你们就如秋天芸儿进我的那才开的白海棠是的；我禁不起的药，你们如何经得起？<u>比如人家坟里的大杨树，看着枝叶茂盛，都是空心子的。</u>"麝月等笑道："野坟里只有杨树？难道就没有松柏不成？最讨人嫌的是杨树，那么大树，只一点子叶子，没一点风儿，他也是乱响。你偏要比他，你也太下流了。"①

而在庚辰等大多数脂批本上，这处文字却有很大的差异，以人文社校勘过的本子为例：

一时茗烟果请了王太医来，诊了脉后，说的病症与前相仿，只是方子上果没有枳实、麻黄等药，倒有当归、陈皮、白芍等，药之分量较先也减了些。宝玉喜道："这才是女孩儿们的药。虽然疏散，也不可太过。旧年我病了，却是伤寒，内里饮食停滞，他瞧了，还说我禁不起麻黄、石膏、枳实等狼虎药。我和你们<u>一比，我就如那野坟圈子里长的几十年的一棵老杨树，你们</u>就如秋天芸儿进我的那才开的白海棠。连我禁不起的药，你们如何禁得起。"麝月等笑道："野坟只有杨树不成？难道就没有松柏？

---

① [清]曹雪芹、高鹗著：《程甲本红楼梦》，书目文献出版社1992年版，第1351—1352页。

我最嫌的是杨树,那么大笨树,叶子只一点子,没一丝风,他也是乱响。你偏比他,也太下流了。"①

如此一对比,就非常清楚了,原来在庚辰等版本上,宝玉是把自己比喻成老杨树,而用白海棠比喻晴雯等人,文通理顺。而到了程高本上,宝玉和晴雯等都成了白海棠了,含义发生了根本性改变。

程高本此处文字产生问题的原因在于其底本出了问题。因为与程高本底本同源的甲辰本,此处刚好脱落了庚辰本上的"一比,我就如那野坟圈子里长的几十年的一棵老杨树,你们"这24个字。甲辰本的整理者当是因为脱落了这24个字后,原本句子变得不通了,故而又将"我和你们"改为"我知你们"。程伟元和高鹗也发觉此处文字有问题,故而也采取了补救措施,擅自增补了"比如人家坟里的大杨树,看着枝叶茂盛,都是空心子的"三句。如此增补后,不仅与曹雪芹原本文字的含义相去甚远,且诚如陈熙中先生在《红楼求真录》一书中所言,程、高所增补的"枝叶茂盛"与下文麝月所言的"那么大树,只一点子叶子"也不融洽。

程高本上类似这种因为先天底本缺陷叠加后天不合原意的改写而造成的文理不通、逻辑跳脱、背离原意的现象非常普遍,在前八十回中,总体呈现出越往后越严重的现象。所以,

---

① 人文社本《红楼梦》,第703页。

单就前八十回而言，程高本虽然也有一定的贡献，但因其底本的基础实在太差，从而便具有了先天不足的缺陷。此外，程高本前八十回有的地方对原本故事情节作了很大幅度的改写，且又往往顾头不能顾尾，从而造成很多新的违和之处，其中，最严重的就是程高本第一回中将虚拟作者"石头"与贾宝玉的前身"神瑛侍者"合二为一，从而造成了巨大的混乱。

如果我们用脂本去校改程高本，则程高本就不再是程高本了；如果保持程高本的原貌，则不仅其文字失真严重，更是处处充满了逻辑混乱、跳脱等现象。在目前以红楼梦研究所校勘的混合本（即将八十回脂评本与程高本后四十回结合在一起）为代表的各种混合校本越来越多的情况下，实在无法得出程高本是最好读本的结论。

当然，采用脂本加程高本后四十回的混合本编纂体例，确实也存在一个极其严重的问题：就是前八十回与后四十回呈现出两张皮的状态。从长远的历史发展角度看，混合本恐怕也只是一个过渡性的安排，最终还是要对程高本的后四十回进行适当的修订，将其纳入脂本的叙事体系之中。今天的研究者们应在充分吸纳脂评本和程高本精华的基础上精校修订出更好的文本来，开拓进取，面向未来，面向世界，而不是因为混合本还有些问题就又退缩回去拥抱问题更大的程乙本。

"兄弟观"的文学逆转:从《诗经·常棣》到《红楼梦》[①]

——《红楼梦》"鹡鸰之悲、棠棣之威"批语新解

在《红楼梦》第二回中,贾雨村与冷子兴聊天时曾谈到甄宝玉的一个怪异的行为举止,原文如下:

> 因此,他(指甄宝玉)令尊也曾下死笞楚过几次,无奈竟不能改。每打的吃疼不过时,他便"姐姐""妹妹"乱叫起来。后来听得里面女儿们拿他取笑:"因何打急了只管唤姐妹作甚?莫不是求姐妹去讨情讨饶?你岂不愧些!"他回答的最妙,他说:"急疼之时,只叫'姐姐''妹妹'字样,或可解疼也未可知,因叫了一声,便果觉不疼了,遂得了秘方:每疼痛之极,便连叫姊妹起来了。"[②]

针对这段文字,甲戌本上有一条眉批,曰:

[①] 本文首发于《文史知识》2023年第11期,原题为《脂批"鹡鸰之悲、棠棣之威"新解》。
[②] 《乾隆甲戌脂砚斋重评石头记》(影印本),天津古籍出版社2013年版,第31页。

> 以自古未闻之奇语，故写成自古未有之奇文。此是一部书中大调侃寓意处。盖作者实因鹡鸰之悲、棠棣之威，故撰此闺阁庭帏之传。①

这条批语关涉到曹雪芹创作《红楼梦》的动因，以及《红楼梦》为何会存在尊女贬男的价值取向。因此，解读好这条批语，对准确理解《红楼梦》至关重要。而该批语中，最难理解的是何为"鹡鸰之悲、棠棣之威"。

一、周汝昌和王利器对"鹡鸰之悲、棠棣之威"的解读

对于何为"鹡鸰之悲、棠棣之威"，周汝昌先生和王利器先生有很大的分歧。周汝昌先生曾言：

> 鹡鸰、棠棣，皆喻兄弟；"棠棣之威"文义怪异，疑"威"是"戚""感"之钞讹。如其不然，则"悲""威"二句应分属两人，一为棠村，早逝可伤；一为另弟，时见凌逼，如小说中所谓贾环之流者，为可慨叹。②

---

① 《乾隆甲戌脂砚斋重评石头记》，第31页。
② 周汝昌：《红楼梦新证》（增订本），中华书局2016年版，第30页。

周汝昌先生是在《红楼梦新证》"人物考"章节中的曹雪芹之弟"棠村"词条下谈到上述观点。其主要看法是脂批中的"鹡鸰之悲、棠棣之威"应该针对的就是曹雪芹的弟弟棠村英年早逝这件事。正是认为"鹡鸰之悲、棠棣之威"都应该是针对这件事,所以他进而觉得"棠棣之威"文义怪异,并认为"威"字可能是"戚"或者"感"之笔误。周先生也提出另一种可能:如果"棠棣之威"确属原文的话,则其与"鹡鸰之悲"则分指两件事:"鹡鸰之悲"指棠村之死,而"棠棣之威"则指曹雪芹另外一个时常凌逼他的弟弟,一如书中的贾环。

针对周汝昌先生的看法,王利器先生提出了不同看法。王先生认为"鹡鸰之悲、棠棣之威",二句一义,都是说兄弟死丧之事。取典于《诗经》中《常棣》:"常棣之华,鄂不韡韡。凡今之人,莫如兄弟。死丧之威,兄弟孔怀。"脂批为了取与"鹡鸰之悲"相俪为文,故易"死丧"为"棠棣"。[1]

本文的看法是:两位先生的看法都有可取之处,但也都有一定的偏差,并没有真正讲透彻"鹡鸰之悲、棠棣之威"的内涵。

要理解"棠棣之威",先得理解《常棣》诗中的"死丧之威,兄弟孔怀"。何谓"死丧之威,兄弟孔怀"?《毛传》云:"威,畏;怀,思也。"《郑笺》云:"死丧,可怖之事。维兄弟

---

[1] 王利器:《〈红楼梦新证〉证误》,《红楼梦研究集刊》第2辑。

之亲，甚相思念。"《毛传》及《郑笺》的解释，可资参考，但依然有些抽象，并不好理解。

"死丧之威，兄弟孔怀"与《常棣》诗中接下来的"脊令在原，兄弟急难"两句，是用比兴的手法表达了大体同样的意思。其大意是说：当遭遇生死存亡这样可怕的威胁或者险境的时候，只有兄弟才会特别挂念担忧你的安危，并不顾一切地救你。"死丧之威"中的"威"的确切含义应是来自自然界或者他人的足以构成威胁或威迫的力量。要特别注意的是，"死丧之威"并非是说兄弟死了，而应是说兄弟处在正遭遇着威胁到生死存亡的危险境地。所以《常棣》诗后面才有"丧乱既平，既安且宁。虽有兄弟，不如友生"这些内容，即叙述险情解除后兄弟关系的情况。

周汝昌先生认为脂批中的"鹡鸰之悲"指棠村之死，对于这一点，本文并不赞同。这一看法既脱离了该条批语的内容和语境，也不符合《红楼梦》可推知的创作过程。

甄宝玉挨打时喊"姐姐""妹妹"可以止疼，批语谓其"是一部书中大调侃寓意处"。我们读者当然也知道，喊"姐姐""妹妹"可以止疼自是调侃性质。如果我们读过《红楼梦》，就能感受到这种调侃跟《红楼梦》整体上对男性的鄙视有关，与书中整体的尊女贬男思想倾向高度一致。例如，第二十回中，在讲述贾宝玉与贾环二人关系的时候，作者对贾宝玉有一段心理描写："因他自幼姊妹丛中长大，亲姊妹有元春、探春，伯叔的有迎春、惜春，亲戚中又有史湘云、林黛玉、薛宝钗等诸人。他便料定，原来天生人为万物之灵，凡山川日月之精秀，只钟于女儿，须眉男子不过是些渣滓浊沫而已。"可见，贾环在宝玉心中只是"渣滓浊沫"而已。若是说作者正因有着对棠村之死的悲伤之情，所以才有如此调侃笔墨，这是完全说不通的。因为这是两种非常不同甚至截然相反的感情基调：一种是悲痛的，一种是鄙视的。

批语又说"盖作者实因鹡鸰之悲、棠棣之威，故撰此闺阁庭帏之传"。这句批语指出了曹雪芹创作《红楼梦》的初始动因：曹雪芹之所以创作《红楼梦》来为闺阁庭帏立传，正是因为"鹡鸰之悲、棠棣之威"。甲戌本、甲辰本等版本上第一回中有一条批语，曰："雪芹旧有《风月宝鉴》之书，乃其弟棠村序也。今棠村已逝，余睹新怀旧，故仍因之。"对此批语的理解，虽然还有些分歧，但学界通常的解读是：棠村是曹雪芹的弟弟，曾为曹雪芹的《风月宝鉴》作过序。学界大多倾向于认为《风月宝鉴》与《红楼梦》关系密切，或为其前身，或二者合并而成今之《红楼梦》。棠村去世的时候，即便《红楼梦》还没有完工，也不至于还没有构思。怎么能说曹雪芹创作《红楼梦》是因为棠村之死呢？应该是说不通的。至于说因为棠村死了，所以曹雪芹才要创作一部为闺阁立传的《红楼梦》，更是匪夷所思，风马牛不相及，完全看不出两者之间能有何关联性。

基于同样的理由，对于周先生推测的"棠棣之威"或许为"棠棣之戚""棠棣之感"之笔误，本文也是不赞同的。因为周先生之所以有此看法，还是因为他执着地认为只有"棠棣之威"方能与棠村之死对得上，即"鹡鸰之悲、棠棣之戚"皆指棠村之死。

周先生将"棠棣之威"理解为兄弟之间的凌迫，单纯就这一点而言，本文是完全赞同的，因为"凌迫"符合"威"的基本含义；但对于周先生将"棠棣之威"理解为曹雪芹本人曾遭受其某个弟弟的凌逼的看法，本文认为或有偏狭之处。这个问题既无法证真，也无法证伪，属于纯粹的猜想。虽然不能绝对排除曹雪芹本人有遭受其兄弟凌迫的可能性，但同时也有另一种可能，即曹雪芹或是基于对历史和现实中诸多兄弟相逼相残现象的观察而总结提炼出来的文学观点，是对历史和现实中普遍存在的兄弟反目现象的文学表达。

早期的新红学总是试图在曹雪芹家族中寻找《红楼梦》故事的原型，这本质上仍属于索隐的方法。虽然在一定程度上有助于加深对《红楼梦》的理解，但也可能会过犹不及。如果过于拘泥于用曹家原型解读《红楼梦》，会大大损害《红楼梦》人物形象的普遍性、艺术表达的抽象性、思想认知的涵盖性。这也是今天越来越多的学者主张红学研究应该"回归文本"的一个重要原因。

王利器先生认为这句批语取典于《常棣》，这点本文完全赞同。但王利器先生将"棠棣之威"解读为兄弟死丧之事，值得商榷。理由有二：第一，"威"本身没有"死亡"的含义，跟死亡也没有必然关系。第二，即便将"棠棣之威"解读为兄弟死丧之事，其所表达的含义与情感，与批语所针对的正文内容不仅完全无法匹配，甚至南辕北辙。批语所针对的正文具有非常明显的调侃性质，即借助赞美"姐妹"而挖苦讽刺"兄弟"。所以，王利器先生对"鹡鸰之悲、棠棣之威"的解读，本质上没有跳出周先生的框架，仍受其思维束缚。二人共同的失误是：脱离了批语所针对的正文内容及全书叙事的思想脉络而孤立地解释批语。

恰好《红楼梦》第四十四回中，有跟"鹡鸰之悲、棠棣之威"完全类似的句型，现将其摘录如下，可供朋友们比对着看。

> 又思平儿并无父母兄弟姊妹，独自一人，供应贾琏夫妇二人。贾琏之俗，凤姐之威，他竟能周全妥帖，今儿还遭涂毒，想来此人薄命，比黛玉犹甚。想到此间，便又伤感起来，不觉洒然泪下。[1]

其中，"贾琏之俗、凤姐之威"恰恰与"鹡鸰之悲、棠棣之威"句型相似，"棠棣之威"的"威"在解读上也可借鉴"凤姐之威"的"威"。应该没有人会把"凤姐之威"理

---

[1] 人文社本《红楼梦》，第596页。

解为凤姐之死吧。

二、"鹡鸰之悲、棠棣之威"新解

对于"鹡鸰之悲、棠棣之威"的理解，本文认为这两句话表达的是大体相同的意思，既可能是实指曹雪芹家庭中兄弟辈之间的不和睦，也可能是泛指历史和现实中大量发生着的兄弟失和乃至相残的悲剧。将"鹡鸰之悲、棠棣之威"理解为兄弟相残的悲哀，批语的意思与其对应的正文内容就可以完美对接上了，与《红楼梦》一书整体上的尊女贬男的思想倾向和全书的叙事脉络也完全可以对应上了。《红楼梦》尊女贬男这一思想倾向，但凡读过《红楼梦》一书的，相信都会有感知，就不用过多浪费笔墨了。

从《常棣》到《红楼梦》这两千多年的历史中，可以相信，兄弟不和甚至相残的悲剧一直都在上演着，但"兄弟观"的文学表达却发生了巨大逆转。《常棣》开宗明义曰："凡今之人，莫如兄弟。"虽然诗中也说"兄弟阋于墙"，但终究会是"外御其侮"。可见，《常棣》表达的"兄弟观"具有明显的劝谕教化的意义，具有乐观主义和理想主义的色彩。广义的兄弟（含结义兄弟、师兄弟等）叙事在我国几部古典小说名著中意义很重大：《西游记》有师兄弟，《三国演义》有"桃园三结义"，《水浒传》中一百单八条好汉皆是兄弟，兄弟情在这几部小说中仍极具道德价值和叙事意义；到了《金瓶梅》中，尽管也有"西门庆热结十兄弟"，但兄弟叙事的文风大变，具有了明显的讽刺性了；再到《红楼梦》时，以贾环和宝玉这对兄弟关系为代表，我们更能明显地体会到兄弟之间的无感、冷漠和伤害。这或许可以解读为作者写作理念上淡化了文学传统的劝诫作用，趋向于悲观主义。兄弟家人关系之悲与婚姻爱情之悲、女性命运之悲一起，共同构成了《红楼梦》悲剧的核心，是贯穿《红楼梦》的三条重要叙事线索之一。从《常棣》到《红楼梦》，可以说"兄弟观"发生了彻底逆转，经历了一个从理想主义走向悲观主义的幻灭过程。

《红楼梦》由兄弟之悲，甚至进而上升为男性之悲；再由男性之悲进一步殃及女性世界。

《红楼梦》一书有非常明显的尊女贬男的价值取向，书中男子如贾赦、贾珍、贾琏、贾瑞、贾环、薛蟠、贾蓉等等，一个个都非常的不堪。作者除了借助甄宝玉讲的"这女儿两个字，极尊贵、极清净的，比那阿弥陀佛、元始天尊的这两个宝号还更尊荣无对的呢！你们这浊口臭舌，万不可唐突了这两个字要紧。但凡要说时，必须先用清水香茶漱了口才可，设若失错，便要凿牙穿腮"这些"明尊女，实贬男"的话外，也多次借助贾宝玉的言行表达同样的主旨。如贾宝玉有句名言："女儿是水作的骨肉，男人是泥作的骨肉。我见了女儿，我便清爽；见了男子，便觉浊臭逼人。"又如，在第十九回中，贾宝玉见到袭人的两个姨妹妹后，则感叹她们"正配生在这深堂大院里，没的我们这种浊物倒生在这里"。

在贾宝玉的认知中，男性世界的污浊也会殃及女性原本的纯洁。贾宝玉曾言："女孩儿未出嫁，是颗无价之宝珠；出了嫁，不知怎么就变出许多的不好的毛病来，虽是颗珠子，却没有光彩宝色，是颗死珠了；再老了，更变的不是珠子，竟是鱼眼睛了。"又言："奇怪，奇怪，怎么这些人（指周瑞家的等婆子们）只一嫁了汉子，染了男人的气味，就这样混账起来，比男人更可杀了。"

曹雪芹透过贾宝玉的言行，清楚地将人分成了三类：男人、女人和女儿。并由此提出了三个环环相扣的触及灵魂的人性之问：兄弟关系为何常常难以和睦？男性的世界为何常常如污泥般浊臭逼人？女性为什么会随着结婚和年龄的增长而常常变得不再可爱？

当然，文学作品是对生活的艺术性表达，肯定经不起严格的实证检验，必然有认知的偏差。但作为社会现象的文学表达，也绝不会是空穴来风。这些发自灵魂深处的人性之问，体现了《红楼梦》对中国古代社会问题的深刻内省，是《红楼梦》的宝贵价值之所在。这些问题今天想必也依然或多或少地存在着，回答好这三个人性之问并能努力将其逆转过来，可能正是《红楼梦》的时代价值之体现。

"淫丧天香楼"叙事下《红楼梦》文本新解读[①]
——以第十二回为中心

在没被删改前,"秦可卿淫丧天香楼"原本是《红楼梦》第十三回的核心内容。虽然其主体部分被删改,但其对《红楼梦》文本之系统性的影响依然存在,有时还会给《红楼梦》文本的理解带来一些困扰。下面以第十二回为例加以分析。

《红楼梦》第十二回讲述的是"王熙凤毒设相思局,贾天祥正照风月鉴"的故事,情节本身比较简单,但关系着《红楼梦》作为"风月宝鉴"这一维度的思想主旨和叙事结构安排,不仅具有重要的思想意义,同时也具有重要的结构性意义。但我们在阅读该回的时候,却时常会被其文本中的时序矛盾所困扰,故此,本文尝试就该回文本中的时序矛盾作出一个合理的解释。

一、第十二回文本中的内在问题

第十二回有两个问题容易让读者困惑:一个是贾瑞的死

[①] 本文首发于《红楼梦学刊》2022年第2辑,原题为《〈红楼梦〉第十二回时序问题新探——论秦可卿故事改动对第十二回的影响》,收入本书,略有增删。

亡时间，一个是林黛玉离开贾府的时间。

1. 贾瑞死亡的时间问题

书中对于贾瑞确切的死亡时间没作明确交代，但有三个至关重要的关联时间线索可供参照。

第一个是贾瑞开始生病的时间，是在腊月，这个书中交代得十分清楚，不用多说。

第二个是病程，书中交代了一句："心内发膨胀，口中无滋味……诸如此症，不上一年都添全了。"从常理来讲，既然说是"不上一年"，那大概就是大半年的时间。如果少于半年时间，通常就不会用"不上一年"这样的措辞了。

第三个是病情开始加重的时间，是腊尽春回，原话是"倏又腊尽春回，这病更又沉重"。

关于这三个时间线索之间的关系，有一点需要解释一下，就是如何理解"诸如此症，不上一年都添全了"与"倏又腊尽春回"之间的关系？从字面看，可作两种不同理解。

第一种作正叙来理解，两者之间是时间上的自然衔接关系，也就是贾瑞先病了快一年时间，然后下一个"腊尽春回"，病情加重了。如果采取这种理解方式，则贾瑞从生病到死亡，就跨过了三个年头，大概第三年春天死亡，历时一年多的时间。

第二种作预叙来理解，两者之间不是时间上的正常衔接关系，而是叙事方式上的总分关系，也就是先总括一下接下来发生的事情，然后再具体展开。在《红楼梦》中，这种叙事方式很常见。比如，第二十三回中，宝玉等刚搬进大观园的时候，就有了四时即事诗。这显然是一个总括式的描述，我们不能理解成：宝玉光是创作四时即事诗就占去了一年时间，而接下来与黛玉共读《西厢记》则是入住大观园一年以后的事了（确实有些研究者是这么理解的，这是很荒谬的）。类似的例子书中还有很多，就不一一举了。按照第二种理解，贾瑞从生病到死亡，大概历时大半年时间，于第二年下半年死亡。

不管是取第一种理解还是取第二种理解，在文本上，都会产生一个明显的问题，即贾瑞与秦可卿谁先死亡的问题。

在第十回中，张太医已经委婉地说出，秦可卿很难活过第二年春分。在第十一回中，秦可卿已经奄奄一息了，开始预备后事了。所以，按照现有的文本，秦可卿应该就是在过完年后不久就去世了。这一点目前学术界是能达成共识的。

这样，就会出现两种可能的情况：第一种，贾瑞先死，秦可卿后死，但奄奄一息的秦可卿竟又莫名其妙地多活了一年，甚至两年，这说不通；第二种，秦可卿先死，贾瑞后死，甚至贾瑞比秦钟还要晚死。但这样的话，叙事的顺序被打乱了（先讲的事可能后发生）还是小事，更要紧的是事件之间的时序关系也彻底模糊了，例如，不知道贾瑞与秦钟谁先离世了。这是我们读第十二回的时候,常常感到的第一个困惑。

那么,造成这一困惑的原因会不会是文本在传抄过程中出了文字讹误呢?比如,会不会是"诸如此症,不上一年都添全了"这句话在传抄过程中出现讹误?清人苕溪渔隐,于《痴人说梦》之《镌石订疑》中记载有一个今天已经失传的旧抄本,上面的"一年"却作"一月"。本人不怀疑苕溪渔隐所提的这个旧抄本的真实性,但对于这个旧抄本上的"一月"这个特有异文的可靠性持怀疑态度,原因有四:第一,现存所有的版本,此处文字都是"一年"。第二,"年"和"月"读音和字形都差异巨大,讹误的可能性本来就很小。第三,对于贾瑞这样二十来岁的青壮年人,只是受了点惊吓,害个相思病,若只个把月就死了,也不是很合常理。第四,苕溪渔隐所提的这个旧抄本的异文,有些地方存在明显的误改,足证其版本可靠性还是不够。例如,在第六十五回中,有这么一句话:"二姐(指尤二姐)道:'你(指贾琏)放心,咱们明日先劝三丫头(指尤三姐),他肯了,让他自己闹去。闹的无法,少不得聘他。'"现存的己卯本、庚辰本、戚序本、蒙府本、甲辰本中,该处文字皆与前引文相同;程高本和俄藏本,文字略微有点细小区别,但无关主旨,可以忽略不计:程高本将"二姐"作"二姐儿";俄藏本中,"让他自己闹去"作"让他自去闹去"。唯独苕溪渔隐所提的旧抄本中,"他肯了,让他自己闹去"这句作"他肯了才好,不肯,让他自己闹去"。这一修改，完全把意思改反了。郑庆山先生的《脂本汇校石头记》中，此处却采用了这个旧抄本的文字[1]，应属于校勘失误。于鹏先生认为该旧抄本所使用的"一月"字样，当为后人弥补漏洞之改笔。[2] 这种看法是很有道理的。因此，笔者认为造成这一困惑的原因并非是文本传抄过程中出现了讹误，而是成书过程的疏忽导致的。详细分析且留待下一部分探讨。

2. 林黛玉离开贾府的时间问题

林黛玉离开贾府的时间问题，是第十二回中另一个容易让人困惑的问题。第十二回的结尾部分写道："谁知这年冬底，林如海的书信寄来，却为身染重疾，写书特来接林黛玉回去。"其中，"这年冬底"到底是指哪一年的冬底呢？有两种可能的理解：第一种理解是指贾瑞病逝的这一年的冬底；第二种理解是回到第十一回的文本来理解，即指秦可卿病重的这一年的冬底。

如果单从行文方式和字面含义来解读，第一种理解是最自然的，但如果采用这一种理解，则会发生一个问题，就是第十一回中已经病入膏肓的秦可卿又神奇地多活了一年甚至两年。如果采用第二种理解则也有问题，叙事顺序上贾瑞死

---

[1] 郑庆山：《脂本汇校石头记》，作家出版社2003年版，第717页。
[2] 于鹏：《苕溪渔隐〈痴人说梦〉三题》，《曹雪芹研究》2018年第2期。

亡、黛玉离开贾府和秦可卿死亡这三件事情，实际发生的顺序却为：黛玉离开贾府—秦可卿死亡—贾瑞死亡，也就是说贾瑞还是会晚于秦可卿而死，甚至有可能晚于秦钟而死，甚至还要晚于起建大观园等事件。可见，跟贾瑞死亡时间问题带来的困扰一样，林黛玉离开贾府的时间，也是不管怎么理解都会给读者带来困扰。

张俊和沈治钧二位红学家提出一种新的观点，认为林黛玉离开贾府的时间早于贾瑞到凤姐房中拜访的时间，"黛玉归扬州省父，当在贾瑞遇见凤姐之前几日也"。并认为第十二回开头部分，贾瑞见凤姐说的"二哥哥怎么还不回来"这句话，指的就是贾琏送黛玉去扬州之事，"贾琏出门，乃指此回末所云送黛玉往苏州事，此倒置于卷前"[1]。这种观点当属于误解，本文不采纳二位先生的观点。贾瑞拜访凤姐是腊月初二，这个是书中记载很准确的时间。如果贾瑞说"二哥哥怎么还不回来"是针对贾琏去扬州这事，那说明贾琏和黛玉出发肯定很久了，古代从京城往返一趟扬州，怎么也得个把月的时间吧。这说明林黛玉和贾琏早在十一月初甚至更早就出发了，而这与"这年冬底"才接到林如海的书信显然是矛盾的。

---

[1] 张俊、沈治钧：《新批校注红楼梦》，商务印书馆2013年版，第235—243页。

二、第十二回文本问题的一种可能的成因

众所周知,《红楼梦》成书过程复杂,经过了多次修改,"增删五次",文本矛盾较多,比如,元春与宝玉年龄差距的问题,黛玉进贾府与宝钗进贾府时间上的矛盾问题,薛姨妈出现两个不同生日日期的问题,凤姐年龄忽大忽小的问题,等等。诸如此类的问题,可能是成书过程中故事内容的修改所致,但具体的修改过程目前还无法得知,可能永远也无法知晓了。

前一部分所讲述的这两个令人困惑的问题,对于其成因,理论上同样有多种可能性,比如,贾瑞的故事会不会是从《风月宝鉴》或者其他地方挪移过来的,且挪移的时候又没有做好统筹协调?当然无法排除这种可能性。但这类学术推测在学术上既无法证实也无法证伪,故而常难以为继。本文尝试仅从"秦可卿淫丧天香楼"叙事的更改这一确定性成书过程出发,试试看能否对第十二回文本问题提供一个合理化解释。因为"淫丧天香楼"故事既有多条脂批内容作为直接证据,又有确切的文本内容作辅助证据,如第五回的判词和判曲、第七回的焦大醉骂等。如果这种尝试的结果证明行不通,则说明另有原因;如果恰好能得出一个合乎逻辑的解释,则很可能就此解开了第十二回时序矛盾的谜底。

将第十二回的问题原因与秦可卿故事的改写相挂钩,学

术界早有其人，代表者如红学家蔡义江先生。蔡先生曾评论道：

> 研究者已注意到秦氏之死与贾瑞之死，在情节安排上有些矛盾：凤姐在那年腊月初二探望秦氏时，秦氏已病危，包括棺木等一应"后事"已在准备。其时贾瑞已来探听过凤姐多次，直到他陷相思局到病死，历时一年多，并无片言只语提及秦氏病况，甚难理解。直到贾瑞的丧事完，才接上"再讲这年冬底……"叙秦氏之死。二者不知孰前孰后，若谓贾瑞之死在前，则秦氏这一年如何成了谜团；若谓秦氏之死在前，则其后是办丧事、出殡等大事，并无空隙可安插贾瑞事。这可能是因为作者删秦氏"淫丧"改为病死情节过程中，尚未及将文字、细节安排妥当所致。[1]

曹雪芹在修改秦可卿故事的时候，修改得并不彻底，现在的文本中仍然保留有一些跟"秦可卿淫丧天香楼"有关的细节，这些细节散落在第五回、第七回、第十三回和第十四回等文字中。仔细梳理这些细节，可以复原出被删除的"秦可卿淫丧天香楼"故事的大致梗概，尤其是能够推算出"秦可卿淫丧天香楼"的大概时间。下面就以第十四回中林如海

---

[1] 蔡义江：《蔡义江新评红楼梦》，龙门书局2010年版，第135页。

去世的时间为切入点,展开具体分析。

1. 林如海的病逝时间问题

如何理解林如海的病逝时间,是长期困扰学术界的一大难题。在第十四回中有一段关于林如海病逝时间的文字,先看原文:

> 正闹着,人回:"苏州去的人昭儿来了。"凤姐急命唤进来。昭儿打千儿请安。凤姐便问:"回来做什么的?"昭儿道:"二爷打发回来的。林姑老爷是九月初三日巳时没的。二爷带了林姑娘同送林姑老爷灵到苏州,大约赶年底就回来。二爷打发小的来报个信请安,讨老太太示下,还瞧瞧奶奶家里好,叫把大毛衣服带几件去。"……连夜打点大毛衣服,和平儿亲自检点包裹,再细细追想所需何物,一并包藏交付昭儿。①

这段文字对林如海病逝的时间记载得非常清楚,而且具体到了时辰,即"九月初三日巳时"。昭儿肯定是在林如海病逝后,才从扬州返回贾府的,所以正常来说,昭儿见王熙凤的时间得是九月中下旬了,而这与秦可卿丧礼的时间存在明显的冲突,故此,学术界对此处文字倍感困惑。针对这处

---

① 人文社本《红楼梦》,第188页。

冲突文字，人文社本《红楼梦》专门作了一个校记：

> 这个日期有讹误。林如海病重、黛玉回南，时在冬底。这也是秦可卿病的"这年冬底"。秦氏死在次年春。第十三至第十五回写秦氏丧礼，王熙凤协理宁国府，弄权铁槛寺。贾琏携黛玉回京，以及凤姐为贾琏接风，恰值秦氏丧期刚过，时间当然也是这年的春天或者暮春。这里说"林姑老爷是九月初三日（注，原文中遗漏"日"字，笔者补）巳时没的"，时间显然不合适。至于"大约赶年底回来""把大毛衣服带几件去"，矛盾也是明显的。因无别本可据，现仍从原本。①

从该校记内容可以看出，人文社本《红楼梦》校勘的时候，早已发现此处文字彼此矛盾的问题，但未作处理。

蔡义江先生在《蔡义江新评红楼梦》中也说此处"时间有问题"，并作了一个注释：

> 林姑老爷是九月初三日巳时没的——这日期与前面所叙有矛盾：第十二回末说："谁知这年冬底，林如海的书信寄来，却为身染重疾，写书特来接林黛玉回去。"时间上与秦氏病重一致，秦氏未过次年春分病逝，丧事

---

① 人文社本《红楼梦》，第192页。

期间，昭儿赶回，岂能说林如海死于秋天，贾琏、黛玉"大约赶年底就回来"。此类疏误，不知因何而起。[1]

可见，这个问题也困扰着蔡先生。不管是人文社本《红楼梦》也好，还是蔡义江先生也好，之所以都觉得这个问题很难解释，其实是因为落入了一个思维定势的陷阱：大家都是按照作者修改后的秦可卿故事来理解的。

而在"淫丧天香楼"叙事下的秦可卿并非"病亡"，而是"淫丧"，故此，第十回、第十一回中关于秦可卿病重的内容大概率是曹雪芹修改过的文字；至于第十二回回末关于林黛玉"这年冬底"离开贾府的文字，是不是为了配合秦可卿第二年春天病逝而作的修改呢？至少有相当大的可能性。

本文认为：第十四回中讲述的林如海死亡的日期，应该才是"秦可卿淫丧天香楼"叙事下的本来面貌，曹雪芹在更改秦可卿故事的时候，没有对前后各回文字进行系统性的调整，故此出现彼此矛盾的现象。具体理由如下：

第一，关于林如海死亡日期的这段文字，各个版本都相同。因此，其属于原本文字的可能性本身就相当大。

第二，《红楼梦》文本中保留有非常多的与"秦可卿淫丧天香楼"叙事相一致而与病亡不一致的文字，如第五回中关于秦可卿的判词与判曲，第七回中的焦大醉骂。再如，第

---

[1] 蔡义江：《蔡义江新评红楼梦》，第151页。

十三回中，除了已删除的"淫丧天香楼"的部分外，其余的文字也大体未作改动，如果不是因为我们知道第十三回删除了"淫丧天香楼"的内容，读起来一定会比第十二回更加莫名其妙。如果作者连第十三回剩余的文字都没修改，则第十三回以后的文字大概率也没有顾上修改。

第三，关于林如海去世的这段文字内在逻辑关系非常合理，完全不像是笔误的文字。林如海九月初三去世，昭儿正常是在九月中下旬回来的，然后要给贾琏带去冬天用的大毛衣服，并说贾琏大概年底回来。这内在的事理和逻辑都是严丝合缝的。而且后面又再次写到凤姐"连夜打点大毛衣服"给昭儿。如果说前面是误写，不可能两次同样都是误写吧。

第四，此处文字与后面第十五回、第十六回文字的衔接也很完美。如果说昭儿见凤姐时间是九月中下旬，则秦可卿出殡的日期应该就是十月中上旬了。这与第十五回、第十六回内容都对景。尽管第十五回、第十六回中的时间非常模糊，但还是有蛛丝马迹可循的。例如，第十五回中，有一处文字："至次日一早，便有贾母王夫人打发了人来看宝玉，又命多穿两件衣服。"其中，"又命多穿两件衣服"与十月初刚由秋入冬的天气很合拍。又如，第十六回中有一处文字："偏那秦钟秉赋最弱，因在郊外受了些风霜……"其中，"受了些风霜"这样的措辞用于形容十月初的天气也很贴切。再比如，第十六回中的另一处文字："一时贾琏的乳母赵嬷嬷走来，贾琏凤姐忙让吃酒，令其上炕。赵嬷嬷执意不肯……"其中，请人上炕坐，这也是很符合书中冬季的生活习惯的。我们读第三回林黛玉进贾府、第六回刘姥姥进贾府、第八回宝玉探宝钗的时候（这三回故事都是发生在冬天），只要留意书中细节，就能体会到，请人炕上坐，是冬天里对人表达关爱的常用方式。例如，第三回中，林黛玉拜见王夫人的时候，"王夫人再四携他上炕，他方挨王夫人坐了"。在第八回，当宝玉去探望薛姨妈和宝钗的时候，写道："薛姨妈忙一把拉了他，抱入怀内，笑说：'这么冷天，我的儿，难为你想着来，快上炕来坐着罢。'"

因此，关于林如海死亡时间的问题，本文的看法：在"淫丧天香楼"叙事下的文本中，林如海应该就是九月初三日巳时去世的，这是一个非常确切的时间。在曹雪芹修改了秦可卿的故事内容后，林如海的这个死亡日期就变得与修改后的故事内容不一致了，这应该是曹雪芹的疏忽造成的。类似的问题在《红楼梦》中很常见。

曹雪芹的这个小疏忽，给我们留下了非常重要的线索。因为根据林如海的去世时间，就能推算出"秦可卿淫丧天香楼"的大致时间来。

2. "淫丧天香楼"叙事下秦可卿死亡时间

在"秦可卿淫丧天香楼"的故事中，现在有两个时间点是非常确定的：一个是林如海的死亡时间，这个是九月初三日；另一个是昭儿见凤姐的时间。第十三回中说了，秦可卿死后需要停灵七七四十九天，而根据第十四回的文字，昭儿见凤姐的日子是秦可卿的"五七正五日上"。什么是"五七正五日"？就是死后大约第三十五天（具体计算方式各地习俗略有差异）。中国葬礼习俗，以七天为一个计时单位，"五七正五日"就是刚好是"满五七"的日子。"满五七"是丧礼中非常重要的日子，所以，书中也大写特写一笔。即便今天，在很多地方，"满五七"仍然是非常重要的祭奠逝者的日子。

现在的变量因素有两个：第一，昭儿在林如海死后多久离开扬州的；第二，昭儿从扬州返回贾府路上用了多久时间。这个当然是无法准确得知的，预估需要十五至二十天的时间，误差肯定有，但对结论不产生实质性影响。所以，前文中曾经做了一个判断：昭儿见凤姐的时间是九月中下旬，秦可卿出殡的时间是十月中上旬。

如果昭儿见凤姐的时间是在九月中下旬，而这一天又是秦可卿死后大约第三十五天，则可推知秦可卿死亡时间在中秋节前后（不考虑闰月等例外因素）。节日前后出大事，这也非常符合《红楼梦》一书的惯常写法。

另外，还有一处关于秦可卿死亡时间的辅助信息。在第六十四回中，从袭人与宝玉的对话中，可合理推知秦可卿死亡的时候，天气依然很热。"袭人道：'我见你带的扇套还是那年东府里蓉大奶奶的事情上作的。那个青东西除族中或亲友家夏天有丧事方带得着。'"中秋节前后虽已经入秋，但白天通常仍然很热。除了生活经验常识外，也有第三十七回中贾芸写给宝玉的信笺内容为证："因天气暑热，恐园中姑娘们不便，故不敢面见。"而贾芸写信的这一天正是中秋节之后，准确说是八月二十一日。由于第六十四回的性质尚存疑，所以本文只将其作为秦可卿死亡时间的辅助证据一并提及，供读者朋友参考。

3."淫丧天香楼"叙事下林黛玉离开贾府的时间

"淫丧天香楼"叙事下林黛玉离开贾府的时间相对难判断一些，但也不是一点线索也没有。

第十三回开头便写道："话说凤姐儿自贾琏送黛玉往扬州去后，心中实在无趣，每到晚间，不过和平儿说笑一回，就胡乱睡了。这日夜间，正和平儿灯下拥炉倦绣，早命浓熏绣被，二人睡下，屈指算行程该到何处，不知不觉已交三鼓。"这处文字之前的内容，应该正是被删除的"淫丧天香楼"故事内容，而这处文字主体内容不排除是"淫丧天香楼"叙事下的原本内容，但为了与前一回中林黛玉"冬底"离开贾府相匹配，部分文字想来是作了细微修改，如"拥炉倦绣"等措辞。在回末和回初进行简单的技术处理，是最简便省事的修改方式，这种修改现象在书中时常可见。现在的难题是，不知道其中的"屈指算行程该到何处"这句是原本文字还是经过修改过的文字。假如其是原本文字，则能推测出黛玉和贾琏二人应该离开不多久，"行程该到何处"，说明二人当在从贾府到扬州的路上，想来也就是十来天到个把月之间的样子。若其不是原本文字，也关系不大，因为还有其他的信息来辅助判断，比如，第十三回另有一处文字，写道："却说宝玉因近日林黛玉回去，剩得自己孤恓，也不和人顽耍，每到晚间便索然睡了。"从这一处文字所在文中的位置看，其应是"淫丧天香楼"叙事下的原本文字无疑，从这句话的措辞中，也可以感知林黛玉应该也是刚离开不久。

从叙事艺术角度，也有利于得出林黛玉是在秦可卿死亡前不久离开的这个结论。林黛玉离开贾府与秦可卿死亡，应该是作者整体构思的，非常"有机"。在写秦可卿死亡之前，先支走林黛玉，艺术手法极高。林黛玉是书中女一号，秦可卿只是配角，如果林黛玉在贾府中，却因为接下来持续写秦可卿的故事而冷落了林黛玉，显得主次颠倒，从这个角度看，先让林黛玉离开，才好放手写秦可卿死。如果秦可卿死亡之前，林黛玉已经离开很久了，从叙事艺术看，反而艺术效果变差了，因为这之间会出现一个长时间的空档期。

如果秦可卿是中秋节前后去世的，则林黛玉离开贾府的时间想来大概是七月或者八月初的样子。这个时候刚入秋，天气还很暖和，想来是没有带多少冬天的衣服，所以才有昭儿见凤姐时所说的："叫把大毛衣服带几件去。"内在的事理和逻辑立得住。按照现在第十二回的文字，林黛玉是"冬底"才离开的话，昭儿又要带冬天的衣服去，反而有点怪怪的了。

所以，第十二回关于林黛玉离开贾府的文字部分，可以认为是作者修改过的文字。其修改的目的是为了与秦可卿病亡的故事相一致。本人推测第十二回林黛玉离开贾府的文字，虽然是经过了修改，但改动幅度可能非常小，很可能仅仅修改了一下时间，比如把"谁知这年七月底"改成了"谁知这年冬底"。其中，目前文本中易引起困惑的"这年"两个字，很可能都是原本文字的残留。

4. 在"淫丧天香楼"叙事下贾瑞的大致死亡时间

在"淫丧天香楼"叙事下，贾瑞肩负"风月宝鉴"的寓意，一定是先于秦可卿、秦钟二人而死。现在复原出了"淫丧天香楼"叙事下的秦可卿大致死亡时间、林黛玉离开贾府的大概时间，我们再来分析第十二回中贾瑞的故事与两者时间上是否合拍。如果合拍，则说明贾瑞故事很可能是没有改动的文字。

根据第一部分的分析，基于对"诸如此症，不上一年都添全了"与"倏又腊尽春回"之间关系的不同解读，贾瑞大概有两个可能的死亡时间：一个是生病后的第三年春天；另一个是生病后的第二年下半年。第十二回没有写贾瑞的确切死亡日期，所以，只要从贾瑞生病到黛玉离开贾府之时能有足够的时长，以便与"不上一年都添全了"不冲突就可以了。

如果林黛玉离开的时间是七月或八月初，则完全可满足与贾瑞死亡时间不冲突的要求：贾瑞上一年腊月生病，如果是第二年七月左右去世，历时八个月左右，超过半年，符合"不上一年"的时间要求。贾瑞如果是第三年春天去世，黛玉是七月或者八月初离开，这就更不冲突，只是中间还会多出了半年时间的空档期。

第十二回中关于贾瑞故事的文字，很可能就是"淫丧天香楼"叙事下原原本本的文字。也正是因为其是原本的文字，所以与修改后的秦可卿故事在时序上才是矛盾的，从而产生了前文分析过的令人困惑的难题：按照现在的文本，贾瑞反比秦可卿后死，甚至比秦钟还后死。

5. 小结

在"淫丧天香楼"的叙事下，几个事件发生的时序如下：贾瑞去世—黛玉离开—秦可卿死亡—秦钟病逝，这个时序当与作者叙事的顺序是完全一致的。而现在的文本，作者保留了原本的叙事顺序，可内在的时序却乱了。

复原"秦可卿淫丧天香楼"叙事下各事件的时序后，再来看第十二回文本的问题，确实能够给出一个具有内在合理性的解释：贾瑞死亡时间的问题，之所以会引发与现有文本的冲突，恰恰因为贾瑞的故事是原本的文字，其时序与"淫丧天香楼"叙事是一致的，自然也就与后来的秦可卿病逝的故事不合拍；林黛玉离开贾府时间的问题，之所以会引发文本之间的冲突，是因为林黛玉离开贾府的时间，是经过修改后的文字，为的是与秦可卿病逝的叙事保持一致，自然也就与依然保持着与"淫丧天香楼"叙事相一致的贾瑞故事相冲突。

最后要说明的是，本文是基于"淫丧天香楼"叙事的视角来对第十二回文本的时序矛盾问题提供一个合理的解释思路，具有一定的试验性，并不代表这就是最后的真相，因为"解释得通"与"一定是如此"之间并不能简单画等号。

《红楼梦》"二秦故事"文本问题解释路径新探

——秦可卿"淫丧"与"病亡"两条叙事线的交织与矛盾[①]

秦可卿和秦钟姐弟俩的故事(后文简称"二秦故事")存在着内容矛盾、时序错乱、叙事断档、交代不清等众多文本问题,不仅给读者理解这部分内容带来极大的困扰,也给学界带来了长期的挑战。如何理顺"二秦故事"的叙事脉络并解释清楚各种矛盾的缘由,可谓是红学研究的一个难点。本文将在这一难题上尝试作出一点新的探索。

一、"二秦故事"中的文本问题

先来简单梳理一下"二秦故事"所涉及的文本问题,看看前辈学人在这个问题上都作出了哪些探索以及遇到哪些困扰。

1. 秦可卿死亡方式与原因

秦可卿死亡方式和原因在书中呈现明显的矛盾状态:第五回中秦可卿的判曲、判词及对应的"美人悬梁自缢"图,

---

① 本文首发于《红楼梦学刊》2023年第5辑,略有增删。

第七回中的焦大醉骂，第十三回中的诸多反常状态以及对应的多条脂批，皆清晰地指向秦可卿是因为与贾珍之间有过暧昧关系而悬梁自尽的，即脂批明确揭示的"淫丧天香楼"故事情节。而根据第十回、第十一回中秦可卿病重难愈的描写内容，又可以非常合理地推断出秦可卿是病亡的结论。那么，秦可卿究竟是"淫丧"还是"病亡"的呢？这是秦可卿故事中相当难回答且又必须得回答的问题。

顾颉刚先生在1921年6月24日与俞平伯先生的通信中，曾感叹道："若说可卿果是自缢的罢，原文中写可卿的死状（指病死，笔者注），又最是明白。作者若要点明此事（指淫丧，笔者注），何必把他的病症这等详写？这真是一桩疑案。"①

顾先生的困惑，到今天也依然在困扰着我们。尽管在顾先生与俞先生通信的随后几年中，陆续发现了甲戌本和庚辰本，这两个本子在批语中都清楚地提及批书人曾让曹雪芹删除"淫丧天香楼"的内容，但关于秦可卿死亡的方式与原因，在理解上仍然有严重分歧。

一种看法认为秦可卿仍然是"淫丧"，只是从明写改为暗写。俞平伯先生即持此种看法。

---

① 俞平伯：《红楼梦研究》，人民文学出版社1973年版，第118—119页。

> 既宝玉与秦氏之事须如此暗写，推之贾珍可卿事亦然。若明写缢死，自不得不写其因；写其因，不得不暴其丑，而此则非作者所愿。但完全改易事迹致失其真，亦非作者之意。故处处旁敲侧击以明之，使作者虽不明言而读者于言外得求其微音。……吾兄（指顾颉刚）致疑于其病，不知秦氏系暴卒，而其死与病无关。细写病情，正以明秦氏之非由病死。[1]

此是俞平伯先生1921年6月30日答复顾颉刚先生的信，当时俞平伯先生自然还不知道曹雪芹曾删除"淫丧天香楼"内容之事。但后来俞平伯先生知道了相关脂批后，不仅没有改变这一看法，反而进一步确信了这一看法。[2] 当前学界持有这种看法的也依然还有人在。

另一种看法，认为作者已经将秦可卿之死从"淫丧"改为"病亡"，代表人物如蔡义江先生。

> 脂评只提到删而未言改，并不等于没有改或可以不改。秦氏患病事应为原有，但写其病情发展趋势，当有所更改。因为初稿既写其"淫丧"，则只能写她病渐有

---

[1] 俞平伯：《红楼梦研究》，第122—123页。
[2] 俞平伯：《红楼梦研究》，第124—125页。

起色，而不能写成病危至家人皆已准备后事。[1]

2. 秦可卿死亡时间

秦可卿死亡时间是书中另一个存在显著自相矛盾的地方。由于对第十二回中"谁知这年冬底，林如海的书信寄来，却为身染重疾，写书特来接林黛玉回去"这处文字存在不同的解读方式，故而对秦可卿的死亡时间也存在理解上的显著分歧。

一种看法是将"这年冬底"的黛玉离开贾府之事与贾瑞之死理解为顺叙关系，即林黛玉离开贾府发生在贾瑞死亡之后。而贾瑞故事又前后跨时三个年头，故而，秦可卿之死距离第十一回中讲述到她病重的时间，其间已经间隔有两年多了。俞平伯先生即持这种看法。

> 书中叙可卿之病、之死，中间夹了贾瑞一段事。第十二回说：贾瑞底病"不上一年都添全了"，是贾瑞病了将近一年。又说，"倏又腊尽春回，这病更加沉重"，是到了次年的春天（秦氏生病第三年）。回末叙林如海底病，说"谁知这年冬底"，第十三回开始即叙可卿之死。是可卿之死在冬春之交，距书中说她底病实有了两

---

[1] 蔡义江：《蔡义江新评红楼梦》，第136页。

个足年还多。①

另一种看法是将"这年冬底"的黛玉离开贾府之事与贾瑞之死理解为并叙关系。即从第十一回的故事中引入两条故事线，其中一条是贾瑞故事，另一条是黛玉离开贾府以及秦可卿病逝。这样理解的话，则秦可卿之死距第十一回中她的病重则只有两个来月的时间。如蔡义江先生即持有这种看法："第十二回末说：'谁知这年冬底，林如海的书信寄来，却为身染重疾，写书特来接林黛玉回去。'时间上与秦氏病重一致，秦氏未过次年春分病逝。"②

以上两种看法中，不管是俞平伯先生认为的秦可卿死在其病后两年多的冬春之交，还是蔡义江先生认为的她死在病后次年的春分之前，都与第十四回中的有关内容直接冲突。根据第十四回中昭儿对王熙凤讲述的林如海去世的日子——九月初三，以及当时正是秦可卿葬礼的满五七之日来看，可以大体推断出"淫丧"叙事下的秦可卿死亡时间是在中秋节前后，而且这一死亡时间，在第六十四回中，也可以得到辅助支持。③

---

① 俞平伯：《红楼梦研究》，第120页。
② 蔡义江：《蔡义江新评红楼梦》，第151页。
③ 石问之：《〈红楼梦〉第十二回时序问题新探》，《红楼梦学刊》2022年第2辑。

3. 叙事断档的问题

在"二秦故事"中，有几个地方存在叙事断档，从而造成故事内容不够连贯的现象。

比如，宝玉和秦钟二人从什么时候因什么事情而停止了上学，在书中完全找不到答案。第九回顽童闹学堂之后，并没有说他二人从此就不再上学了，因此，正常来说，宝玉和秦钟应该是在继续上学。而从第十一回开始，就完全没有提及二人上学之事了，像压根就没有上学这回事的样子。这一回中，宝玉参加了贾敬生日活动，丝毫没有提及他没去学校的理由，至于秦钟，也只字没提；直到第十四回，方突然提起给二人装修书房以便读夜书之事来。而读夜书这事又是因何而起，也完全不得而知。

再比如，在第九回中，针对"原来这学中虽都是本族人丁与些亲戚的子弟，俗语说的好：'一龙生九种，九种各别。'未免人多了，就有龙蛇混杂，下流人物在内。自宝、秦二人来了，都生的花朵儿一般的模样，又见秦钟腼腆温柔，未语面先红，怯怯羞羞，有女儿之风；宝玉又是天生成惯能作小服低，赔身下气，性情体贴，话语绵缠，因此二人更加亲厚，也怨不得那起同窗人起了疑，背地里你言我语，诟谇谣诼，布满书房内外"这段文字，蒙府本和戚序本都有夹批曰："伏下文阿呆争风一回。"与蒙府本的侧批来路不明不同，蒙府本和戚序本的夹批，一般认为属于脂批，内容是相对可靠的。那么，问题来了，脂批说的"伏下文阿呆争风一回"究竟指哪一回呢？在现有文本中，与薛蟠"争风"略微有点相似性的情节涉及两回，即第二十八回和第四十七回。但细究起来，又都不像。第四十七回中，只是薛蟠单方面想要调戏柳湘莲，完全谈不上"争风"，根本没有人跟他争，也没看出他在吃谁的醋。第二十八回中，薛蟠、宝玉与蒋玉菡三人的事情，乍一看薛蟠有点像在争风吃醋，实则也只是酒场中的调侃戏耍行为而已，并为"宝玉挨打"之后发生的诸多事情做伏笔。而且在第九回中，脂批所针对"也怨不得那起同窗人起了疑，背地里你言我语，诟谇谣诼，布满书房内外"这处文字，从内容上看，与第二十八回宝玉与蒋玉菡之事也没有任何逻辑上的关联性和相似性。如果第二十八回和第四十七回能被合理地排除掉，则脂批所谓的"伏下文阿呆争风一回"在现有文本上则完全不知所指，即亦存在叙事断档现象。刘世德先生对此有独到见解，且留待后文再作分析。

4. 交代不清的问题

在"二秦故事"中，有多处文字存在跳跃性或者是突兀性，让读者无法把握其叙事的脉络或者前因后果。比如，第十回和第十一回这两回故事的时间线突然与前面几回文字的时间线无法清晰对接。

我们先以第十一回为基准,来倒推一下各故事的发生时间。第十一回贾敬过生日的时间是在九月中旬,这一点书中有明确的交代,这与书中描写的物候特征整体来说是一致的。以贾敬过生日为基准时间进行倒推,可知第十回的故事发生于贾敬生日之前的两日内,自然也是在九月份。同样的,以贾敬生日为基准时间,倒推三天,正是第九回闹学堂之事发生的时间。因此,如果从第十一回倒推,闹学堂应当是在九月份。

我们再以第六回为基准,来顺推一下各故事的发生时间。第六回中,刘姥姥进贾府的时间,书中说是"秋尽冬初",从书中描写的王熙凤的穿着打扮以及已经要用手炉取暖来看,可以判断出应该是十月份的时候。从第六回刘姥姥进贾府开始,到第九回宝玉与秦钟第一日上学,这段故事的时间线非常连贯。以刘姥姥进贾府之日为基准,次日宝玉会秦钟,第三日宝玉大醉绛芸轩,第四日贾蓉带秦钟到荣国府拜见贾母。书中唯独有一点点模糊的地方,就是秦业带秦钟拜见贾代儒的时间。按理来说,应该就是秦钟拜见贾母的同一天,即秦业带秦钟先到宁国府,然后贾蓉先带秦钟拜望贾母,之后秦业带秦钟去见贾代儒。如果说这个推断成立的话,则第九回宝玉同秦钟去上学的日子,刚好是刘姥姥进贾府之后的第六日。刘姥姥是十月份进的贾府,正常来说,宝玉与秦钟去上学的时间应该也是十月份。这与第九回中袭人为宝玉第一日上学准备了大毛衣服以及脚炉、手炉等取暖之物的描写是吻合的。

这样的话，在第九回中，宝玉与秦钟是十月份上的学，然后次年九月份闹的学堂。从入学到闹学堂，中间间隔十一个月的时间。当然，这是根据前后回文字推论出来的，第九回本身关于这段时间的表述有些模糊，只有两处比较笼统的说法：一处是说秦钟"不上一月之工"在荣国府便熟了；另一处有关的文字如下：

> 如今宝、秦二人一来，见了他两个（指香怜、玉爱），也不免绻缱羡慕，亦因知系薛蟠相知，故未敢轻举妄动。香、玉二人心中，也一般的留情与宝、秦。因此四人心中虽有情意，只未发迹。每日一入学中，四处各坐，却八目勾留，或设言托意，或咏桑寓柳，遥以心照，却外面自为避人眼目。不意偏又有几个滑贼看出形景来，都背后挤眉弄眼，或咳嗽扬声，这也非止一日。可巧这日代儒有事，早已回家去了……将学中之事，又命贾瑞暂且管理。[1]

前引文中，说宝玉、秦钟二人一入学，就对香怜、玉爱产生"绻缱羡慕"之情，又说四人常暗自传情并被同窗察觉

---

[1] 人文社本《红楼梦》，第135页。

也"非止一日"。这"非止一日"到底是多久，无从知道，但根据第九回本身的内容看，说宝玉、秦钟从入学到闹学堂，中间间隔达十一个月之久，似乎是值得怀疑的。理由有四：第一，宝玉、秦钟从一入学就对香怜、玉爱有了爱意，要等将近一年的时间才有机会接触，这似乎也太能沉得住气了，不太可信。第二，如果宝玉、秦钟都上了快一年的学，才开始闹学堂，这已经可以算是很守纪律的好孩子了，不太像二人的形象定位。第三，宝玉、秦钟和同学们之间似乎还不是很熟，比如二人尚不知道金荣的身世背景。第四，如果是从头一年十月份入学，到次年九月闹学，正常来说，这中间必然会被放年学一类的各种假期隔断很久，可第九回中丝毫看不见有这种放假迹象。

从个人的阅读体验看，当读到第十一回文字时，发现时间突然到了次年九月，总是有种莫名其妙的恍惚感，觉得其中时间交代得不够清楚，似乎不该有如此大的跨度。戴不凡先生对此也颇感困惑：

> 问题在于：宝玉入塾明是隆冬，入塾后个把月闹学，闹学后四五天即是贾敬生日，情节扣得很紧，怎么时间忽而从隆冬变成了九月半呢？是可谓岁月倒流。[1]

---

[1] 戴不凡：《红学评议·外篇》，文化艺术出版社1991年版，第281—282页。

如果书中文字让读者读起来普遍都觉得一头雾水，那只能说明其存在交代不够清晰的问题。

类似的交代不清的地方，还有贾瑞之死与秦可卿之死乃至秦钟之死在时间上的先后问题。从常理来说，既然贾瑞之死在叙事结构上先于秦可卿之死，而且又肩负"风月宝鉴"之重大寓意，自然应该是先于秦可卿之死。针对贾瑞死后停灵在铁槛寺，脂批曰："先安一开路之人，以备秦氏仙柩有方也。"可见，在批书者看来，贾瑞也是应先死的。可是，当细读文本时，发现似乎又不是这么回事了。第十二回中，关于贾瑞生病，曾言"诸如此症，不上一年都添全了"，可见其从生病到死亡，历时不短。反倒是秦可卿，第十一回中已经奄奄一息，时日不多了。可见，此处存在叙事上交代不清的问题也是显而易见的。

周汝昌先生在《红楼纪历》一文中，将"不上一年"径改作"不上一月"，并解释道：

> 按此处"一月"，依旧钞本改。《痴人说梦》之四《镌石订疑》、蝶芗仙史评本并云："案旧钞本'年'作'月'。"又王伯沆批本亦论及一年当作一月。今传世诸本盖嫌"一月"之内诸症添全，似乎过快，故改"一年"，不思雪芹原书年月皆有贯串也。①

---

① 周汝昌：《红楼梦新证》，第158页。

郑庆山先生从文理上亦认为"一月"比较合理。[①] 周观武先生也认为"一年"当为"一月"之误。[②] 而戴不凡先生则对周汝昌先生的观点，提出反驳意见："找不到任何足以服人的确凿证据，说庚、戚等本的'不上一年'定系后人妄改，断非作者原意。因而也可以说，贾瑞害了一年多相思病，死于第十二年春（指周汝昌先生自己编制的以贾宝玉出生当年为第一年的红楼纪年）。"并认为贾瑞害了一年多的相思病更为合理。[③] 此类争议，究其根由，皆是由于原本文字存在交代不清所致。

再有，第十六回结尾处"秦钟遗言"部分似乎也存在交代不清的问题。"秦钟道：'并无别话，以前你我见识自为高过世人，我今日才知自误了。以后还该立志功名，以荣耀显达为是。'说毕，便长叹一声，萧然长逝了。"事实上，书中从没写到二人在人生观、价值观方面有过正面交流，二人以前的"见识"究竟是啥，完全不知。尽管读者也可以自己脑补，但从叙事艺术看，还是略显突兀。

此外，根据第三十四回、第四十七回的有关叙述，可以得知薛蟠曾为秦钟之事大闹过，以及柳湘莲、秦钟、宝玉三人关系非常友好等内容。可问题是，这些内容在第十六回之

---

① 郑庆山：《脂本汇校石头记》，第125页。
② 周观武：《也谈〈红楼梦〉中有关秦可卿病死的几处疑点与误笔》，《河南大学学报》（社会科学版）1998年第2期。
③ 戴不凡：《红学评议·外篇》，第284页。

前，即秦钟未死之前，没有任何交代或者暗示，所以显得非常之突兀。从叙事艺术上看，这是非常糟糕的，完全不像《红楼梦》应有的艺术水准。

5.版本异文问题

在《红楼梦》各个版本中，"二秦故事"涉及两处关键性异文：一处是第九回结尾处的文字；一处是第十六回结尾处的文字。

第十六回结尾处的异文，宏观上呈现出四种不同的类型：甲戌、己卯、庚辰、蒙府、戚序这五个版本是一个类型，俄藏本和舒序本总体上看是一个类型（舒序本在俄藏本文字基础上增补了一部分情节），甲辰本是一个类型，杨藏本是一个类型。该处异文，因为有甲戌本文字和大量的批语可作参考，又有己卯本破损的样式作辅证，而且各异文之优劣也比较容易鉴别出来，因此尽管也有些分歧，但多数学者的看法是甲戌、己卯、庚辰、蒙府和戚序这五个版本代表的文字是原本文字。

与第十六回结尾处之异文相比，第九回结尾处之异文，判断起来则要困难很多。如果粗线条划分的话，亦可将其分成四个类型：即己卯本、庚辰本、蒙府本、戚序本、杨藏本属于一个类型。下面以庚辰本文字为例看看其内容：

见微知著：红楼梦文本探

> 金荣强不得，只得与秦钟作了揖。宝玉还不依，偏定要磕头。贾瑞只要暂息此事，又悄悄的劝金荣说："俗语说的好，'杀人不过头点地'。你既惹出事来，少不得下点气儿，磕个头就完事了。"金荣无奈，只得进前来与宝玉磕头。

因为上述引文中，"金荣无奈，只得进前来与宝玉磕头"一句存在严重的逻辑问题，故此，戚序本将其中的"与宝玉磕头"修改为"与秦钟磕头"。所以现在的校勘本，此处大多就采用了戚序本文字。

俄藏本文字是一个类型：

> 金荣强不过，只得与秦钟作了个揖。宝玉还不依，偏定要磕头。贾瑞只要暂息此事，又悄悄的劝金荣磕头，金荣无奈何。俗语云："在他门下过，怎敢不低头。"

周汝昌先生认为俄藏本文字是《红楼梦》此处原本文字："此回之结式，在苏本（即俄藏本）独存其真，可贵之至。"[1]

甲辰本和程高本文字稍有差异，但属于一个类型无疑。下面以甲辰本为例看看其内容：

---

[1] 周汝昌：《石头记：周汝昌校订批点本》，漓江出版社2009年版，第169页。

金荣强不过，只得与秦钟作了揖。宝玉还不依，定要磕头。贾瑞只要暂息此事，又悄悄的劝金荣说："俗语云：'忍得一时忿，终身无恼闷。'"

舒序本文字是最为独特的一个类型：

金荣强不过，只得与秦钟作了揖。宝玉还不依，偏定要磕头。贾瑞只要暂息此事，又悄悄的劝金荣说："俗语说的，'光棍不吃眼前亏'。咱们如今少不得委曲着赔个不是，然后再寻主意报仇。不然，弄出事来，道是你起端，也不得干净。"金荣听了有理，方忍气含愧的来与秦钟磕了一个头，方罢了。贾瑞遂立意要去调拨薛蟠来报仇，与金荣计议已定，一时散学，各自回家。不知他怎么去调拨薛蟠，且看下回分解。

与其他版本文字最突出的不同是舒序本此处多了一部分内容，即贾瑞与金荣商议，要通过挑拨薛蟠来报复秦钟和宝玉。因为接下来的第十回中并无贾瑞、金荣挑拨薛蟠的内容，前后回内容明显无法衔接，所以舒序本此处文字就有些匪夷所思了。刘世德先生将蒙府本、戚序本第九回中"伏下文阿呆争风一回"之批语、第三十四回中薛宝钗所讲的薛蟠曾"为一个秦钟，还闹的天翻地覆"之话、舒序本第九回结尾文字等结合起来，认为舒序本此处文字是曹雪芹早期文字，后来各个版本的文字则是曹雪芹不同时期的改写文字。[1] 蔡义江先生则持不同看法："此回结尾，要金荣给秦钟磕头赔罪文字，各版本多有差异，恐多属后来整理者所增饰改动，未必出于作者的不同稿本。"[2] 张俊和沈治钧二位先生对这个问题的看法则是："诸本差异，当为后来修订者所增饰，何为原笔，尚难确考。"[3] 由此可见这个问题给学界带来的困惑之大。

以上是针对"二秦故事"中存在的较为突出的文本问题做个简单的综述。除了这些比较突出的问题外，还有很多隐性的问题，尤其是第十三回中的隐性问题尤为集中，不再一一举出。就这些文本问题，如何给出有足够说服力的解释，考验着每个研究者在这个问题上思考的深度和广度。

二、"二秦故事"文本问题新解

为了更好地解释"二秦故事"中存在的诸多文本问题，学界可以说一直在努力。

如清代王希廉通过引入后四十回中之鸳鸯自缢内容，将第五回中的秦可卿判词及图册解读为秦可卿与鸳鸯合体。但

---

[1] 刘世德：《〈红楼梦〉版本探微》，华东师范大学出版社2003年版，第3—23页。
[2] 蔡义江：《蔡义江新评红楼梦》，第112页。
[3] 张俊、沈治钧：《新批校注红楼梦》，第207页。

在甲戌本和庚辰本相继出现后，由于其批语上皆明确指出曹雪芹曾删除了"淫丧天香楼"文字，以及伴随着新红学对后四十回作者的重新认识，如今这种看法已经无法成立了。

又如俞平伯先生，通过将曹雪芹删除"淫丧天香楼"文字之用意解读为从明写"淫丧"改为暗写来调和文本矛盾。如果说秦可卿最后仍是死于"淫丧"，只是从明写改为暗写，则无法解释第十一回秦可卿已经病危并开始预备后事的有关内容，而这也正是顾颉刚先生当年的疑惑之所在。同样的，也解释不了第十二回中黛玉"冬底"离开贾府、第十三回中秦可卿死于冬春交接之际与第十四回中林如海死于九月初三日这类自相矛盾的内容。

又如戴不凡先生，用其自创的曹雪芹在"石兄"之《风月宝鉴》旧稿基础上改写成《红楼梦》的成书理论来解释"二秦故事"中的部分文本问题，代表作如《秦可卿晚死考》。[1] 也有研究者尝试着用《风月宝鉴》与《石头记》"二书合成"之成书假设来解释"二秦故事"中的文本问题。[2] 用这两种成书思路来解释"二秦故事"之文本问题，有三个缺陷：一是论证的前提完全建立在假设之上，基础不牢。因为《红楼梦》是不是在《风月宝鉴》基础上一稿多改而成，抑或者是二书

---

[1] 戴不凡：《红学评议·外篇》，第257—268页。
[2] 孙奇、姜复宁：《〈红楼梦〉二书合成过程中被隐藏的叙述——由薛蟠、秦钟、秦可卿三人的关系谈起》，《北华大学学报》（社会科学版）2016年第3期。

合并而成，这本身只是学术界的推测，尽管这两种可能性是存在的，但并没有任何直接的证据，谁也不知道真实情况到底如何，也无法判断这两种可能性中哪一种可能性更大。这属于以未确证的前提为基础来论证待解之事项，其结论的可靠性可想而知。二是论证的过程同样也是充满过多的假设和猜测。三是与其他几种解释方法一样，也是只能解释"二秦故事"中的局部文本问题，很难把所有的问题或者大部分问题用一个思路全都解释清楚。如果一个解释路径，不足以解释全局问题，那对局部问题的解释，即使看起来似乎很合理，其实也是不可靠的。

又如刘心武先生，沿用索隐方法阐释"二秦故事"之文本，自创"秦学"解释体系。刘心武先生的"秦学"早已受到学界广泛的质疑了，本文就不多评价了。

又如前文中曾多次引用过的蔡义江先生的观点，蔡先生已经尝试用从"淫丧"改为"病亡"这一思路来解释秦可卿故事中的部分疑点问题。

上述各学说之提出，皆是学界探索这一难题的阶段性学术成果，都很有启发性。本文将在批判继承前人学术成果的基础上，进一步深化、细化、优化关于"二秦问题"的解释思路，看看能否走得更通、更远。

1."淫丧天香楼"叙事下之文本内容

在甲戌本第十三回中,有批语直接指出批书人曾令曹雪芹删除"秦可卿淫丧天香楼"情节,庚辰本也有类似的批语。这是最直接的证据,说明在《红楼梦》原本的内容中,秦可卿"淫丧"是事实而不是假设。想来,第十三回原本的回目应该正是"秦可卿淫丧天香楼,王熙凤协理宁国府"。我们现在看到的"秦可卿死封龙禁尉,王熙凤协理宁国府"回目,应该属于删除"秦可卿淫丧天香楼"后临时凑成的回目,所以回目标题的质量也不高。

用"淫丧天香楼"叙事来反观现在的文本内容,很多内容都能得到圆满的解释。比如第五回中有关秦可卿卧房之描述、判词及其图册、判曲等内容显然是与"淫丧天香楼"完全匹配的;又如第七回中焦大醉骂之"爬灰",显然也是"淫丧"叙事下的文字;再有,第十三回的文字中,除了开篇部分讲述的凤姐与平儿"拥炉倦绣""浓熏绣被"等几句话疑似属于改写过的之外,剩余的文字应该都是"淫丧"叙事下原本的文字。合家听到秦可卿死讯时"都有些疑心",宝玉听到秦可卿死讯后直吐血,宁国府中现找棺木,瑞珠触柱而死,宝珠执意要在铁槛寺为秦可卿守灵而不归,尤氏突然犯胃病,贾珍如丧考妣,凡此种种异常,皆因其是"淫丧"叙事下之原本文字。

第十四回、第十五回的文字，都是紧扣第十三回内容而来的，如果作者连第十三回中文字都没怎么做修改，则第十三回以后的文字被修改的可能性就更小了。正常来说，第十四回和第十五回应该全部都是"淫丧"叙事下之文字。

其中第十四回中，一处看起来极不协调的文字，却无意中透漏了"淫丧"叙事下秦可卿真实的死亡时间。这就是长期困扰研究者的林如海死亡日期问题。根据昭儿向王熙凤的汇报，林如海病逝于九月初三日，再结合昭儿从南方回来之当日刚好是秦可卿丧礼满五七的正日子，可以推断出"淫丧"叙事下秦可卿真实的死亡时间是中秋节前后。[①] 这是一个至关重要的信息，它是揭开诸谜团的一把钥匙。

秦可卿死于中秋而非冬春之交，在第六十四回中能得到进一步的佐证。综合第六十四回的内容看，其应该来自于定稿之前的某个早期稿本，其内容对于探索《红楼梦》文本内容之演变具有非常重要的参考价值。在第六十四回中，从袭人与宝玉的对话中，可合理推知秦可卿死亡之时，天气依然很热。"袭人道：'我见你带的扇套还是那年东府里蓉大奶奶的事情上作的。那个青东西除族中或亲友家夏天有丧事方带得着。'"中秋节前后虽已经入秋，但白天仍然很热。除了生活经验常识外，这也有第三十七回中贾芸写给宝玉的信

---

① 石问之：《〈红楼梦〉第十二回时序问题新探》，《红楼梦学刊》2022年第2辑。

笺内容为证："因天气暑热，恐园中姑娘们不便，故不敢面见。"而贾芸写信的这一天亦是中秋节之后的几天。

"淫丧"叙事的真实性以及"淫丧叙事"下秦可卿死于中秋时节是本文立论的两个重要基础。

2. "淫丧"改"病亡"的文本依据

在删除了第十三回"淫丧天香楼"的内容后，作者只是想把明写改为暗写呢，还是重新对人物形象进行了定位，并把"淫丧"改为"病死"呢？本文的看法是：作者不仅仅只是删除了"淫丧天香楼"的内容，而是重新构建了一条以"病亡"为内容的叙事线。在"病亡"叙事线下，秦可卿的人物形象、生病缘由、死亡方式甚至与贾珍尤氏之公婆关系等都被重新定义了。下面看看秦可卿"病亡"的文本依据。

在第十一回的结尾部分，当王熙凤过完冬至，腊月初二再去看望秦可卿时，她与尤氏的对话内容暗示秦可卿已经病重得快要不行了。

> 凤姐儿答应着就出来了，到了尤氏上房坐下。尤氏道："你冷眼瞧媳妇是怎么样？"凤姐儿低了半日头，说道："这实在没法儿了。你也该将一应的后事用的东西给他料理料理，冲一冲也好。"尤氏道："我也叫人暗暗的预备了。就是那件东西不得好木头，暂且慢慢的

办罢。"于是凤姐儿吃了茶,说了一会子话儿,说道:"我要快回去回老太太的话去呢。"尤氏道:"你可缓缓的说,别吓着老太太。"凤姐儿道:"我知道。"[1]

王熙凤当着尤氏的面讲的自然是实话。透过她说的"这实在没法儿了"并建议尤氏准备后事,可知已经无力回天。而且尤氏事实上已经开始预备后事了。尤氏还特意提醒王熙凤回复贾母的时候要"缓缓的说,别吓着老太太"。此时距离张太医问诊已经过去将近三个月,可秦可卿的病不但没有好转迹象,更是危在旦夕了。所以,当读者读到这些内容的时候,除了将其理解为秦可卿即将要去世之外,很难再作别的解释。

此段文字中,还有一个非常重要的细节,显示出这段文字是后来专为"病死"而改写的。这个细节就是尤氏提到的"就是那件东西不得好木头,暂且慢慢的办罢"。在"淫丧天香楼"叙事下,秦可卿是自缢身亡,这属于突发事件,所以,当合家得知秦可卿死讯时,才"无不纳罕,都有些疑心"。既然是突发事件,自然不会有提前预备后事以及准备棺木的道理。来看第十三回中对准备棺木一事的表述:

贾珍见父亲不管,亦发恣意奢华。看板时,几副杉

---

[1] 人文社本《红楼梦》,第159—160页。

木板皆不中用。可巧薛蟠来吊问，因见贾珍寻好板，便说道："我们木店里有一副板，叫做什么樯木，出在潢海铁网山上，作了棺材，万年不坏。这还是当年先父带来，原系义忠亲王老千岁要的，因他坏了事，就不曾拿去。现在还封在店内，也没有人出价敢买。你若要，就抬来使罢。"贾珍听说，喜之不尽，即命人抬来。大家看时，只见帮底皆厚八寸，纹若槟榔，味若檀麝，以手扣之，玎珰如金玉。大家都奇异称赞。[1]

这段文字应是"淫丧天香楼"叙事下的原本文字，正因为秦可卿原本是突然自缢而亡，所以，才需要临时寻找棺木，这是非常合理的。

之所以要在第十一回中，趁着尤氏与凤姐的对话，讲出棺木还没找好一事，正是为了与第十三回这处临时找棺木的文字相匹配，使得秦可卿死后还在寻找棺木具有合理性。这体现了曹雪芹思维的严谨性，就是在不改动第十三回这处找棺木的情节的前提下，移花接木，将其从原本是"淫丧"叙事下的文字巧妙转化为"病亡"叙事下的文字，即把"淫丧"叙事下临时现找棺木变成"病亡"叙事下的一直持续在寻找棺木。从曹雪芹意识到第十三回中临时寻找棺木一事需要重新合理化却不删改这处文字这一处理手法来看，说明这处文

---

[1] 人文社本《红楼梦》，第173—174页。

字确实很重要，其中秦可卿棺木涉嫌僭越一事，或许正是后来宁、荣两府败家时的罪状之一。

"淫丧"改"病亡"的另一个文本依据是第十三回开头部分的文字。第十三回在开头部分写道：

> 话说凤姐儿自贾琏送黛玉往扬州去后，心中实在无趣，每到晚间，不过和平儿说笑一回，就胡乱睡了。
> 这日夜间，正和平儿灯下拥炉倦绣，早命浓熏绣被，二人睡下，屈指算行程该到何处，不知不觉已交三鼓。平儿已睡熟了。凤姐方觉星眼微蒙，恍惚只见秦氏从外走来……①

这处文字显然是承接第十二回结尾而来。在第十二回结尾时，林黛玉于"这年冬底"得知父亲病重的消息，故而在贾琏陪同下返回扬州探父。据其中"屈指算行程该到何处"等措辞看，显然这是贾琏同黛玉刚离开不久的样子；"拥炉倦绣"这也是一幅寒冬美人倦绣图的画面。由此可知，现在我们看到的第十三回的文字，肯定是把秦可卿死亡的日期确立在冬春交接之际。这与第十一回中对秦可卿的病情描述情况高度合拍。

前文分析过，在"淫丧"叙事下秦可卿死亡的时间原本

---

① 人文社本《红楼梦》，第170页。

当在中秋期间，由此可知，在第十三回中，秦可卿死亡的时间是被特意改为冬春交接之际。这样修改的目的显然是为了与"病亡"叙事相匹配。至于第十二回中描述贾瑞病程时，因用了"诸如此症，不上一年都添全了"这一表述，并由此造成的秦可卿从生病到死亡的时间间隔超过一年的问题，则可归因于作者的疏忽，即作者在将秦可卿从"淫丧"改为"病亡"后，忽略了对贾瑞部分的文字作配套修改。

对于第十一回的内容应是曹雪芹后来局部改写过的文字，此外还有两个辅助性证据。

辅助证据之一是第十二回中的一处叙事突兀文字值得留意。在第十二回中，贾瑞去凤姐处时，突然问凤姐"二哥哥怎么还不回来"。可见，当时贾琏是不在家的。从叙事的内在合理性看，这是非常有道理的，只有贾琏不在家，贾瑞才有机会去凤姐处。可是贾琏去哪里了，去干什么了，什么时候走的，预期什么时候回来，通通不知道。这样从叙事艺术看，就显得非常突兀，非常草率，不像《红楼梦》应该有的艺术水平，甚至在文本的理解上也变得更加困难，乃至产生分歧。比如，张俊和沈治钧二位先生就曾将其解读为贾琏此时是送黛玉南下了。

这里可以拿第二十四回中贾琏、贾芸和凤姐三人交往的情节做个对比，二者具有高度的相似性。作者为了让贾芸能直接去凤姐处找凤姐，所以先给贾琏安排个差使外出："明儿一个五更，还要到兴邑去走一趟，须得当日赶回来才好。"至于贾芸呢，他第二天"打听贾琏出了门，贾芸便往后面来。到贾琏院门前……"这样，这个故事的叙述就井井有条、从容不迫了。

反观第十二回，贾琏不在家这一细节之所以会非常突兀，原因或许就出在第十一回的改写上。如前所述，第十一回后半回中，凤姐于冬至后去探望奄奄一息的秦可卿这部分内容，应该是"病亡"叙事下改写过的文字，作者在改写的时候大概把贾琏外出的内容一起删除了，从而留下了这样一个叙事艺术上的小瑕疵。当然这是基于本人对《红楼梦》叙事艺术和手法的把握而做出的解读，必然有主观性，所以本人将其作为辅助性证据。

辅助性证据之二是一些奇特的版本现象值得思考。比如说，在戚序本和蒙府本上，第十一回没有夹批。在学术界，公认蒙府本和戚序本上的夹批属于脂批。在蒙府本和戚序本上，前十回的夹批分别得很有规律：单回有，双回无。而第十一回到第二十回中，只有第十一回没有夹批，其他回目都有。为什么单单第十一回没有夹批？这就值得思考了。

至于己卯本和庚辰本，其属于脂批性质的批语也是从第十二回才开始有的。己卯本和庚辰本是非常明显的每十回一卷的抄写结构，那么为什么在它们第二卷的十回中，批语不是从卷首的第十一回开始，而是从第十二回才开始的呢？这同样值得思考了。这是个很有趣的现象。

3."病亡"叙事下之文本内容

从第十一回中秦可卿病重到第十三回中去世，在"病亡"这条叙事线下，从叙事合理性和完整性角度看，还缺一个重要的环节，就是秦可卿生病的原因。而第十回中，无论是尤氏与贾璜之妻金氏的对话内容，还是张太医"论病细穷源"，都是在讲秦可卿生病之事实以及病因，刚好能补上"病亡"叙事下所缺少的"病因"这一环。秦可卿作为二十来岁的年轻人一病即亡，没有像样的病由，故事难谓合理。从这个角度看，如果说第十回可能是"病亡"叙事下重新改写过的文字，是完全站得住脚的。

这样看来，第十回的文字就存在两种可能性：第一种可能性，这就是"淫丧"叙事下的文字，其与第十一回前半回中贾敬过生日的文字相连接，暗伏秦可卿因与贾珍有不正当关系而生病，为接下来引入"淫丧天香楼"内容作铺垫，并可作为宁国府借以掩盖秦可卿自缢而亡这一事实的合理借口。第二种可能性，就是第十回是"病亡"叙事下重新改写过的文字，为的是给年纪轻轻的秦可卿"病亡"作合理的铺陈，并界定属于秦可卿自己类型的悲剧。在通盘考虑后，本文倾向于第二种可能性要大些。理由有三：

第一，从内容匹配度看，第十回的内容与后面几回中"病亡"叙事之内容衔接得更好。这既体现在病情的严重程度上,也体现在秦可卿死亡时间上,还体现在对庸医的反复批判以及详细的问诊过程上。

第十三回中,众人得知秦可卿死讯时"无不纳罕,都有些疑心",据此可知,"淫丧"叙事下秦可卿即便有病,应该也不至于病到立刻危及生命的程度。这与第十回中描述的秦可卿病情之严重程度似乎不是很匹配。"如今既是把病耽误到这个地位,也是应有此灾。依我看来,这病尚有三分治得。"从张太医的这些话中,可知秦可卿的病已经到了很致命的程度了。

再看另一处文字:

> 贾蓉看了,说:"高明的很。还要请教先生,这病与性命终久有妨无妨?"先生笑道:"大爷是最高明的人。人病到这个地位,非一朝一夕的症候,吃了这药也要看医缘了。依小弟看来,今年一冬是不相干的。总是过了春分,就可望全愈了。"贾蓉也是个聪明人,也不往下细问了。[①]

从张太医答复贾蓉的话中可以看出,秦可卿可能活不过春分;如果能活过春分,则有望被治愈。根据后文可知,在"病

---

① 人文社本《红楼梦》,第150页。

亡"叙事下，秦可卿应该是果然没有活过春分，衔接得非常自然。

此外，第十回中对庸医的反复批判以及详细描述张太医的问诊过程，似乎在"病亡"叙事下才显得有其价值。张太医详细问诊，诊断出了秦可卿生病的性格因素，而庸医误诊更是造成秦可卿生命悲剧的直接原因，从而让秦可卿有了与其他诸钗不同类型的人生悲剧：心性高、思虑重的性情叠加上庸医耽误。所以才有必要浓墨重彩地书写，否则秦可卿的故事内容就过于空洞化了。而在"淫丧"叙事下，即便会写到秦可卿生病，想来也只是一个为了引出其与贾珍有不正当关系的过场而已，并非她死亡的原因，似乎没有大书特书其生病过程的必要性。

张太医既然是神医，为什么秦可卿的病还是治不好呢？这或许就是曹雪芹的高明之处了，就是要与旧有的重"传奇"色彩的小说区别开来，没有奇迹诞生。在被庸医误诊耽误的情况下，就是遇到神医也无力回天了。这不正是"病亡"叙事下秦可卿的悲剧之所在吗？

第二，综合现有文本存在的叙事断档、交代不清等问题以及第九回结尾处各版本异文等因素看，第十回确实像是被改写过的文字。

比如，第九回中并没有提及宝玉、秦钟二人从此不再上学之事，可后面稀里糊涂二人就不上学了，没有作任何交代，存在明显的叙事断档。

又如，蒙府本、戚序本第九回夹批有"伏下文阿呆争风一回"，可现存文本找不到对应的一回文字；第三十四回中，薛宝钗曾提及的薛蟠曾为秦钟闹得天翻地覆一事，更是一点影子见不到。所以，刘世德先生将这两个因素与舒序本第九回结尾处异文结合起来，论证舒序本第九回结尾文字是曹雪芹原笔，这的确是非常有说服力的。本文赞同刘世德先生舒序本第九回结尾文字是曹雪芹原笔的观点，但对刘先生主张的其余各版本异文皆是曹雪芹不同时期的改笔的看法持保留态度。对于舒序本以外的其他各版本的异文，本文赞成蔡义江先生的看法，即都是后人之改笔。

如果说舒序本的内容不是原本文字，实在难以想象有人能根据第十回的文本内容改写出完全不搭边的贾瑞、金荣要挑唆薛蟠闹事的内容来，这实在不合常理。相反，把舒序本文字改写成其他版本的文字则要简单得多，只要细心一些，就会发现舒序本文字与第十回内容完全无法衔接，所以，整理者顺手作技术性修改是很正常的。而且，己卯、庚辰、戚序、蒙府这四个版本的祖本上存在明显改错的现象：连金荣应向秦钟磕头赔罪这样简单的问题，都能错写成金荣向宝玉磕头赔罪。这说明整理者对文本的理解是多么的粗糙，其改写又是多么草率。存在如此低级的错误，很难想象这会是《红楼梦》原文或者是曹雪芹自己的改笔。这一明显错误，后来只有戚序本的抄手意识到并将其改了过来。

如果舒序本第九回结尾处的文字果是原文，则说明曹雪芹对秦可卿故事的修改正好是从第十回开始的，而把第九回结尾处无法衔接的问题给忽略了。恰如第十四回中存在的林如海去世的日子与秦可卿"病亡"时间不匹配的问题一样。

根据舒序本第九回结尾文字可知，接下来第十回的内容必然是贾瑞和金荣去挑唆薛蟠闹事。这与"伏下文阿呆争风一回"之批语以及第三十四回宝钗提及的薛蟠为秦钟闹事之情节正好合拍。果真如此的话，可见在原本的"淫丧"叙事下的第十回文字，与全书内容是高度连贯的，而且经过薛蟠一番大闹后，宝玉、秦钟从此不再上学想来也是很自然的结果了，这样也就不存在现今文本上二人莫名其妙就辍学了这一明显叙事断档的问题了。艺术上也是高度完美的，因为有了这次薛蟠争风之实事，"宝玉挨打"后，茗烟、袭人、宝钗、薛姨妈等众人皆一口认定"宝玉挨打"跟薛蟠吃醋有关就更加具有了合理性；同时，前八十回中不再涉及宝玉上学之事，也因此具有了合理性，这样看来，第九回宝玉之上学正是为其后文之不上学做伏笔用的，第九回也因此获得了更好的结构性价值。

再如，书中其他地方存在的一些交代不清的问题，皆可以通过"第十回是'病亡'叙事下改写过的文字"这一思路得到合理的解释。如第四十七回讲到宝玉、秦钟和柳湘莲的好朋友关系，并提及薛蟠曾见过柳湘莲一次；如第十六回秦钟遗言透露的曾与宝玉交流过人生观的问题；如第六十六回中宝玉还知道柳湘莲择偶标准的问题。这些问题在现有文本中都只能通过将其解释为补叙来完成其合理化。补叙说白了就是在正叙内容之外加打补丁的意思。从与《红楼梦》相匹配的叙事艺术水平看，"淫丧"叙事下的第十回中，除了有薛蟠争风、宝玉辍学等内容之外，很可能还会有宝玉、秦钟、柳湘莲三人相识相交的内容，交流内容可能涉及人生观、爱情观等。此外，第十回的故事内容很可能会跨越几个月的时间，自然顺接到第十一回的九月份上，这样也就不存在现有文本从第九回到第十一回的时序交代不清的问题了。果真如此的话，《红楼梦》前后勾连、一笔多用的叙事艺术将在"淫丧"叙事下的第十回中体现得淋漓尽致，整部书的相关叙事也更加浑然一体。

"第十回是'病亡'叙事下改写过的文字"这一推论若能成立，则可知"二秦故事"存在的叙事断档、交代不清以及第九回结尾异文等问题，多是因为第十回的改写造成的。问题是，既然"淫丧"叙事下的第十回文字那么好，为什么要修改呢？本文在此也做点推测。首先来说，在将"淫丧"改为"病亡"后，现在第十回的内容是有其必要性的，否则"病亡"缺乏合理性。在肯定现存第十回有其必要性的前提下，如何设计修改方案，肯定是曹雪芹仔细思考过的问题。依本人分析，有三种可能的方案：

第一种是不改动原本第十回内容的同时，新增加一回。但这样会带来全书回目排序大调整，重新抄写的工作量过大。

第二种，保留原本第十回，把现有第十回与第十一回合并为一回。这样就不涉及全书回目的调整了，比较省事。

第三种，就是将原本第十回改写为现在的第十回，同时对于部分不可缺失的内容想着通过在后文中用补叙的方法加以补救。

这三种方案中，第二种看起来最好，可曹雪芹为什么选择的是第三种呢？这或许还是跟原本第十回的具体内容有关，有不得不更换其内容的理由。例如，不排除原本第十回的内容是用"曲径通幽"的手法，一路曲曲折折，最后真正的目的却是带出秦可卿与贾珍之间的不正常关系来，并进而造成秦可卿在压力下有了心病，然后就顺接上第十一回贾敬生日时她生病的文字。前文已经提到过，在"淫丧"叙事下，秦可卿大概也会生病，只不过不是要命的病。如果这个推测能成立，可想而知，原本第十回的内容该是多么精彩。

第三，现有第十回的艺术水平显著下降，说明它被临时改写的可能性相当之大。

就个人的阅读体验而言，在《红楼梦》前八十回中，除了来路不明的第六十七回外，就要数第十回读起来最枯燥乏味了。不仅在语言艺术和叙事艺术上远不及其他回目，就其故事内容本身之合理性来说,也有颇多不合逻辑之处。说明这一回文字沉淀得还不够,还欠打磨。下面看两个例子。

第一例,先看一段引文。

> 大家散了学,金荣回到家中,越想越气,说:"秦钟不过是贾蓉的小舅子,又不是贾家的子孙,附学读书,也不过和我一样。他因仗着宝玉和他好,他就目中无人。他既是这样,就该行些正经事,人也没的说。他素日又和宝玉鬼鬼祟祟的,只当人都是瞎子,看不见。今日他又去勾搭人,偏偏的撞在我眼睛里。就是闹出事来,我还怕什么不成?"

> 他母亲胡氏听见他咕咕嘟嘟的说,因问道:"你又要争什么闲气?好容易我望你姑妈说了,你姑妈千方百计的才向他们西府里的琏二奶奶跟前说了,你才得了这个念书的地方。若不是仗着人家,咱们家里还有力量请的起先生?……你如今要闹出了这个学房,再要找这么个地方,我告诉你说罢,比登天还难呢!你给我老老实实的顽一会子睡你的觉去,好多着呢。"于是金荣忍气吞声,不多一时他自去睡了。[1]

从这段话中可知,当金荣母亲听见他自言自语的时候,

---

[1] 人文社本《红楼梦》,第142页。

并没有详细盘问学堂里究竟发生了什么事情，而是直接讲了一番道理，并让金荣"老老实实的"，不要惹闲事。对于一位母亲来说，如此的写法，这本身就不太合理。可第二天，当金荣的姑母来探视的时候，书中却又说："闲话之间，金荣的母亲偏提起昨日贾家学房里的那事，从头至尾，一五一十都向他小姑子说了。"这里在叙事上显然就更不够合理了，金荣母亲并没有仔细盘问金荣到底发生了什么事，又如何能"从头至尾，一五一十都向他小姑子说了"呢？如果她不能讲清楚大致过程，贾璜的妻子又如何去宁国府维权呢？可见，整个上半回的故事基础是很薄弱的。

若要此处文字更加合理和谐，可以考虑把其中"他母亲胡氏听见他咕咕嘟嘟的说，因问道……"这处文字修改为："他母亲胡氏听见他咕咕嘟嘟的说，因问发生了何事，金荣便把今日学里之事添油加醋的说了一遍。胡氏听了，沉默了一回道……"

再来看另一个例子：

> 偏偏今日早晨他兄弟（指秦钟）来瞧他（指秦可卿），谁知那小孩子家不知好歹，看见他姐姐身上不大爽快，就有事也不当告诉他，别说是这么一点子小事，就是你受了一万分的委曲，也不该向他说才是。谁知他们昨儿学房里打架，不知是那里附学来的一个人欺侮了他了。

里头还有些不干不净的话，都告诉了他姐姐。婶子（指金氏，即金荣姑姑），你是知道那媳妇的：虽则见了人有说有笑，会行事儿，他可心细，心又重，不拘听见个什么话儿，都要度量个三日五夜才罢。这病就是打这个秉性上头思虑出来的。今儿听见有人欺负了他兄弟，又是恼，又是气。……他听了这事，今日索性连早饭也没吃。我听见了，我方到他那边安慰了他一会子，又劝解了他兄弟一会子。我叫他兄弟到那边府里找宝玉去了，我才看着他吃了半盏燕窝汤，我才过来了。婶子，你说我心焦不心焦？①

这段文字是当金荣的姑姑金氏到宁国府去想要讨说法的时候，尤氏对她所讲的话。尤氏这段话能立得住的前提是她不知道与秦钟发生纠纷之人正是金氏的侄子。可问题是，当尤氏听说秦可卿为这事气得不吃饭而去安慰她的时候，秦钟也在场，从人之常情来说，尤氏是不可能不打听欺负他的人是谁的。而在第九回中，秦钟已经知道了金荣的身份。可见，此处文字的内容不合人之常情，严重缺乏内在合理性。

若要此处文字更加合理，可以考虑将其中的"我听见了，我方到他那边安慰了他一会子，又劝解了他兄弟一会子。我叫他兄弟到那边府里找宝玉去了，我才看着他吃了半盏燕窝

---

① 人文社本《红楼梦》，第144页。

汤，我才过来了"这几句话修改为："我听见了，便去他那边问问情况，他又支支吾吾的，只说是他兄弟与一个不知谁家附读来的子弟发生了些不愉快，角口了几句，没啥大事。我只好安慰了他一会子，又瞧着他吃了半盏燕窝汤，这才过来了。"

从以上例子可以看出，与其他回目文字相比，第十回的文字还存在一些硬伤，显示出这部分文字在措辞上尚不够深思熟虑，还有待打磨一下。

综合以上三点理由，本文倾向于认为第十回是曹雪芹于"病亡"叙事下改写过的文字。这样在书中就有了一条清晰的"病亡"叙事线：第十回秦可卿生病情节——第十一回中的秦可卿腊月病重情节——第十二回中的黛玉"冬底"离开贾府情节——第十三回中的秦可卿于冬春交接之际死亡情节。

4. 小结

至此可以得出结论：曹雪芹删除"淫丧天香楼"的内容，并非是将明写秦可卿"淫丧"改为暗写，而是实质性修改了秦可卿死亡的原因，即将"淫丧"改为"病亡"，并重新界定了人物形象。为此，作者应该重写了第十回，对第十一回的内容进行了局部修改，并修改了第十二回黛玉离开贾府的时间以及第十三回秦可卿死亡的时间，从而形成了一条清晰的"病亡"叙事线。

作者在将"淫丧"改为"病亡"后，并未完成对全书的统筹修改工作。故此，书中仍保留有大量"淫丧"叙事下的内容，这包括第九回之前的有关内容、第十一回中贾敬过生日的大部分内容、第十二回中的贾瑞故事、第十三回除开头部分外的全部内容，以及第十四回以后的内容，从而出现了"淫丧"与"病亡"两条叙事线相互交织的现象，并由此产生了"二秦故事"的诸多文本问题。故而，"二秦故事"中的诸文本问题，也皆可以在这个思路下得到合理解释，犹如前文中曾逐个分析过的一样。

在"淫丧"改为"病亡"后，原本"淫丧"叙事下的内容，如第十三回的有关内容，应尽可能按照"病亡"叙事下作者重新设定的人物形象来进行阐释。对于实在无法调和的内容，如第五回中的判词及图册、判曲，第七回中的焦大醉骂，第十二回中的贾瑞的病程，第十四回中的林如海去世时间，凡此等等，应按曹雪芹修改过程中尚没顾得上前后统筹一致来进行解释。

需要说明的是，任何一个解释方法通常都有它的限定性前提，本文也不例外。本文的分析得以成立的一个前提是：默认曹雪芹在修改"淫丧"之前，其文本内容大体是和谐一致的，而不是混乱不堪的，比如，推定第十四回林如海死亡日子的内容与秦可卿"淫丧"叙事下故事的时序是相一致的。

如果这一前提不成立，则本文的解释意义就相应地要大打折扣了。

抛开人物形象改写带来的思想性优劣不说，单就叙事艺术而言，将"淫丧"改为"病亡"可以说是《红楼梦》的巨大损失。本文第一部分中提到的那些"二秦故事"文本问题，还只是明面上的叙事瑕疵，除此之外，还有一些不易被察觉的艺术伤害。

比如，第十一回中，王熙凤探望秦可卿后从她那里去天香楼所行走的路线以及对应的赋文，不仅对贾瑞故事有意义，对原本的"淫丧"故事可能也非常有意义，但随着第十三回"淫丧"内容的删除，这个一笔多用的艺术效果就失去了。这一点戴不凡先生也曾指出过。[①]

又如，关于尤氏生病的问题，在"淫丧"叙事下，尤氏大概是被气得胃病旧疾发作的，这很合理；而尤氏生病又是"王熙凤协理宁国府"得以成立的基础。整个叙事是浑然一体的。而改为"病亡"后，尤氏没有被气着，生病的基础就被削弱了很多，就好像是专门为"王熙凤协理宁国府"让路而犯病，这样整个叙事就显得有些生硬了，缺乏艺术性。

再如，第十一回的回目"庆寿辰宁府排家宴，见熙凤贾瑞起淫心"和第十三回的回目"秦可卿死封龙禁尉，王熙凤协理宁国府"都起得不是很工整，甚至有些牵强，或皆因为

---

① 戴不凡：《红学评议·外篇》，第257—268页。

其中原本部分内容被修改过所致。如前文所言，第十三回的原本回目想来就是"秦可卿淫丧天香楼，王熙凤协理宁国府"，非常工整。至于第十一回，"庆寿辰宁府排家宴"看起来也很像是不得已拼凑出来的，在《红楼梦》中，过生日这类事情一般都是作为故事发生的背景来使用的，很少会入正文标题。从与"见熙凤贾瑞起淫心"对称的叙事角度看，此回原本的回目以及没被修改前的后半回的内容想来应该是跟贾珍和秦可卿有关，从而与贾瑞和王熙凤的故事形成合传的效果。

林黛玉进贾府年龄问题再探

——第四回中的另一套人物年龄坐标系统[①]

在本人前一部小书《玉石分明：红楼梦文本辨》中，曾简单论证过这样一个看法：第三回林黛玉进贾府的文字疑为成书过程中相对早出的文字，在这个较早期稿本中，林黛玉进贾府时是个十岁左右的青少年；而第二回中黛玉六岁、宝玉七八岁的年龄设置，则属于成书过程中较晚出的文字。本文拟用第四回的有关内容，对这一看法做进一步的补充论证。

就《红楼梦》中宝玉、黛玉和宝钗三人而言，书中至少提供了三套年龄体系。一套是第二回确立的林黛玉进贾府年龄，宝玉七至八岁，黛玉六至七岁；一套是第二十二回、二十三回和二十五回确立的入住大观园年龄，宝钗十五岁、宝玉十三岁；还有一套是第四回确立的，这是本文接下来要重点分析的内容。从现有文本内容和逻辑推理看，三套年龄体系彼此之间都不完全吻合，其中可以折射出曹雪芹创作《红楼梦》过程中的思路变化历程。

[①] 本文首发于2022年2月15日"古代小说网"微信公众号，有一定的改动。

一、第四回中的宝钗年龄

第四回中宝钗的年龄应该是十三岁。这有三个维度可以印证：

第一个维度，从与薛蟠的年龄比较看，在可信度最高的版本甲戌本中，其第四回中，清楚地说明薛蟠十五岁，又说宝钗比薛蟠小两岁。

或谓书中说的"小两岁"或为虚指，如周汝昌先生便持有如此看法。其实不然。《红楼梦》是以"石头"视角来记述的，而"石头"是无所不知的，所以大家读书时可以留意观察，书中凡是由"石头"直接交代的人物年龄，除非是像薛姨妈这种类型的读者没必要知道其准确年龄的人物外，大都是很具体的。如甄英莲出场年龄、林黛玉出场年龄、贾兰出场年龄、薛蟠出场年龄、小红出场年龄、傅秋芳年龄、秋桐年龄等等。只有在借助于书中人物来介绍其他人物年龄的时候，才会有意模拟说话人的口吻而使用模糊的年龄表述，如第二回中，借助冷子兴之口介绍宝玉时，说宝玉七八岁；又如第六回中，透过刘姥姥的眼睛观察贾蓉，说他是十七八岁；再如第二十三回中，借助一般外人之口提到宝玉时，则说宝玉是十二三岁。这种看似无关紧要的细微区分，实则正是《红楼梦》传神逼真的地方。

另一个维度，从与香菱年龄的比较看，也可推知宝钗是十三岁左右。第六十三回中曾明确说宝钗与香菱是同一年的人，而在第四回中，小沙弥亲口告诉贾雨村说香菱年龄是十二三岁。

第三个维度，宝钗是因为参加选秀而来贾府的，清朝选秀的年龄起点原则上正是十三岁。所有的书，都是以同时代人为假想的读者。所以，作者和读者之间需要共享共同的背景知识。这些背景知识构成了书中"无形的文字"，可视作书本内容的一部分。脱离了"无形文字"，书其实是没法写的。

因此，有理由相信作者在第四回中为宝钗设定的年龄就是十三岁左右。

二、香菱失踪的时间

第四回中补充了香菱失踪时的确切年龄，这对于准确理解第一回以及确定第四回中宝玉的年龄都很有意义。

在第一回中，香菱出场时的年龄是三岁。同年中秋节，甄士隐宴请贾雨村，次日一早贾雨村动身赴京参加科举考试。然后笔锋一转，说道："真是闲处光阴易过，倏忽又是元宵佳节矣。"正是这次元宵节的晚上，香菱失踪了。

如果只看第一回文本，我们最自然的理解是：香菱是在贾雨村离开葫芦庙后的次年元宵节晚上丢失的。如果这样解读的话，那她失踪时才四岁。等读到第四回，通过贾雨村与门子的对话内容，我们知道香菱是五岁时失踪的。在第二回中，贾雨村当年曾跟甄士隐老丈人了解过甄家情况，而且娶的又是甄家丫鬟，所以他的信息自然是可信的。

所以，第一回中的香菱失踪的那个元宵节，其实并非是贾雨村走后之次年的元宵节，而是还要再往后一年的元宵节。

在第一回中，香菱一出场就是三岁，古人计算年龄用的是虚岁，也就是说三个年头。第一回中，甄士隐"梦幻识通灵"，他在梦中遇见癞头和尚和跛足道人之时，应该就是宝玉即将出生的时间。按照目前学术界的通说，大概是农历四月份。古人用虚岁计算年龄，一出生就算一岁。所以宝玉出生的当年，宝玉就一岁了，而香菱仍然是三岁，两人相差两岁。这与后面回目中宝钗与香菱同岁、宝钗大宝玉两岁的信息是完全一致的。香菱是五岁时失踪的，香菱失踪的时候，宝玉已经三岁了。

三、第四回中隐藏的宝玉的年龄信息

第四回没有明确的宝玉年龄信息，但有两处相关联信息，可以从中间接推断出宝玉的大概年龄。

第一处信息：

雨村罕然道："原来就是他（指英莲）！闻得养至五岁被人拐去，却如今才来卖呢？"

门子道："这一种拐子单管偷拐五六岁的儿女，养在一个僻静之处，到十一二岁，度其容貌，带至他乡转卖。当日这英莲，我们天天哄他顽耍；虽隔了七八年，如今十二三岁的光景。"①

从上面门子与贾雨村的对话可知，门子推测香菱是十二三岁的光景。根据香菱与宝钗同年的信息，我们可以知道，在第四回中香菱正是十三岁，已经失踪了八年左右时间。前文分析过，香菱比宝玉大两岁，相应地，第四回中，宝玉是十一岁。

第二处信息：

这门子忙上来请安，笑问："老爷一向加官进禄，八九年来就忘了我了？"雨村道："却十分面善得紧，只是一时想不起来。"那门子笑道："老爷真是贵人多忘事，把出身之地竟忘了。不记当年葫芦庙里之事？"②

根据前面第一处信息中香菱失踪八年左右的信息，可以

---

① 人文社本《红楼梦》，第60页。
② 人文社本《红楼梦》，第57页。

反推出贾雨村离开葫芦庙的总计时长。贾雨村是当年中秋节后离开葫芦庙的，香菱是两年后的元宵节失踪的，中间的时间间隔是十七个月。再加上香菱失踪的八年时间，可知贾雨村离开葫芦庙后的总时长是九年多的样子。所以，上面引文中，门子说贾雨村"八九年来就忘了我了"，与推算出来的时间总体是吻合的。

贾雨村是当年中秋节后离开葫芦庙的，离开葫芦庙后的总时长是九年多，而宝玉是当年四月份出生，可以大体推算出第四回中宝玉的实际年龄是九岁到十岁之间。按古人的计算方法，则是十至十一岁的样子。

这样我们就可以看出，在第四回中，对应的宝钗、宝玉分别是十三岁左右和十一岁左右。相应的黛玉年龄应该是十岁左右。

四、黛玉进贾府的年龄

按照现有文本第三回和第四回的内容，黛玉进贾府与宝钗进贾府相差也就是三四个月的时间。黛玉进贾府时，已是残冬。贾雨村与黛玉同时到达京城后，贾雨村不到两个月时间就谋到了应天府的缺，然后就择日上任去了。一到任就接手了薛蟠的案子，二天审理完毕，然后急忙写信告知贾府。贾府知道贾雨村处理完毕薛蟠案后没几天，薛家就进贾府了。

这中间也就是三四个月时间吧。所以，宝钗实际进到贾府应该是第二年春季了。这样，第五回才可以写到赏梅花，宝玉还做了一场春梦，"春困葳蕤拥绣衾，恍随仙子别红尘"。时间上大体是能合上拍的。

如果我们把第三回与第四回看作一个整体的话，根据第四回的年龄，可以大体反推出第三回黛玉进贾府的年龄。这里面有一个时间变量，不是很清楚，就是贾雨村审案的时间与林黛玉进贾府的时间两者之间有没有刚好跨年。

如果按已经跨年算的话，根据前文分析，贾雨村审理薛蟠案的时候，宝钗十三岁，宝玉十一岁，黛玉十岁。林黛玉进贾府的时间虽只比贾雨村审案的时间早二到三个月的样子，但时间上，却属于前一年了。所以黛玉进贾府的年龄是九岁多，还差个把月就是十岁了。这样一个大约十岁的年龄设置，与第三回对林黛玉人物形象的描写看起来是比较匹配的。古代小说中，时常可见把女主的起点年龄设置为十岁的例子，如《平山冷燕》中的山黛。

如果按没有跨年计算的话，则黛玉进贾府的年龄就是十岁多，快要十一岁了。相应的，宝玉是十一岁多的年龄。而等宝钗真正进到贾府时，想必要到年后了，如此，则宝钗应该十四岁了，宝玉十二岁，黛玉十一岁。

宝玉十一二岁这样一个年龄，才具有与第五回中的梦遗、第六回中的初试云雨等故事情节相吻合的可能性。只有这样，整个故事才具有基本的合理性。如果按照第二回宝玉七八岁的年龄设置为依据，那么第五回中的梦遗、第六回中的初试云雨等，就都显得很不合情理。

以第四回内容来反推林黛玉进贾府的年龄，会与以第二回中设置的黛玉年龄为基准推演出来的黛玉进贾府的年龄有较大的出入。若以第二回设定的黛玉年龄为基准，则黛玉进贾府的年龄是六七岁。两者之间有三年左右的时间差。

我们可以看到，目前第一回、第三回和第四回的内容是和谐一致的。造成目前年龄体系冲突的原因，或许是作者在某一次增删中，对第二回中黛玉和宝玉的年龄进行了重置，将其改小了二三岁。这个问题，本人在《"林黛玉进贾府"：疑似成书过程中的较早期文字》一文中曾做过较为深入的分析[1]，此处不再啰唆。

如果曹雪芹一开始就是按照六岁的儿童定位来写林黛玉进贾府这一回文字，那绝对无法写出目前第三回这样的内容。大家不妨做一道模拟题，假如我们没有接触前后回的信息，仅仅根据第三回的描写，来猜一下林黛玉对应的年龄段，假设有三个选项：A.六岁左右；B.十岁左右；C.十五岁左右。大家会选哪个？我猜绝大部分人会选B这个选项。

曹雪芹为啥要把林黛玉和贾宝玉的年龄改小呢？这可以

---

[1] 石问之：《玉石分明：红楼梦文本辨》，浙江古籍出版社2022年版，第3—17页。

试探着从多个角度思考。

一个可能的原因是有别于才子佳人一见钟情的传统写法，为宝黛爱情在前世的神话故事之外再增加青梅竹马的现实情感基础。

另一个考量因素或许是如果没有宝玉与黛玉二人自小青梅竹马的相处过程，他俩之间经常发生的情感纠葛无法让人不起疑心，从而会动摇整个故事的合理性。比如，第五十七回中，紫鹃骗宝玉说黛玉要回老家了，宝玉听后顿时得了失心疯。这个事情闹得沸沸扬扬，该如何收场呢？怎么能让大家不去疑心呢？且看书中如何收场：

> 幸喜众人都知宝玉原有些呆气，自幼是他二人亲密，如今紫鹃之戏语亦是常情，宝玉之病亦非罕事，因不疑到别事去。①

读者朋友们可以试想一下，这种情况下，如果不用这种理由遮掩一下，宝玉与黛玉的私情很可能就要露馅了。

就我个人的阅读体验来说，前面两个因素可能并非主因。最根本的原因或许是因为随着故事内容的增删，导致一开始设计的人物年龄变得不再合适。比如说，如果大观园的内容是后来增补的话，那么大观园的修建、题咏、装饰等内容就

---

① 人文社本《红楼梦》，第787—788页。

占据了一两年的时间，这就破坏了原来的人物年龄设计，需要把人物的年龄相应地调小；也或者是其他故事的插入，如贾瑞故事、秦可卿故事等，这都需要占据几年的时间。

从宝钗进贾府到第二十二回宝钗过生日，如果根据现在的文本内容计算，这中间足足跨越了五六年的时间。如果撇开合理性因素不说，单独就宝玉和黛玉的年龄这个表象而论，其实时间是刚好吻合的。黛玉进贾府是六岁，再加上五六年时间，到入住大观园的时候，正好十二岁左右。相应的，宝玉正好是十三岁。表面上的时间虽可吻合，但故事内在的合理性缺失却依然无法解决。比如六岁的黛玉能支撑得起第三回的人物形象吗？七八岁的宝玉（相当于今天小学一年级的儿童）能梦遗吗？有发生"云雨情"的能力吗？细想起来，这种表象和谐而实质不兼容，正是最能说明问题的地方。

曹雪芹在将黛玉和宝玉年龄调小的同时，却没有将宝钗的年龄同步调小，从而进一步新增了文本上的多处显性矛盾。而且即便把三人的年龄都同步调小，比如把宝钗进贾府的年龄调小到十岁左右，可新的问题又来了。比如，十岁的宝钗能参加选秀吗？这又是问题了。再比如，如果宝钗的年龄被调小了，还得相应配套调整香菱的年龄和失踪时长，因为香菱与宝玉的年龄差距两岁，这在第一回中就定格了。如果只调整宝钗的年龄，不同步调整香菱的年龄，就会造成宝玉反而比宝钗还要大的新矛盾。可见，这是一个牵一发而动全身的系统性问题。

因此，曹雪芹把黛玉和宝玉的年龄改小，是只计一点不及其余。仅仅把宝玉和黛玉二人的年龄改小，远不足以解决如此错综复杂的问题。

四、曹雪芹有没有意识到人物年龄设置的矛盾

根据第一回可知，《红楼梦》并非一次性成书的，而是至少经历过五次增删。它就像一个有机体，对它的每一次增删就类似进行了一次大手术。每增删一次，影响绝非仅限于被修改的部分，而是会产生系统性的反应。

比如，曹雪芹将秦可卿故事从"淫丧"改为"病亡"的过程，会伴随着对相关章回的改写，如第十回、第十一回等。这些改写过的文字类似人工器官，会带来一些排异反应，造成多处文本上的自相冲突和内容上的结构性缺失，如第五回关于秦可卿的判词判曲、第七回焦大醉骂等等，尽皆落空。那么，曹雪芹知道不知道修改秦可卿故事会带来这些问题呢？常理推测，他不可能不知道。

类似的情况也发生于第六十四回。第六十四回中，黛玉创作《五美吟》的时间是七月份，应该是因为中元节祭祀而起。故事情节与时间元素是紧密咬合在一起的。所以，单从第六十四回内容看，整个故事是融洽的，但放在前后回中，

却与大的时序系统明显冲突。比较可靠的己卯本、庚辰本两个版本皆缺少这一回，不排除是曹雪芹想要对其做修改而未改成造成的。我们现在看到的其他版本上的这一回，当是有人从某个早期稿本中挪移过来的文字。

同样的，因黛玉和宝玉年龄的修改而带来的人物年龄混乱问题，曹雪芹想必也应该是知道的。在第二回中改写宝玉、黛玉年龄后，该如何对待第三回的内容，对曹雪芹来说，想必是一大难题。如果对第三回单纯进行技术性处理来消除人物年龄之间的矛盾，并不是很难，比如，可以在第三回结尾处将黛玉与宝钗进贾府的时间差距拉开三年，并同步调整贾雨村赴应天府任职的时间。真正的难题是：无论是第三回的内容描写还是人物形象等方面，根本无法与一个六岁多的孩子相匹配，因而需要彻底改写。第三回在全书中具有非常关键的结构性功能，艺术性也非常出色。如果按照黛玉六岁的形象定位来重新改写第三回的话，想必很难替代现在第三回在全书中所具有的结构性功能，艺术性也可能会大幅下降。

我们不妨看看第十回。第十回应该是因为秦可卿故事的变动而改写过的一回文字，依我个人的审美偏见，觉得第十回是前八十回中除了来路不明的第六十七回之外最索然无味的一回文字。如果曹雪芹修改第三回的话，第十回可能就是前车之鉴。可能权衡利弊之后，曹雪芹还是觉得不改为好，抑或他一时还没有想出两全其美的修改方案来吧。当然，这都是我的推测，不足为据。

《红楼梦》一书着重写的是青少年这个特定年龄段的人物故事。这个年龄段，时间本就很短，很紧张，而作者又要在书中展示宏大的多元化主题，从而造成如今这个困境。要消除目前的文本问题，或许可采取这样的技术性处理方案：

首先，将黛玉进贾府的年龄适当调高到八岁多，接近九岁的样子，相应的，宝玉是九岁多。这样第三回中人物形象与年龄不匹配的矛盾就没那么突出了。

其次，明确宝钗是第二年开春进的贾府，同时把宝钗进贾府的年龄调小到十二岁，即压小一岁。十二岁入京，预备一段时间参加选秀，也勉强可说得过去。

再次，调整第十一回贾敬的生日时间，从九月份改为十一月份，并与第九回宝玉上学的内容合并于同一年中。即宝玉和秦钟十月份上学，贾敬十一月份过生。这样便可节省出一年时间。

最后，压缩贾瑞从生病到去世的总时长，从目前的一年多压缩为一个多月，犹如秦钟一样，快速死亡。这样也可省出一年时间。

通过上述几步，把黛玉和宝玉的年龄调大两岁，把宝钗的年龄调小一岁，同时又把贾瑞和秦可卿等故事压缩掉两年，既可消除书中多处显性矛盾，又能满足故事的基本合理性。当然,这必然会涉及众多配套内容的修改和完善。不过,宏观思路若明确了,对配套的文字作技术性处理也是相对容易的。

红学研究中"回归文本"与"索隐本事"之辩证

——以"史湘云到底有一个叔叔还是两个叔叔"为例[①]

在《玉石分明：红楼梦文本辨》一书的序言中，本人曾专门强调了红学研究要注意处理好"回归文本"与"索隐本事"之间的关系。这绝不是无的放矢，而是对这两者关系的不同认知，确实会深深影响着我们对《红楼梦》的研究。我们知道，在红学研究历史中，各种索隐方法曾经大行其道，一度让红学研究变了味道。新红学的开创者胡适先生曾批评索隐派红学是猜笨谜。而在新红学的百年历史中，也蔓延着"贾曹互证"一类的情节索隐思维方法，从而让红学研究有再次误入歧途的危险。今天，越来越多的学者都在提倡红学研究应"回归文本"，这是正确的主张。所谓的"回归文本"，其首要针对的正是"贾曹互证"这一研究方法。《红楼梦》本身是小说，文学性是它的根本属性，它必须被看成是逻辑自足的文学作品。所以，《红楼梦》的文本问题，首先应依据逻辑自足性从《红楼梦》自身中探索答案。这是我们研究文本问题始终要秉持的基本思维。

当提倡"回归文本"的时候，是不是就应该彻底摒弃"索

[①] 本文首发于2022年7月6日"古代小说网"微信公众号，有一定的改动。

隐本事"呢？我个人的看法，这两种方法并不完全互相排斥，"索隐本事"若只是作为一种补充方法，有时也颇有趣味，且能丰富文本内涵。但切忌主次颠倒，更不能喧宾夺主。

下面就以"史湘云到底有一个叔叔还是两个叔叔"这一问题为例，来具体做一个如何协调"回归文本"与"索隐本事"二者关系的研究思路的演示。

在《红楼梦》中，与林黛玉和薛宝钗二位身世介绍的方式不同，史湘云的身世情况非常零散地分布在众多回目中，显得有些支离破碎，也有些模糊不清。其中，一个非常有争议的话题就是：她到底是有两个叔叔还是只有一个叔叔。从表面看，史湘云存在有两个叔叔的可能性，即忠靖侯史鼎和保龄侯史鼐。其中，"忠靖侯史鼎"出现多次；而"保龄侯史鼐"只在第四十九回中出现一次，且"史鼐"这个名字也仅仅见于庚辰本，其他版本皆为"史鼎"。

目前尚不清楚到底是庚辰本把"史鼎"错成或者改成"史鼐"，还是庚辰本以外的本子把"史鼐"改成"史鼎"。下文是以其他本子把"史鼐"改成"史鼎"为假设的。相反，如果是庚辰本误把或者有意把"史鼎"抄成"史鼐"，这个问题就非常简单了，说明本来就只有"史鼎"一个人，只是作者曾给他取了不同的封爵称号，尚未来得及统筹好，恰如茗烟与焙茗在书中同时并存一样。

由于"保龄侯"与"忠靖侯"这两个封号也明显不一样，

所以学界不少人倾向于认为他们是两个人。多数校勘本，采用了庚辰本文字，故而保持了"忠靖侯史鼎""保龄侯史𪷁"并存的局面。这样就给读者造成了史湘云有两个叔叔的印象。

周汝昌先生用索隐的方法研究认为史鼎的名字源自李煦的长子李鼎，史𪷁的名字源自李煦的次子李𪷁（李煦被抄家时，李𪷁尚不足十岁）。

假如说庚辰本以外的本子皆不约而同地把"史𪷁"改成"史鼎"（这只是假设，真相未必如此），则说明古人反而大多不认同"史鼎""史𪷁"并存的解读，与近现代的研究者看法存在根本性不同。不过，他们却忽略了"保龄侯"与"忠靖侯"的差异。直到程高本才把"保龄侯"更改为"忠靖侯"，这样第一次在版本上把"忠靖侯史鼎""保龄侯史𪷁"统一为"忠靖侯史鼎"。自然，程高本上史湘云就只有一个叔叔了。但程高本仍然忽略了一个问题，就是脂评本上第四回护官符的小注上史家的封爵是"保龄侯"（甲辰本为"保宁侯"），而不是"忠靖侯"。由于程高本上没有护官符的小注，所以，单从程高本看，史湘云是妥妥的只有一个叔叔，即忠靖侯史鼎。

为什么古人的认知与现代一些研究者的认知出现了根本性的分歧？到底是古人的认知较为可取，还是现代一些研究者的认知较为可取？本人的看法是古人的认知更符合文学分析、研究的方法和路数，因此更为可取。

如果深入地进行文理分析，史湘云有两个叔叔的结论显然是难以成立的，就跟我们无法认同茗烟与焙茗是贾宝玉两个不同的小厮一样。下面简要进行分析。

一、史鼎与史鼐并存的逻辑问题

先看看书中有关史湘云叔叔的一些主要文字信息：

在第十一回贾敬过生日的时候，忠靖侯的名号第一次登场，出现在送礼人名单上。书中写道："方才南安郡王、东平郡王、西宁郡王、北静郡王四家王爷，并镇国公牛府等六家，忠靖侯史府等八家，都差人持了名帖送寿礼来。"

第十三回，忠靖侯史鼎的夫人到宁国府吊唁秦可卿。"接着，便又听喝道之声，原来是忠靖侯史鼎的夫人来了。王夫人、邢夫人、凤姐等刚迎入上房，又见锦乡侯、川宁侯、寿山伯三家祭礼摆在灵前。"针对"忠靖侯史鼎的夫人"，不少版本上都有脂批，如甲戌本上有侧批："史小姐湘云消息也。"

第十四回，忠靖侯史鼎出席秦可卿送殡仪式。

第二十五回，在凤姐与宝玉被施巫蛊之术后，书中写道："接着小史侯家、邢夫人弟兄辈并各亲戚眷属都来瞧看。"这里第一次出现"小史侯"称谓。

第三十七回，袭人安排人给史湘云送点心和水果，书中说道："今儿宝二爷要打发人到小侯爷家与史大姑娘送东西去。"这里出现了"小侯爷"称谓。

第四十九回，贾母接史湘云到贾府定居时，书中写道："当下安插既定，谁知保龄侯史鼐（注：此处也采用庚辰本文字）又迁委了外省大员，不日要带了家眷去上任。贾母因舍不得湘云，便留下他了，接到家中。"

在上述这些信息中，如果忠靖侯史鼎与保龄侯史鼐是两个不同的人，从文学创作角度来看，犯了一系列的忌讳。

首先，人物的创设没有意义。小说中人物的创设通常都是服务于故事情节的需要，扮演着不可替代的角色功能。作者不会无缘无故创设人物，更不会创设没有独特用途的人物。史鼎和史鼐在书中从来没有被同时提及过，更没有同时出现过，完全看不出他们角色分工之必要性以及彼此功能上的不可替代性。

其次，存在交代不清的问题。从创作常理看，如果曹雪芹果真要创造史鼎与史鼐两个不同的人物，正常应该会有清楚的交代，这样读者才不至于迷惑不解，而书中却没有任何交代。大家可以比较看，四大家族中的其他三家，凡是出场登台的人物，彼此之间的关系都介绍得清清楚楚。对此，或许可以理解为：曹雪芹压根没有考虑创作两个不同的人物，如果作者心目中本来就是只有一个人，自然也就不会去想有啥要交代的必要性。

再次，会产生众多的内在不和谐之处。比如说，书中第二十五回和第三十七回,分别提到"小史侯"和"小侯爷"。这个"小侯爷"的"小"如何理解?是理解为兄弟关系的"大"和"小"?还是父子关系的"老"和"小"?通常的理解应该是后者,如在《水浒传》中,有"老种经略相公"和"小种经略相公",又如大家经常说的"老布什"和"小布什"。如果史鼎和史鼐是兄弟俩,而且都是侯爷的话,那就产生了一个问题:书中的"小侯爷""小史侯"究竟指谁?如果作者心中果然是把史鼎和史鼐作为两个不同的人物的话,想必应该不至于如此措辞。

再比如说,给贾敬祝寿的和出席秦可卿葬礼的都只是忠靖侯史鼎,那么,保龄侯史鼐又在哪里,他为什么没有被提及?保龄侯的爵位封号是世袭爵位,这说明保龄侯史鼐在其兄弟中的身份地位正常来说是要高于忠靖侯史鼎的。那么代表史家出席这两次活动的为什么不是更有代表性的保龄侯史鼐呢?如果没有特殊原因,他们也应该同时出现的。我们看书中贾赦和贾政送礼的情况:第十二回,贾瑞去世时,书中写道"荣国府贾赦赠银二十两,贾政亦是二十两";第十四回,缮国公诰命亡故时,书中交代:"王邢二夫人又去打祭送殡。"在中国文化中,弟兄们一旦成家立业,通常就是独立的社会关系主体,不能彼此替代,更何况两人都是社会地位显赫的侯爷身份呢!在第十三回中,当忠靖侯史鼎的夫人出席秦可卿吊唁活动的时候,甲戌侧批道:"史小姐湘云消息也。"

可问题是，第四十九回中却说史湘云是跟保龄侯史鼐生活在一起的。既然要暗示史湘云的消息，直接让保龄侯史鼐的夫人出场岂不是更合适？

最后，第四十九回以后，史湘云长期居住贾府的基础被动摇。在四十九回以前，史湘云每次都是来贾府做客，每次都是居住几天的样子。第四十九回以后，史湘云就长期居住在贾府中了，估计应该直到其叔叔回京。史湘云能长期居住贾府的原因就是她叔叔保龄侯史鼐外迁外省大员，贾母舍不得史湘云，就把史湘云留下了。从文学创作逻辑看，作者正是为了让史湘云入住大观园，所以不得不让她叔叔外调。如果史湘云有两个叔叔的话，这个逻辑就无法自洽了，因为虽然保龄侯史鼐外地任职去了，但她还有一个忠靖侯史鼎叔叔在京啊。从第四十九回以后，书中丝毫不曾有史湘云回去看望忠靖侯史鼎夫妇的文字，也没看见贾府与史家有任何往来，即便贾母生日那么盛大的场面，也没看见忠靖侯史鼎夫妇出席。

我们对比一下林黛玉的身世介绍，为了能让林黛玉长期居住在贾府，第二回特意对她进行了身份设定："只可惜这林家支庶不盛，子孙有限，虽有几门，却与如海俱是堂族而已，没甚亲支嫡派的。"也就是说作者为了让林黛玉能长期居住在贾府中，将其设定为没有亲叔叔。可见，曹雪芹的宗族观念还是蛮强的，在他心中，叔叔的地位他人不可替代，这虽是宗法社会的正常观念，但也不排除跟他个人特定的生活经历有关。

总之，如果史湘云有两个叔叔的话，从文学批评角度看，这样的人物设计没有一丝一毫的价值，完全是创作败笔，会给《红楼梦》的艺术减分。而如果我们将其解读为史湘云只有一个叔叔的话，上面所有的问题都自动烟消云散，这样更符合文学创作的一般规律，也能更好地与《红楼梦》的艺术地位相匹配。将来，《红楼梦》在世界范围内广为传播的时候，也有利于减少外国读者的负面观感。不符合文学创作常理的现象的存在，必然影响读者的评价。

周汝昌先生用索隐的方法研究这个问题，故而也有着索隐方法存在的共性问题：忽略研究对象之间众多的不同，只抓住部分相同的地方，就在两者之间确立联结关系。仅仅因为李煦有两个儿子，一个叫李鼎，一个叫李鼒，所以就认定史湘云一定也是有两个叔叔，而置其他的众多不同于不顾。比如，史湘云父亲显然是至少兄弟三人；再比如，李鼎和李鼒与侯爷的身份有天壤之别，李煦被抄家的时候，李鼒还不足十岁，从哪里能看出他跟侯爷有可比之处呢？凡此种种不同，一概忽略不计。这种索隐结论在逻辑上根本无法验证，若作为一种纯粹的猜想，用于尝试着探索一下曹雪芹的创作历程，或许是有一点启发意义的。但如果就此作为确切的结论，而完全置文学艺术的规律与方法于不顾，则是本末倒置。

文学问题最好还是要用文学思维和文学方法去分析研究。

二、史鼎与史鼐并存的可能原因

造成保龄侯史鼐与忠靖侯史鼎并存的原因，无法确切得知。理论上存在多种可能性，本文从成书角度来提供一个解释。"忠靖侯史鼎"分别出现在第十一、十三、十四回中。这三回在书中都是以秦可卿的故事为主。所以，不排除这三回是早期"风月宝鉴"中的内容。当曹雪芹把"风月宝鉴"故事整合进《红楼梦》或者扩充为《红楼梦》时，在统稿中出现疏忽。《红楼梦》增删五次，所以类似的疏忽非常之多。比如，书中还有一些与此高度类似的问题，如茗烟与焙茗、赖升与来升这样的两个名字交替出现的现象。这种矛盾正常应该是增删过程中作者的思路发生了些变化而统稿工作没有跟上造成的。这种失误也是可以理解的。

综合第四回护官符小注信息和第四十九回的"保龄侯史鼐"，本文倾向于"忠靖侯"是早期的创作思路，"保龄侯"是后期的创思思路。程高本将二者统一为"忠靖侯"固属可贵，若是能将其统一为"保龄侯"就更完美了。

三、小结

以上是以"史湘云到底有一个叔叔还是两个叔叔"这一话题为例,探讨如何从"索隐本事"转向"回归文本"的研究。"索隐本事"的研究方法曾经无所不在,以蔡元培先生为代表的旧红学是旧索隐,在清朝早期的历史中漫无边际地索隐;伴随胡适先生开创的新红学而兴起的是新索隐,在曹家历史中索隐,前些年红极一时的刘心武先生的"秦学"就是这种新索隐的一个极端例子。

今天,越来越多的学者在主张"回归文本",回归文学研究的方法和范式。这无疑是值得肯定的。索隐的方法更像是玄学,很难形成一套科学的思考方法,得出的结论往往既无法证实也无法证伪。长此下去,只能让红学研究的路越走越窄,各种稀奇古怪的观点层出不穷,最后进入死胡同,并被同行耻笑。只有把红学研究置于中华传统文化这一大的脉络之中,以文本研究为本位,以文学思维和方法为主导,综合借鉴并运用史学、社会学、哲学、心理学、法学等多学科的研究视角和方法,红学才能迎来更加广阔的发展空间。

"冷月葬诗魂"与"冷月葬花魂"意境之别[①]

《红楼梦》第七十六回的凹晶馆联诗中,林黛玉的收尾之句是"冷月葬诗魂"还是"冷月葬花魂",是红学研究中一个极具争议的问题。

在清代的各个版本中,庚辰本原本是"冷月葬死魂",后被点改作"冷月葬诗魂";俄藏本、甲辰本和程高本作"冷月葬诗魂";戚序本、蒙府本、梦稿本(即杨藏本)作"冷月葬花魂"。其中,庚辰本的"死魂"一词,被普遍认为属于讹误。但这又引出两个问题:

第一,"死魂"是庚辰本自身的讹误,还是更早期母本上的讹误?如果是庚辰本自己的错误,那就是庚辰本误把"花"看作"死",或者误把"诗"听成"死";如果是更早期母本上的错误,那就是庚辰本是忠实于母本的,戚序本、蒙府本等则将"死"按形误处理而修改为"花",而列藏本、甲辰本等却将"死"按音误处理而修改为"诗"。这个问题涉及该异文演变的具体路径,至关重要,但又无法回答。不能想当然地认为一定是庚辰本自己抄写错的。

[①] 本文首发于《文史知识》2021年第6期,原题为《"冷月葬诗魂"与"冷月葬花魂"意境之区别》,略有改动。

第二，到底是"花魂"好还是"诗魂"好？这个问题通过仔细研读文本，借鉴诗词创作的一般规律，有得出答案的可能性。

本人因为近几年都在国外，手头掌握的资料非常有限。就本人有限的阅读范围来看，持"花魂"说的主要以周汝昌、蔡义江、郑庆山、宋淇等先生为代表；而赞同"诗魂"的以冯其庸先生、徐少知先生等为代表。从阵势看，似乎赞同"花魂"说的学者阵容要强大一些。当然，人数不是关键，真理也完全可以掌握在少数人手里。

就比较有影响力的《红楼梦》校注本而言，程高本自然沿用"诗魂"；红研所校本《红楼梦》，第一版采用"花魂"；第二版和第三版改采"诗魂"，这想必是冯其庸先生在看到列藏本后而改变了观点所致；新出的第四版又改采"花魂"。其他的校勘本往往因校勘者的学术主张而异，就本人所见采"花魂"者似乎要多一点。

一、赞同"花魂"说的理由及其问题

赞同"花魂"说的理由，虽各个学者侧重点略有不同，但大体如下：

第一，侧重"死"是"花"字形讹误的观点。这种看法的根本缺陷是：只能证明其可能性，无法证成其确定性。一是无法排除"花"是"死"的改笔这种可能性，这个问题在本文开头已经提出了；二是无法排除"死"不是"诗"音误的可能。音误和形误都是脂评本中非常常见的错误，谁也不比谁享有当然的优先地位。我们来看一个第八十回中与此问题高度相似的地方：

> 迎春方哭哭泣泣的在王夫人房中诉委曲，说孙绍祖"一味好色，好赌酗酒，家中所有的媳妇丫头将及淫遍。略劝过两三次，便骂我是'醋汁子老婆拧出来的'。又说老爷曾收着他五千银子，不该使了他的。如今他来要了两三次不得……"[①]

其中，"不该使了他的"的"使"字，庚辰本正文作"死"字，而蒙府、戚序、俄藏、甲辰等版本皆为"使"字。那么，此处庚辰本的"死"就有两种可能性了：一种可能是"使"的音误，这样的话，只有庚辰本是错的，其他版本都是对的。另一种可能是"花"的形误，这样的话，则说明此处讹误文字的产生在版本源流上是非常上游的，庚辰本只是依样画葫芦保存了"死"字，而其他版本则皆按音误方式处理，改为"使"字。这两种可能性，哪个可能性更大些？理论上第一种可能性还要大些。

---

① 人文社本《红楼梦》，第1138页。

第七十八回中，也有一个类似的例子，就是贾宝玉《姽嫿词》中的"就死将军林四娘"一句。其中"就死将军"仅仅见于庚辰本，其他脂本皆为"就是将军"，而程高本则另改为"姽嫿将军"。此处原本文字面貌究竟该是"就死"还是"就是"，也是争执不下的。

再看庚辰本上一个直接将"诗"错成"死"的例子。在第七十九回香菱对贾宝玉所说的"我也巴不得早些过来（指夏金桂早些嫁过来），又添一个作诗的人了"之后，有双行夹批曰："妙极！香菱口声断不可少，看他下作死语，知其心中略无忌讳疑虑等意……"其中"作死"正是"作诗"之讹误。刘广定先生曾据此认为"诗魂"当是《红楼梦》原文。

可见，区分"死魂"究竟是"花魂"的形误，还是"诗魂"的音误，并非是一件可以有绝对把握的事情。任何号称一定是某种情况的，通常都是太自以为是了，往往把问题想得过于简单化。

第二，侧重于"葬花魂"有历史出处。其中，蔡义江先生研究成果影响力最大，蔡先生考据出"葬花魂"出自明代叶绍袁《午梦堂集·续窈闻记》。该书记载：叶小鸾鬼魂受戒时，其师问："曾犯痴否？"其答曰："犯。——勉弃珠环收汉玉，戏捐粉盒葬花魂。"蔡先生是古诗词大家，其考据很有参考意义。但不能由此得出结论：因为前人有"葬花魂"一词，后人就只能用"葬花魂"一语。这样就否定了任何语言创新之可能性了。判断此处是"花魂"还是"诗魂",主要是回归文法、文理和文艺本身,以"三文"即"文法、文理、文艺"为准据,而不应以有没有历史出处为准据,历史依据充其量只能作为一个辅助标准。戚蓼生序云《红楼梦》:"敷华掞藻,立意遣词,无一落前人窠臼。"可谓评价《红楼梦》之至理名言。

第三,侧重"诗魂"对"鹤影"不如"花魂"对"鹤影"工整。大意是:"诗"是抽象名词,"花"是具体名词,而"鹤"也是具体名词,具体对具体,因此"花"好于"诗"。这种看法也不是毫无道理,如果孤立地看,"诗"对"鹤"确实没"花"对"鹤"自然。但如果把"诗"与"魂"联合起来,用"诗魂"去对"鹤影",则似乎更优于"花魂"对"鹤影"。

"诗魂"是个多义词,既可指诗的内在精神,也可指诗人的亡魂,也可指诗人作诗的精神,具体含义得结合具体诗文来判断。如杨万里的《晓登小楼雾失南高峰塔》"独将诗魂去,恣绕月胁游",即指诗人作诗的精神。所以,单独说"诗",则只能指诗本身;如果"诗"与"魂"联合使用且作"诗人作诗的精神"理解的时候,实则指人。"诗魂"对"鹤影",即人的精神对鹤的身影,同具动感,并非一定逊色于"花魂"。

再说了,"鹤"在中国文学中常有其独特的文学意象内涵。寄情于山水之间,闲云野鹤,诗酒人生,是中国古代众多文人的内心向往。在古诗词中,"诗"常与"酒"配对使用,如南唐李建勋《春雪》诗"闲听不寐诗魂爽，净吃无厌酒肺干"。配"酒"可，配"鹤"又何尝不可呢？

再退一步，就算"诗"对"鹤"果不如"花"对"鹤"好，是不是就是此处文字应该是"冷月葬花魂"决定性的理由呢？我们且一起读读第四十八回林黛玉教香菱作诗时候的原话，看看曹雪芹自己对如何作诗的评价：

> 黛玉道："什么难事，也值得去学！不过是起承转合，当中承转是两副对子，平声对仄声，虚的对实的，实的对虚的（"虚的对实的，实的对虚的"这两句，俞平伯等学者认为说反了，疑似流传过程中出了问题），若是果有了奇句，连平仄虚实不对都使得的。"香菱笑道："怪道我常弄一本旧诗偷空儿看一两首，又有对的极工的，又有不对的，又听见说'一三五不论，二四六分明'。看古人的诗上亦有顺的，亦有二四六上错了的，所以天天疑惑。如今听你一说，原来这些格调规矩竟是末事，只要词句新奇为上。"黛玉道："正是这个道理。词句究竟还是末事，第一立意要紧。若意趣真了，连词句不用修饰，自是好的，这叫做'不以词害意'。"[①]

诗词发展到清朝已日渐式微，有清一朝，诗词总量虽多，

---

① 人文社本《红楼梦》，第648—649页。

总体却较为平淡,但诗论却获得极大发展,诗论名家层出不穷。曹雪芹借林黛玉之口言简意赅阐释了自己的诗论:立意第一,词句新奇次之,格调规矩是末事。可谓透彻之至。以"诗"对"鹤"不如"花"对"鹤"为由,认为"冷月葬花魂"优于"冷月葬诗魂",好比拿根鸡毛当令箭,又如一叶障目不见泰山。以局部否定整体的话,很多千古名句皆成问题,如"落霞与孤鹜齐飞,秋水共长天一色","飞"与"色"词性都不同,也丝毫不影响其为千古名句。

与此类似,也有一种观点,以黛玉说的"'寒塘渡鹤'何等自然,何等现成,何等有景且又新鲜"为由,认为"冷月葬花"可以与"寒塘渡鹤"匹配,而"冷月葬诗"则无法与"寒塘渡鹤"匹配,故而应该是"冷月葬花魂"。在方法上,这是同样的以局部代替整体的论证方法,其缺点前面已经论述,不再重复。而且也不能排除黛玉说的"寒塘渡鹤"是"寒塘渡鹤影"的文本错误。类似这样脱字的地方,《红楼梦》一书可谓是家常便饭。

第四,以该联句诗是即景诗为由,认为"花魂"属于即景,"诗魂"则非。且不论该观点正确与否,但其思维方式是可取的。回归到"即景诗"这一核心特点讨论问题,即回归到了文本和文理的范畴来讨论问题了。通读凹晶馆联诗的前后文,我们会发现书中并没有刻意提到跟花有关的景致。没有景又如何即景呢?作者为了让史湘云出"寒塘渡鹤影"句,特用了大段笔墨造出一景：

> 湘云方欲联时，黛玉指池中黑影与湘云看道："你看那河里怎么像个人在黑影里去了，敢是个鬼罢？"湘云笑道："可是又见鬼。我是不怕鬼的，等我打他一下。"因弯腰拾了一块小石头片向那池中打去，只听打得水响，一个大圆圈将月影荡散复聚者几次。只听那黑影里嘎然一声，却飞起一个白鹤来，直往藕香榭去了。[1]

黛玉听了史湘云的"寒塘渡鹤影"后，不禁感慨道："何等自然，何等现成，何等有景且又新鲜，我竟要搁笔了。"湘云笑道："大家细想就有了，不然就放着明日再联也可。"此时我们看书中描写的黛玉的反应："黛玉只看天，不理他，半日，猛然笑道：'你不必捞嘴，我也有了，你听听。'因对道：'冷月葬诗魂。'"

这里书中说了一句话很关键的话，即黛玉"只看天，不理他"。如何理解黛玉这里的"只看天"，将是决定她最终对出的是"花魂"还是"诗魂"的关键。如果我们认为天空中没有"花"的话，则黛玉此时"看天"，就可以理解为是在放飞思绪而非在观察景物。所以，说"花魂"才是即景的人，似乎就有些想当然了。此时此刻，其实最美的风景是人本身，

---

[1] 人文社本《红楼梦》，第1070页。

最高的境界是"物我交融"。黛玉被湘云逼得无诗可对但又不肯认输,最后以自己为景,对出惊人的"冷月葬诗魂"。

以上是简单的介绍,这些观点大家都能很方便地收集到资料,因此本文只做简单总结,不做详细引用,以免文字过于繁多。

文本研究是综合思维和方法的使用。只及一点,不及其余,是学术之大忌,也是我辈常犯之通病。只有坚持以"文法、文理、文艺"为准绳,方可得出可靠结论。现在以本人前面提出的"三文"为依据,对该部分做个简单结论:从文法看,"花魂"与"诗魂"皆语出有凭,都不存在硬伤。"葬花魂"沿袭前人旧语,往好的说是语出有据,往差了说就是有些老套;而"葬诗魂",往差了说,是没发现前人这样用过,往好了说,就是构思新奇。从文理看,作为即景联句,如果我们认为天上没花可看的话,"花魂"反而缺少了现实风景作为凭借,显得语出突兀。而"诗魂"则主客浑然一体,物我交融,合情合理。从文艺的角度,两者也各有千秋,而"诗魂"似更有一种独特的物我交融的无我之境,这个问题留给下文专门来谈。

二、"冷月葬诗魂"的艺术：
物我交融与无我之境

"冷月葬诗魂"一句，林黛玉以身入景，用自己的灵魂对仙鹤的影子。此时诗的意境已经从史湘云的"以我观物"的"有我之境"进入林黛玉的"物我交融"的"无我之境"。所以，林黛玉获胜，史湘云服输。

清代桐城派大家姚鼐提倡"义理、考据、辞章"三者统一。我个人将其简单解读为思想性、合理性和艺术性的统一。《左传》曰："言之无文，行而不远。"艺术是文学之所以为文学的根本。若论思想，文学作品比不过哲学。若论合理性和考据，文学作品又不如逻辑学和史学。

王国维在《人间词话》中，把诗词艺术分为"有我之境"与"无我之境"，对文艺理论作出重大贡献：

> 有有我之境，有无我之境。"泪眼问花花不语，乱红飞过秋千去""可堪孤馆闭春寒，杜鹃声里斜阳暮"，有我之境也；"采菊东篱下，悠然见南山""寒波澹澹起，白鸟悠悠下"，无我之境也。有我之境，以我观物，故物我皆著我之色彩；无我之境，以物观物，故不知何者为我，何者为物。古人为词，写有我之境者多，然未

始不能写无我之境，此在豪杰之士能自树立耳。

在王国维看来，古人作词，大部分写的都是有我之境，只有豪杰之士方能写出独树一帜的无我之境。以此而论，黛玉可谓豪杰之士也。

对无我之境的审美追求，对中国文学和绘画艺术皆产生重大影响。无我之境的艺术源头，或可追溯于老庄，尤其是庄子。《庄子》有曰："天地与我并生，而万物与我为一。"庄周梦蝶，是物我交融最经典的注解。《庄子》对中国文人的精神世界影响巨大，"虽不能至，心向往之"。

陶渊明的《饮酒》诗，是无我之境的另一个杰出代表："结庐在人境，而无车马喧。问君何能尔，心远地自偏。采菊东篱下，悠然见南山。山气日夕佳，飞鸟相与还。此中有真意，欲辨已忘言。"

当林黛玉眼望天空静思的那一刻，她好像已经超脱了物我两分的有我之境，进入物我交融的无我之境，所以她非常自信地对史湘云说"我也有了"，并确信能"压倒"湘云。

回到《红楼梦》自身来说，"冷月葬诗魂"又有其独特之艺术功能，既关系这首诗本身的创作艺术，也关系全书结构性的艺术，也关合人物之命运。

黛玉与湘云所作的凹晶馆联句：起于叙事，继之以即景，最终巧妙地归结于人。诗的结尾归结到人，这是诗词创作的惯常范式。

在《红楼梦》第二十七回，故事处于序幕的时候，黛玉葬花骨；而故事演变到第七十六回，已然接近尾声，悲剧即将来临的时候，黛玉葬诗魂。葬花骨，寓意于物，含蓄委婉，体现黛玉对美好事物不能长存的心理预感，哀而不伤。葬诗魂，直抒胸臆，黛玉的不幸到此时基本已经是从可能变成事实，红楼故事也即将进入尾声了，因此，其基调已经不再是含蓄了，而是更加直白，既哀且伤。故此，史湘云说其"太颓丧了"，妙玉不仅说其"过于颓败凄楚"，甚至说出了"此亦关人之气数而有"如此直白的话来（不过，对于"此亦关人之气数而有"这句，说的过于直白且不是很合拍，疑似是脂批混入正文）。

前有葬花骨作一铺垫，再用葬诗魂作一总结，从花谢花落到曲终人散，全剧将终。

写到这里，我想大概的意思已经表达清楚了。文章的最后，本人推荐一篇矫健先生的短篇小说——《天局》。读懂这个小说对于理解黛玉的"冷月葬诗魂"会有一定帮助。

《天局》讲述一个叫混沌的棋痴，一次在拜访棋友的路上，被大雪困于山谷，他昏昏沉沉中以石头为棋子，搬石头与幻想的天人下棋，最后以自身充当一枚黑子，跪死在棋盘一角而锁定胜局，胜天半子。

"冷月葬花魂"新解[①]

——"葬花魂"葬的究竟是什么花

  自本人于《文史知识》2021年第6期上发表了《"冷月葬花魂"与"冷月葬诗魂"意境之区别》一文后，获得不少同行的热情赞美。但于我个人而言，仍觉得惴惴不安，个人觉得如果只从一个角度来谈论这个问题，容易以偏概全。于是，本人尝试换个角度，模拟以"冷月葬花魂"为原笔来重新审视这个问题，看看能不能为其找到更有说服力的论证思路。这样，便有了本文的诞生。这里得诚挚地感谢《文史知识》编辑部的老师们，能如此包容我用两个视角研究同一个问题。本文开头的介绍性文字部分，与前一篇文章有一点重叠之处，这是因为本文作为一篇公开在期刊上发表的论文，其本身内容的完整性必须得有保证，否则会给读者带来很大的阅读障碍，希望读者能够见谅。下面来看正文。

  凹晶馆联诗中，在史湘云作出"寒塘渡鹤影"之后，林黛玉的对句是"冷月葬诗魂"还是"冷月葬花魂"，是红学研究中一个旷日持久且僵持不下的争鸣话题。主张"花魂"为原笔的，有宋淇先生、蔡义江先生、林冠夫先生、王人恩先生等多位学者；主张"诗魂"为原笔的，主要代表人物有

---

① 本文首发于《文史知识》2023年第5期，略有改动。

冯其庸先生、孙逊先生等学者。目前两种看法各有众多拥趸。

在各个版本中，庚辰本原本是"冷月葬死魂"，后被点改作"冷月葬诗魂"；俄藏本、甲辰本和程高本作"冷月葬诗魂"；戚序本、蒙府本、杨藏本作"冷月葬花魂"。其中，庚辰本的"死魂"一词，文字粗鄙且与场景不合，被一致认为属于讹误。

就当前比较有影响力的《红楼梦》校勘本而言，程高本自然沿用"诗魂"；具历史影响力的人文社本《红楼梦》，第一版曾采用"花魂"；而其第二版和第三版受冯其庸先生观点的影响改采"诗魂"；新近的第四版，又改采"花魂"。其他的校勘本，因校勘者的学术主张而异，就本人所见，以采"花魂"者略居多。另外，《红楼梦大辞典》亦采用"诗魂"。王人恩先生在《"寒塘渡鹤影，冷月葬花魂"考论》（《红楼梦学刊》2006年第2辑）一文中对有关"花魂""诗魂"学术争鸣的文献做了较为详细的梳理，读者可以直接参考此文，本文就不再作文献综述的基础工作了。

"花魂"派与"诗魂"派观点虽相左，但论证的思路大体相同，都是从字体讹误路径、词语历史渊源与书中文本依据、诗词对仗规律等几个方面展开，每一方都缺乏让对方不得不接受的足够过硬的证据。故此，虽然已经学术争鸣长达半个多世纪，却依然面临谁也无法说服谁的尴尬局面。想来，之所以会如此，根本原因或许在于两点：

第一，在论证方法上都是以脱离文本上下文的外证为主，而紧扣文本上下文的内证不足。诸如双方都把论证的重点放在了字体讹误的不同路径、词语有没有历史出处、诗词的对仗工整与否等方面；都没能很好地把诗的内容与作诗的环境、叙事艺术等结合起来。也就是说，都存在脱离小说文本孤立地就诗句论诗句的问题。

第二，在具体论证理由上，都是以旁证和主观推测为主。诸如"死"与"花"是不是字形相似而讹误，"死"与"诗"是不是读音相似而讹误，虽然双方都高度重视，但其实都只能作为旁证，谁也无法确定具体的演变路径。又如，创造诗词时，究竟是对仗、韵律等格调规矩重要，还是词句和立意的新奇更重要？赞成"花魂"的则强调对仗重要；反对"花魂"的，则可搬出第四十八回中林黛玉教香菱作诗所阐释的观点实为作者自己所秉持的诗论，主张立意的新奇要比格律更重要。再如，在是不是一定得语出有据的问题上，主张"花魂"的则总是强调"葬花魂"语出有据，而反对"花魂"的，则主张创新同样重要。

总之，双方都缺乏一锤定音的关键性理由，从而形成了长期以来谁也无法说服谁的局面。

与以往有关文章不同，本文尝试以文本内证的方法，为"冷月葬花魂"提供关键性支撑理由，请学界同仁们批评指正。

既然是用文本内证的方法，就得在文本自身中寻找依据。

下面先看一段引文,然后再展开论证。

湘云方欲联时,黛玉指池中黑影与湘云看道:"你看那河里怎么像个人在黑影里去了,敢是个鬼吧?"湘云笑道:"可是又见鬼了。我是不怕鬼的,等我打他一下。"因弯腰拾了一块小石片向那池中打去,只听打得水响,一个大圆圈将月影荡散复聚者几次。只听那黑影里嘎然一声,却飞起一个白鹤来,直往藕香榭去了。黛玉笑道:"原来是他,猛然想不到,反吓了一跳。"湘云笑道:"这个鹤有趣,倒助了我了。"因联道:

窗灯焰已昏。

寒塘渡鹤影,

林黛玉听了,又叫好,又跺足,说:"了不得,这鹤真是助他的了!这一句更比'秋湍'不同,叫我对什么才好?'影'字只有一个'魂'字可对,况且'寒塘渡鹤'何等自然,何等现成,何等有景且又新鲜,我竟要搁笔了。"湘云笑道:"大家细想就有了,不然就放着明日再联也可。"黛玉只看天,不理他,半日,猛然笑道:"你不必捞嘴,我也有了,你听听。"因对道:

冷月葬花(诗)魂。

湘云拍手赞道:"果然好极!非此不能对。好个'葬花(诗)魂'!"因又叹道:"诗固新奇,只是太颓丧了些。你现病着，不该作此过于清奇诡谲之语。"黛玉笑道："不如此如何压倒你。下句竟还未得，只为用工在这一句了。"①

在林黛玉、史湘云和妙玉三人共同完成凹晶馆联诗后，妙玉为其取名为《中秋夜大观园即景联句三十五韵》。可见，林黛玉和史湘云的这次中秋联诗，是一首即景诗。所谓即景诗，是就眼前的景物即景生情所创造的诗。只有抓住"即景诗"这一最核心的特征，才有可能判断出林黛玉对出的究竟是"冷月葬花魂"还是"冷月葬诗魂"。

作者为了让史湘云出"寒塘渡鹤影"上句，特意用了大段笔墨，先造出"寒塘渡鹤影"的实景出来。这正因为是"即景诗"的原因。所以，黛玉听了史湘云的"寒塘渡鹤影"后，不禁感慨道："'寒塘渡鹤'何等自然，何等现成，何等有景且又新鲜，我竟要搁笔了。"湘云接下来安慰林黛玉道："大家细想就有了，不然就放着明日再联也可。"此时我们看书中描写的林黛玉的反应："黛玉只看天，不理他，半日，猛然笑道：'你不必捞嘴，我也有了，你听听。'"然后黛玉便自信满满地对出了一句"冷月葬花（诗）魂"。

因此，判断黛玉对出的究竟是"冷月葬诗魂"还是"冷月葬花魂"，关键是从即景诗这一基本特征出发，看看黛玉

---

① 人文社本《红楼梦》，第1070—1071页。

此时到底是看到了什么景致，从而激发了创作灵感。那么，黛玉看到啥了呢？书中写道，黛玉只是看了半天的"天"。所以，如果有景的话，景的密码一定藏在"天"中。不管是"冷月葬诗魂"也好，还是"冷月葬花魂"也罢，总之，"冷月"是没有分歧的。所以，可以确定一点，林黛玉看"天"其实是看天空中的月亮。月亮中的风景，是跟"诗"有关呢，还是跟"花"有关呢？答案是非常明确的，跟"花"有关，这源于一个古老的传说，即传说月中有桂花。"月中桂花"既是古老的神话故事，又是历来诗词中喜欢吟咏的主题，经久不息。当黛玉凝视月亮的时候，突然把真实存在的月亮与传说中的月中桂花构建起了视觉上的关联，虚实结合，运用移觉的修辞，从而对出了工整的"冷月葬花魂"。月中桂花，无论怎么飘零，都无法飘零到月亮之外，恰似埋葬于"冷月"之中。

这个时候我们脑海中会浮现出两个非常美好的画面：白鹤飞翔在寒塘之上，桂花飘落于冷月之中。而"诗"与月亮是无法建立起视觉上的关联性的，故此也难以符合即景诗的要求。

"冷月葬花魂"对"寒塘渡鹤影"属于工对。无论是作为整体，还是拆散开来，都能对得上。渡鹤影于寒塘之外，葬花魂于冷月之中。"冷月葬花魂"优于"寒塘渡鹤影"之处，在于后者全部是实景，而前者是现实与想象相结合的，是自然与人文相结合的，更有历史文化的厚重感，也更富有超越纯自然的趣味性。所以，林黛玉非常自信能"压倒"史湘云。

论证该处文字当为"冷月葬花魂"，理由其实不用太多，引经据典无非也只是锦上添花，关键是要把文本吃透，能在"月"与"花"之间建立起视觉关联。由于此处的"花"是虚拟的存在，所以能想到这一层并非易事。但一旦想到了，问题也就迎刃而解。看来，黛玉、湘云、妙玉皆高于我们读者。

在己卯本、庚辰本、蒙府本、戚序本等版本第三十二回回前有一条脂批，有助于我们深化对这个问题的认识，现引用如下：

> 前明显祖汤先生有怀人诗一截，读之堪合此回，故录之以待知音：无情无尽却情多，情到无多得尽么？解到多情情尽处，月中无树影无波。（关于此诗，己卯、庚辰、蒙府三个版本与戚序本的内容略有差异，此是己卯、庚辰、蒙府本文字。戚序本文字属于他人改笔。）

此诗原名是《江中见月怀达公》，汤显祖说"月中无树影无波"，是一种宗教哲思。而林黛玉与史湘云联句的时候，写的则是常态：月中有树，池中有波。

"月中桂花"之于中秋之夜，应时应景。书中为了能让黛玉对出这句"冷月葬花魂"，从第七十五回就开始了铺排，多次漫不经心地点到了桂花，在七十六回中又多次点到月亮，并似乎是随机地挑中"十三元"的平水韵。可谓万川归海，其实都是为了"冷月葬花魂"而来。可见，"冷月葬花魂"不愧是《红楼梦》语言艺术和叙事艺术完美结合的典范。

至此，本文的正文部分就结束了。本文与前一篇文章，是从两个不同的视角来研究同一问题的。角度不同，结论也不同。至于哪个更有道理，抑或都无道理，任凭读者朋友们来评说。

《红楼梦》第二十二回结尾处文字真伪再探[①]

——以惜春灯谜为切入点

"前身色相总无成,不听菱歌听佛经。莫道此生沉黑海,性中自有大光明。"这是第二十二回中惜春所作的一首灯谜。在庚辰本和俄藏本上,第二十二回的文字刚好就截止到惜春灯谜,此后的文字则破失了。庚辰本上并因此而记录了三条批语:

第一条批语是:"此后破失,俟再补。"

第二条批语是:"暂记宝钗制谜云:朝罢谁携两袖烟,琴边衾里总无缘。晓筹不用鸡人报,五夜无烦侍女添。焦首朝朝还暮暮,煎心日日复年年。光阴荏苒须当惜,风雨阴晴任变迁。"

第三条批语是:"此回未成而芹逝矣,叹!叹!丁亥夏,畸笏叟。"

但在庚辰本和俄藏本以外的其他几个版本上,第二十二回却共呈现出三种不同的形态:

第一种形态是以戚序、蒙府和舒序三个版本(以下简称"戚序等版本")为代表,有三个主要特点:其一,在惜春

---

① 本文首发于《文史知识》2023年第9期,原题为《〈红楼梦〉第二十二回惜春灯谜谜底新解》。

灯谜之后，多出了两句揭示谜底的文字："贾政道：'这是佛前海灯嗄。'惜春笑道：'是海灯。'"其二，与庚辰本上第二条批语所示内容相同，"更香"灯谜归属于薛宝钗名下。其三，没有贾宝玉和林黛玉二人的灯谜，而且通过王熙凤的话进一步明确指出贾宝玉没有制作灯谜。

> 凤姐自里间忙出来插口道："你这个人，就该老爷每日令你寸步不离方好。适才我忘了，为什么不当着老爷，撺掇叫你也作诗谜儿。若如此，怕不得这会子正出汗呢。"说的宝玉急了，扯着凤姐儿，扭股儿糖似的只是厮缠。（摘自戚序有正本《石头记》）

第二种形态是以甲辰本为代表，也有相对应的三个主要特点：其一，缺少惜春灯谜。其二，将庚辰本第二条批语中明确归属于宝钗名下的"更香"灯谜归到了黛玉名下，并额外制作了宝钗的灯谜。其三，多出贾宝玉的灯谜。

第三种形态是以程高本为代表（杨藏本此回文字来自程乙本，因此不具有代表性）。其主体部分与甲辰本相似，因此，甲辰本有的特点它都有，比如都没有惜春灯谜等。但在甲辰本文字之外，其又多出了戚序等版本上的部分文字。在甲辰本上，贾宝玉制作了灯谜；而在戚序等版本上，王熙凤明确说贾宝玉没有制作灯谜。因把这两个不同版本系统的文字简单地集成在一起，就造成了程高本上贾宝玉既作了灯谜又没作灯谜这样自相矛盾的现象。我们知道，甲辰本与程高本的关系非常密切，学界认为其具有底本同源的关系。单就此处文字而言，到底是程高本更接近其底本原貌，还是甲辰本更接近其底本的原貌，尚不清楚。若是甲辰本更接近其底本原貌，则说明程高本是在类似于甲辰本文字的底本上额外拼配了戚序等版本的文字；反之，若是程高本更接近其底本原貌，则说明甲辰本是在类似于程高本文字的底本上做了大量的删改。常理来说，前者的可能性要大于后者。

因此，算上庚辰本和俄藏本上的残破形态，现有的《红楼梦》各版本上，第二十二回总计呈现出四种不同的形态。由于程高本上存在着贾宝玉既作了灯谜又没作灯谜这样自相矛盾的现象，所以通常认为其应非出自曹雪芹之手。而其他三种版本形态，学界观点分歧颇大。每一种形态，都有主张其为曹雪芹原笔的学者。如梅节先生认为甲辰本此处文字当是原貌。张爱玲女士则认为戚序等版本此处文字是作者原笔，这种看法目前仍然有不少支持者，如北京大学李鹏飞老师便是这一看法的支持者[1]。周汝昌先生、蔡义江先生等则认为戚序等版本和甲辰本此处文字都是他人增补的结果，第二十二结尾处的原貌当如庚辰本和俄藏本的样子，即从惜春

---

[1] 李鹏飞：《脂畸二人说与一人说之重审》，《红楼梦学刊》2022年第2辑。

灯谜处破失了。

判断第二十二回结尾处文字的真假，有一个非常便利的视角，就是从惜春灯谜入手。

甲辰本上元春、迎春、探春灯谜都有，四春中唯独没有惜春灯谜，显然是不完整的，而且又错把"更香"灯谜记在黛玉名下，所以甲辰本文字是曹雪芹原笔的可能性很低。蔡义江先生对甲辰本文字非出自曹雪芹之手有非常全面的论述[1]，本文不再重复。

在惜春灯谜上，庚辰本与戚序等版本的区别在于：庚辰本只有谜面，谜底部分破失不见了；而戚序等上则有谜底，即"佛前海灯"。如果我们能证明"佛前海灯"这个谜底是错误的，那么戚序等版本此处文字非曹雪芹原笔则不证自明。

惜春灯谜的谜底，戚序等版本上写的是"佛前海灯"。蔡义江先生认为"佛前海灯"作为谜底的话，其中有三个字（分别为"佛""前""海"）直接犯谜面，不太合制谜规矩，而改称"长明灯"。[2]

仔细品味惜春灯谜，不管是"佛前海灯"也好，"长明灯"也罢，其实都只是沾点边而已，并非真正的谜底。惜春谜语的真正谜底不是"佛前海灯"，而是海灯里面的那个灯

---

[1] 蔡义江：《"更香谜"属谁和"镜谜""竹夫人谜"是否原作——与梅节兄讨论》，载于《红楼梦诗词曲赋全解》一书，复旦大学出版社2016年版，第100—108页。
[2] 蔡义江：《蔡义江新评红楼梦》，第252页。

芯草。王旭初先生十年前就曾提出这一看法①，但遗憾的是，学界的认知惯性实在太大，王旭初先生的这一真知灼见并未能引起广泛的重视。本文在王旭初先生文章的基础上，做一些补充论证，主要是希望引起更多的读者能对这个问题多一些关注和思考。

灯芯草，是一种分布十分广泛的水草，多见于河边、池塘边、水沟旁等多水潮湿的地方。由于灯芯草具有非常好的吸收和传导油脂的功能，在古代，人们常用灯芯草作为燃油灯的引线（后来部分被棉纱代替）。《红楼梦》第二十五回中，也明确提到这一用途：

> 马道婆听如此说，便笑道："这也不拘，随施主菩萨们随心愿舍罢了。像我们庙里，就有好几处的王妃诰命供奉的：南安郡王府里的太妃，他许的多，愿心大，一天是四十八斤油，一斤灯草，那海灯也只比缸略小些。"②

上面引文中提到的"四十八斤油，一斤灯草"，正是对古代海灯使用的耗材的描述。先把油倒入海灯中，然后把灯

---

① 王旭初：《惜春诗谜与二十二回结尾关系新说》，《红楼梦学刊》2012年第2辑。
② 人文社本《红楼梦》，第340—341页。

芯草插入油中,点燃灯芯草即可。下面简单分析一下灯芯草与惜春谜面的对应关系。

"前身色相总无成,不听菱歌听佛经"这两句,大意是说:灯芯草作为一种水草,常与菱角等水生植物为伴,本来应该是欣赏菱歌莲曲的,不成想结果却被放置在海灯里面了,只能听听佛经。菱歌,即采菱曲,其主题大多跟男女爱情有关。有记载的创作过《采菱歌》或者《采菱曲》的诗人有很多,如鲍照、江淹、徐勉等。

王旭初先生对"前身色相总无成"的理解是:前生的灯芯草没有其他水生植物美丽的外表与芳香,只是茎茎庸凡的小草,引申指惜春在曾经的尘俗生活中,并没有美丽的外表与出众的才能。[1] 本文对这一看法持保留态度。本文更倾向于认为"前身色相总无成"含义是指:灯芯草原本良好的生长条件却并没有通向该有的结局。

"莫道此生沉黑海,性中自有大光明"这两句是说:灯芯草虽然被放置在灯油之中,如同沉入黑海一般的暗无天日,可是它的本性之中却有通往光明的一面。

由此可见,灯芯草作为惜春灯谜的谜底,与谜面是高度吻合的。而"佛前海灯"与惜春灯谜的谜面只能说是有点关联,但并不是其谜底。

---

[1] 王旭初:《惜春诗谜与二十二回结尾关系新说》,《红楼梦学刊》2012年第2辑。

首先，海灯跟菱歌之间，难以建立起可被理解的关联。相应的，也无法解释谜面中的"不听菱歌听佛经"这句。

其次，"灯"与"油"的关系也说反了：只能说"油"沉在"灯"中，而不能反过来说"灯"沉在"油"中。海灯、灯油和灯芯草三者之间的关系是：灯芯草沉在油中，油又沉在灯中。所以，如果认为谜底是"佛前海灯"，则"莫道此生沉黑海"这一句也是无法解释的。怎么也不能说"灯"沉在"油"中吧！这一点应该是不难理解的。若拿房子与家具的关系做个具象比较，就更好理解了：我们可以说家具在房子中，而不能反过来说房子在家具中。

既然惜春谜语的谜底应是灯芯草而不是"佛前海灯"，那么戚序等版本的此处文字大概率就是他人增补的而非曹雪芹文笔了。

其实，证明戚序等版本此处文字非出自曹雪芹文笔，除了惜春灯谜之外，还有一个非常重要的证据：根据前引戚序本的文字，可知贾宝玉没有制作灯谜。而贾宝玉没有制作灯谜这一结论与第二十二回前面的有关内容是直接冲突的。在第二十二回前面的文字中，清楚地说明当天包括贾宝玉、林黛玉在内的众人，都制作了灯谜。一起看看原文：

> 贾母见元春这般有兴，自己越发喜乐，便命速作一架小巧精致围屏灯来，设于堂屋，命他姊妹们各自暗暗

的作了，写出来粘于屏上，然后预备下香茶细果以及各色玩物，为猜着之贺。[①]

"命他姊妹们各自暗暗的作了，写出来粘于屏上。"这两句话非常清楚地说明包括贾宝玉、林黛玉在内的众姊妹们当天都制作了灯谜，完全不存在贾宝玉没有制作灯谜的可能性。虽然书中说得有些模糊不清，但若从叙述艺术看，众人制作的灯谜不排除就是白天送进宫中去给元春猜的谜语。大家白天制作的灯谜（包括元春的灯谜在内），除了贾环的灯谜外，前文都没有揭晓谜底，从叙事技巧看，或恰恰是为了晚上猜谜留余地的。戚序等版本上此处文字的增补者，想来应该是没有吃透这回文字的内在叙事脉络，忽略了前文中的重要信息，从而造成了增补文字与原本文字之间互相矛盾。

一方面是惜春灯谜谜底猜得不准确，另一方面说宝玉没有制作灯谜的文字又与前文自相矛盾，综合这两个方面来看，戚序等版本上的此处文字应是他人增补无疑。《红楼梦》第二十二回结尾处文字的早期样貌，应该就是庚辰本和俄藏本那样残损的样子。

---

① 人文社本《红楼梦》，第304页。

第二部分

《红楼梦》版本与校勘难题新探索

甲戌本《石头记》"凡例"的作者及其版本性质[①]

    与其他几部脂评本不同,甲戌本《石头记》开头部分有一个"凡例",共计五条内容,外加一首七律。该"凡例"的作者究竟是谁,是一个具有高度分歧性的话题,目前已经形成曹雪芹说、脂砚斋说、畸笏叟说、后世书商说等几个宏观上具有代表性的不同看法。也有一些更精细的研究,即把"凡例"进行逐条分解,分别归属于不同作者名下。

    由于"凡例"第五条的大部分内容与庚辰本等其他版本(为表述方便,后文直接用"庚辰本"一词代替)第一回"回前批"内容基本相同,由此引发另一个问题,就是二者谁先谁后的问题。这也是一个极具争议的问题。

    此外,对"凡例"作者的不同认定,对"凡例"第五条与庚辰本第一回"回前批"之间的关系的不同解读,也必然影响到对甲戌本性质的认识。总之,这是《红楼梦》版本研究中一个极其重要的基础性问题。本文就此来介绍一下个人的看法,供读者朋友们参考。为了方便论述,下面先把甲戌本"凡例"和庚辰本第一回的"回前批",分别抄录如下:

[①] 本文首发于2022年9月19日"古代小说网"微信公众号。

甲戌本"凡例"

《红楼梦》旨义：是书题名极多，一曰《红楼梦》，是总其全部之名也；又曰《风月宝鉴》，是戒妄动风月之情；又曰《石头记》，是自譬石头所记之事也。此三名皆书中曾已点睛矣。如宝玉作梦，梦中有曲，名曰《红楼梦十二支》，此则《红楼梦》之点睛。又如贾瑞病，跛道人持一镜来，上面即錾"风月宝鉴"四字，此则《风月宝鉴》之点睛。又如道人亲眼见石上大书一篇故事，则系石头所记之往来，此则《石头记》之点睛处。然此书又名曰《金陵十二钗》，审其名，则必系金陵十二女子也；然通部细搜检去，上中下女子岂止十二人哉！若云其中自有十二个，则又未尝指明白系某某，及至"红楼梦"一回中，亦曾翻出金陵十二钗之簿籍，又有十二支曲可考。

书中凡写长安，在文人笔墨之间，则从古之称；凡愚夫妇、儿女子家常口角，则曰"中京"，是不欲着迹于方向也。盖天子之邦，亦当以中为尊，特避其"东南西北"四字样也。

此书只是着意于闺中，故叙闺中之事切，略涉于外事者则简,不得谓其不均也。

此书不敢干涉朝廷,凡有不得不用朝政者,只略用一笔带出,盖实不敢以写儿女之笔墨唐突朝廷之上也,又不得谓其不备。

此书开卷第一回也,作者自云:因曾历过一番梦幻之后,故将真事隐去,而撰此《石头记》一书也。故曰"甄士隐梦幻识通灵"。但书中所记何事?又因何而撰是书哉?自云:今风尘碌碌,一事无成,忽念及当日所有之女子,一一细推了去,觉其行止见识皆出于我之上,何堂堂之须眉诚不若彼一干裙钗?实愧则有余,悔则无益之大无可奈何之日也。当此时,则自欲将已往所赖,上赖天恩,下承祖德,锦衣纨绔之时,饫甘餍美之日,背父母教育之恩,负师兄规训之德,以致今日一事无成、半生潦倒之罪,编述一记,以告普天下人:虽我之罪固不能免,然闺阁中本自历历有人,万不可因我不肖,则一并使其泯灭也。虽今日之茅椽蓬牖,瓦灶绳床,其风晨月夕,阶柳庭花,亦未有伤于我之襟怀笔墨者。何为不用假语村言敷演出一段故事来,以悦人之耳目哉?故曰"风尘怀闺秀",乃是第一回题纲正义也。开卷即云"风尘怀闺秀",则知作者本意原为记述当日闺友闺情,并非怨世骂时之书矣。虽一时有涉于世态,然亦不得不叙者,但非其本旨耳。阅者切记之。

诗曰:

> 浮生着甚苦奔忙,盛席华筵终散场。
> 悲喜千般同幻渺,古今一梦尽荒唐。
> 漫言红袖啼痕重,更有情痴抱恨长。
> 字字看来皆是血,十年辛苦不寻常。

庚辰本第一回"回前批"

此开卷第一回也。——作者自云:因曾历过一番梦幻之后,故将真事隐去,而借"通灵"之说,撰此《石头记》一书也。故云"甄士隐"云云。但书中所记何事何人?自又云:"今风尘碌碌,一事无成,忽念及当日所有之女子,一一细考校去,觉其行止见识,皆出于我之上。何我堂堂须眉,诚不若此裙钗哉?实愧则有余,悔又无益之大无可如何之日也!当此,则自欲将已往所赖天恩祖德,锦衣纨绔之时,饫甘餍肥之日,背父兄教育之恩,负师友规谈之德,以至今日一技无成、半生潦倒之罪,编述一集,以告天下人:我之罪固不免,然闺阁中本自历历有人,万不可因我之不肖,自护己短,一并使其泯灭也。虽今日之茅椽蓬牖,瓦灶绳床,其晨夕风露，阶柳庭花，亦未有妨我之襟怀笔墨。虽我未学，下笔无文，又何妨用假语村言，敷演出一段故事来，亦可使闺阁昭传，复可悦世之目，破人愁闷，不亦宜乎？"故曰"贾雨村"云云。

　　此回中凡用"梦"用"幻"等字，是提醒阅者眼目，亦是此书立意本旨。

为了更好地说明甲戌本"凡例"第五条与庚辰本第一回"回前批"间的关系，有必要先从庚辰本第一回"回前批"的性质说起。

一、庚辰本第一回"回前批"的性质

由于第一回"回前批"中，出现有"作者自云""自又云"等字眼，在历史上很长一段时间，疑似其被部分读者当成了作者自己的按语来理解的。这体现在多个方面：一个就是在抄写方式上，庚辰本等部分版本上，其与正文混在一起；另一个就是部分版本中，如俄藏本、蒙府本、戚序本等甚至直接删除了其中的第二段内容，即"此回中凡用'梦'用'幻'等字，是提醒阅者眼目，亦是此书立意本旨"这几句话。这几句话之所以被删除，或许正是因为其具有明显的批语的属性，因而被识别出来了。这又反衬出抄手觉得"回前批"中第一段的内容是作者自己的按语。此外，我们看程高本时会发现，程高本其实是尽可能地删除全部批语的，但保留了第一回的"回前批"。

今天的读者，应该绝大部分都已经接受了这样的看法：第一回的"回前批"，其性质是真正的批语，作者应该是脂砚斋，而非曹雪芹自己的按语。本人也完全接受这种观点。有三个理由：

第一，"回前批"第二段的内容，批语的性质非常明显。如果第二段是批语，那第一段应该也是批语。

第二，在前三回的批语中，体现了脂砚斋对"正文"故事与"非正文"故事进行区分的这一思维的连贯性：第一回的回前批，主要讲这一回标题为啥叫"甄士隐梦幻识通灵，贾雨村风尘怀闺秀"。其实说白了，就是说这一回压根不是真正的"正文"。这一意思在第二回的回前批中体现得淋漓尽致，"此回亦非正文，本旨只在冷子兴一人"，一个"亦非正文"，就是给前两回一起定性了。第三回中，当写到"且说黛玉自那日弃舟登岸时，便有荣国府打发了轿子并拉行李的车辆久候了"时，有批语道："这方是正文起头处，此后笔墨与前两回不同。"可见，脂砚斋一直在找"正文"故事的开头在哪里。

第三，真正的作者曹雪芹一直在掩盖自己的作者身份，既然选择以"石头"的名义写作，正常是不会再用"作者自云"

这种方式写按语了。

二、甲戌本"凡例"第一条的问题

甲戌本"凡例"共有五条，其中第一条和第五条历来最受关注。第二、第三和第四条，内容过于简单，没有什么有分析价值的信息。其中，第一条的问题很明显，大家研究得比较多。比如提笔即云"红楼梦旨义"，这就暴露了一个现象，就是在创作"凡例"的时候，这书已经以《红楼梦》的名字传播开了。

用《红楼梦》作书名，这一下就不符合脂砚斋和曹雪芹的定位了：脂砚斋用《石头记》，曹雪芹用《金陵十二钗》。而"凡例"在解释《红楼梦》的四个名称的时候，显然对《金陵十二钗》这个名字的处理方式和表述方式都很另类，甚至对十二钗的具体所指也不清楚。这又是一个怪异的现象。

《红楼梦》增删五次，最后曹雪芹将其命名为《金陵十二钗》，全景式呈现女子的才华与命运，这与这本书最后的主题定格是吻合的。增删五次的过程，大概就是主题不断升华的过程。所以，如果曹雪芹自己写"凡例"第一条，很难想象能写成这样不伦不类的样子。

脂砚斋虽然仍称此书为《石头记》，但其批语中多次提到作者的时候，则用了"作十二钗人"这一称呼，显然也是认同曹雪芹的命名的，而且脂砚斋对书中十二钗的所指对象也非常熟悉。所以，脂砚斋也不太可能写出"凡例"第一条这样的内容来。

第一条的问题学界研究已很充分，此处不做过多分析，点到为止。

三、甲戌本"凡例"第五条的问题

"凡例"第五条是由两部分组成，第一部分是引述书中第一回的内容，即正是与庚辰本第一回"回前批"基本重合的内容；第二部是在第一部引述的基础上作出的申论，是真正的"凡例"体。

甲戌本"凡例"第五条与庚辰本第一回"回前批"之间的关系，涉及两个不同方向的判断：

一个是认为庚辰本第一回"回前批"文字是从甲戌本"凡例"第五条改造过来的。代表人物如蔡义江先生。蔡先生曾言："'凡例'在此书再抄时取消不用了，但末段文字……经改动后，被移作首回回前总评而保留了下来。"并举了一个例子，认为庚辰本"回前批"中的第一句"此开卷第一回也"，是对"凡例"第五条"此书开卷第一回也"的不合理改动，改成一句废话了。[①]

---

① 蔡义江：《蔡义江新评红楼梦》，第1页。

另一种判断是相反的，认为甲戌本"凡例"第五条是对庚辰本"回前批"文字的挪用。庚辰本"回前批"的文字才是真正的原本文字。在这种观点中，又有一种细分观点，认为是曹家某后人将脂砚斋己卯、庚辰四评本上的第一回回前总评第一段改写后移植成"凡例"第五条的前面部分。详情可参见张杰先生的《浅谈〈红楼梦〉甲戌本的"凡例"》一文。

上述两种判断，第二种更合理。与"凡例"第一条的问题相比，第五条的问题要严重得多，同时也隐蔽得多。

1. 问题之一

"凡例"作者不知道庚辰本第一回"回前批"在性质上是脂砚斋的批语，而非作者自己的按语。

同样的话，放的位置不同，代表了不同的认知状态。"此书开卷第一回也，作者自云……"这种的措辞方式，一看就是误把脂批当作作者原话了。这正是与后来众多的抄本乃至程高本犯了同样的认知错误。换句话说，如果"凡例"的作者，知道了其引用的第一回的内容，其实是脂批，他绝对说不出这样的话来。今天大家基本都认识到了，庚辰本第一回"回前批"的批语性质，试想一下，如果让我们再来模拟一下写作"凡例"第五条，我们会如何措辞？我们绝对不会一上来就用"作者自云"这样的字眼。合适的方式或许是："此书开卷第一回也，批语中透露：作者曾云……"

这种错误的认知状态，说明"凡例"作者对这书的真实认知水平，与后来的抄手们大同小异，皆误把脂批当成了作者按语。

2. 问题之二

"凡例"第五条的文字措辞与庚辰本第一回"回前批"相比，虚有其表，没有灵魂。一起看几个例子。

第一例，"凡例"中的"作者自云：因曾历过一番梦幻之后，故将真事隐去，而撰此《石头记》一书也"这句话，与庚辰本回前批比，少了灵魂性的一句，即"而借'通灵'之说"这句。没有"通灵宝玉"，何来"石头记"？何来"梦幻识通灵"？这里存在严重的思维跳脱的问题。

第二例，"凡例"中的"以告普天下人：虽我之罪固不能免，然闺阁中本自历历有人，万不可因我不肖，则一并使其泯灭也"这几句，与庚辰本"回前批"比，又少了其中的灵魂性的一句，即"自护己短"这一句。"自护己短"的意思，就是为了掩饰自己的短处而不写这本书。因此，"则一并使其泯灭也"的直接原因显然是因为"自护己短"，而不是因为"不肖"。"不肖"两字可以不要，但"自护己短"不能不要。

第三例，"凡例"中的"何为不用假语村言敷演出一段故事来，以悦人之耳目哉？故曰'风尘怀闺秀'"，与庚辰本第一回"回前批"相比,这句话存在三个严重的问题。

一是不知为何要用"假语村言"。庚辰本第一回"回前批"却说得非常清楚,是因为作者"虽我未学,下笔无文"。

二是弄错了主要写作目的,写作目的变成"以悦人之耳目"了。庚辰本第一回"回前批"写的却是"亦可使闺阁昭传,复可悦世之目,破人愁闷"。可见,"使闺阁昭传"才是真正目的,"悦世之目,破人愁闷"只是捎带的作用。

三是移花接木。庚辰本第一回"回前批"侧重于讲这回标题中的"贾雨村"之来历,以与前面的"甄士隐"形成照应。而"凡例"却略去了"贾雨村",而把重点转移到了"风尘怀闺秀"上。

所以,通过对二者的语言措辞一比对,就会发现,甲戌本"凡例"的文字,整体上看就是徒有其表,没有灵魂,存在严重的思维跳脱问题。至于微观方面,与庚辰本文字相比,也有差距,庚辰本文字每一个字都是非常讲究的,逻辑、形式、措辞都非常完美,而甲戌本"凡例"则大为逊色。

另外,比较一下"凡例"中的"背父母教育之恩"与"回前批"中的"背父兄教育之恩",也大体可窥一斑。"父兄"这种非常个性化的措辞方式,一定是跟作者个人特殊的家庭背景有关;而"父母"是个没有个性化的措辞。通常把"父母"改成"父兄"是不太可能的,反之则易。

3. 问题之三

甲戌本"凡例"第五条既然说了此书开卷第一回中有"作者自云"的内容。那就自然第一回中应有相应的内容，可现在的甲戌本第一回中其实并没有这些内容。这就产生了自相矛盾。

三、甲戌本"凡例"的作者及甲戌本的性质

1. 甲戌本"凡例"的作者

通过前面部分的分析，如果把"凡例"作为一个整体看待的话，可知甲戌本"凡例"的作者，既不可能是曹雪芹，也不可能是脂砚斋，大概率是后人创作的。至于是不是如冯其庸先生说的是后世书商所为，我个人觉得目前无法得出过于具体的结论，结论越具体就越需要特别的证据支持。

本文不采用分解"凡例"条文并将其各自归属在不同作者名下的思考方式。因为一旦这样思考，就进入纯属猜想的状态，无法进行有效的学术探讨。

2. 甲戌本的性质

如果甲戌本的"凡例"是后人整理的，相应的，甲戌本本身也大概是经过其一起整理过的本子，绝非脂砚斋亲自抄

写并保存下来的本子。甲戌本的底本上，其第一回的样子，应该与庚辰本第一回"回前批"类似。因此，今天在校勘《红楼梦》第一回的时候，开头部分最好采用庚辰本的内容。

尽管甲戌本是后人整理过的本子，但并非后人伪造。其底本整体来说，确实更加可靠一些，这有大量的实证可以证明。今天不少人之所以如此推崇甲戌本，也不是凭空而来的。

尽管甲戌本的底本更加精良，但这并不意味甲戌本独有的文字都是来自其底本，相反，随着研究的深入，会发现有一些独有的文字应该是整理者的改笔，有时甚至还会发生误改的现象，而己卯、庚辰等版本上的文字有时候才是其真正的原本面貌。这方面的例子不少，限于篇幅，且留待以后再著文另说。认识这一点，能为我们从事版本研究工作带来更辩证的思维和更宽广的视野。

甲戌本"甲午八日泪笔" 批语作者新解[①]

针对"满纸荒唐言,一把辛酸泪。都云作者痴,谁解其中味"这首曹雪芹自题绝句,甲戌本上有两段极具价值且又极具争议的眉批:

> 能解者方有辛酸之泪,哭成此书。壬午除夕,书未成,芹为泪尽而逝。余尝哭芹,泪亦待尽。每意觅青埂峰再问石兄,余(疑为"奈"字讹误)不遇獭(疑为"癞"字讹误)头和尚何!怅怅!
>
> 今而后惟愿造化主再出一芹一脂,是书何本("本"字当为讹误文字),余二人亦大快遂心于九泉矣!甲午八日("日"或为"月"之讹误)泪笔。

围绕该批语中的几个问题,学界曾展开旷日持久的学术争鸣。这些问题主要聚焦在三个问题上:第一,该批语是何人所写,是脂砚斋还是畸笏叟?第二,该批语落款日期"甲午八日"是不是"甲午八月"之误?亦或是"甲午人日""甲申八月"之误?第三,"壬午除夕"是曹雪芹去世的时间还

[①] 本文首发于《红楼梦版本研究辑刊》2022年第1辑,略有改动。

是"能解者方有辛酸之泪，哭成此书"批语的落款日期？第二个问题和第三个问题与本文无直接关联，本文只聚焦第一个问题。

关于这条批语的作者是谁，有两种非常有影响力的看法：一种观点认为是脂砚斋，代表性人物如俞平伯先生、沈治钧先生等；一种认为是畸笏叟，代表性人物如梅节先生、徐恭时先生、蔡义江先生等。学界对此问题一直存在一定程度的自说自话现象。

该批语是何人所写的问题，至关重要，它是红学的基础性问题，一定程度上也是弄清其他关联问题的前提。目前学界对此问题私下常讨论得热火朝天，但一时又无法提出比较有说服力的新观点。本文尝试提出研究该问题的两个新思路、新角度，借以抛砖引玉。

一、"甲午八日泪笔"批语之问题

综合看"甲午八日泪笔"批书时间与批语内容，给人的初步感觉就是其中可能有矛盾之处。红学家俞平伯先生曾在《记"夕葵书屋〈石头记〉卷一"的批语》中指出了这种矛盾。一起看看俞先生的困扰：

就文字的内容看，这条眉批无论作为一段或两段，都应当是脂砚斋的，不应当是畸笏叟的，就附记年时看，恰恰相反，只可能是畸笏叟的，不可能是脂砚斋的。我们对此，何去何从？

我们如信这"甲午八月"的记年和靖本第二十二回的批语（指畸笏叟所批的到丁亥夏，批书人仅剩畸笏叟一人在世），将甲戌本上那条批作两段看，前一段或可归之脂砚，而后一段必须属于畸笏；如连在一起，记年通绾全条，当然尽是畸笏的手笔。这么一说，困难就来了。因无论那一段，前也罢，后也罢，偏偏都跟畸笏不合。以前段论，有"余尝哭芹，泪亦待尽"，而畸笏享高寿，到雪芹死后十年还活着。其不合一也。以后段论，曰"余二人"，若作畸笏批，则"余"者畸笏自谓。"余二人"，还有谁？他在丁亥年不是已说过"只剩朽物一枚"么？这里难道另指他的朋友眷属么？他或她也对《石头记》有很深的感情么？大概不会有。即使这样，也讲不通。下文还有"亦大快遂心于九泉矣"，畸笏这老儿原不妨说"我快死了"，他怎么能够代旁人说你也快死了呵。这是绝对讲不通的。其不合二也。

同样这两条，反过来作为脂砚斋的手笔看，就完全合式了。"余尝哭芹，泪亦待尽"，他果然不久就死了。一芹一脂相提并论，与甲戌本第一回正文"曹雪芹……披阅十载增删五次""至脂砚斋甲戌抄阅再评"相合。

其时雪芹已死，脂砚将死，故曰"余二人亦大快遂心于九泉矣"。拉一个逝者来作陪，于词无失。这样虽然很好，却无奈那"甲午八月泪笔"何。①

前面的引文较长，主要是为了让读者对前辈红学大家面对这段批语时的困惑有更深刻的认识。把俞平伯先生的话浓缩一下，该批语的矛盾就是：如果认为批语是脂砚斋作的，则落款日期绝对不应该是"甲午八日"，因为脂砚斋应该在丁亥年夏季之前已经去世了；如果认为批语是畸笏叟所作，则批语中的"余二人"无法理解。因此，如果认为该批语是脂砚斋所作，则"甲午八日泪笔"批语的作批日期一定有问题。相反，如果认为该批语是畸笏叟所作，则"余二人"这一表述一定有问题。总之，就是该批语中的"余二人"与"甲午八日"两处必有一处是错误的。那么，学界是怎么解决这一难题的呢？

主张曹雪芹卒于"壬午除夕"的红学家们，如俞平伯先生、沈治钧先生等，选择坚信批语中的"余二人"的表述没问题，而且"余二人"就是指"一芹一脂"，因而主张批语是脂砚斋所作，同时认为该批语的落款日期出了问题，他们更倾向于选择相信所谓的"靖藏本"的真实存在和"夕葵书屋《石

---

① 俞平伯：《记"夕葵书屋〈石头记〉卷一"的批语》，《红楼梦研究集刊》第1辑。

头记》第一卷批语"上的落款日期，即"甲申八月"。我们一起看看沈治钧先生在《曹雪芹卒年辨》一文中的一段话就明白了。

> 全批筋骨宛然，气韵生动，血脉贯通，若说一气呵成，实在也并不过分。至于批者，有说是脂砚斋的，有说是畸笏叟的。我个人以为，"余二人"即承上指"一芹一脂"，口吻是"一脂"的。脂砚斋是本书的首席批家，书名便题为《脂砚斋重评石头记》，显然有两人合作成书的意味，所以他最有资格说"余二人"。如果说写此批的人是畸笏叟，"余二人"便不好解释了。加批的时间是个问题，关键是哪一年。甲戌本作"甲午"，靖藏本则为"甲申"。壬午说与甲申说均以靖藏本署年为正。①

沈先生主张"甲午八日泪笔"批语作者是脂砚斋的观点，有两大硬伤，无法服人：第一，这一观点建立在"靖藏本"和"夕葵书屋《石头记》第一卷批语"的真实性上，这是极其不可靠的；第二，批语落款的真实日期即便就算是"甲申八月"，还是无法证明批语作者就一定是脂砚斋。因为书稿最迟在壬午年春天就到了畸笏叟手里，壬午年、乙酉年、丁亥年这三年都有畸笏叟大量的连贯性的批语，而脂砚斋署名

---

① 沈治钧：《曹雪芹卒年辨》，《红楼梦学刊》2006年第5辑。

的批语却止于己卯冬季，如何能解释脂砚斋偏偏在甲申年会留下一条批语呢？这无法解释。

而主张曹雪芹卒于甲申春的学者，如徐恭时先生、蔡义江先生等，认为该批语是畸笏叟所作。他们认为"能解者方有辛酸之泪，哭成此书"是一条单独的批语，而"壬午除夕"则是这一条批语的落款日期。由于脂批中落款日期为壬午年的只有畸笏叟的署名，因此，这条落款为"壬午除夕"的批语也只能是畸笏叟作的。至于该批语接下来的部分，他们认为也是畸笏叟所作，但解释的具体方法上，徐恭时先生又与蔡义江先生有所不同。我们一起先看看徐恭时先生《文星陨落是何年——曹雪芹卒年新探》一文中的一段话：

> 评语中有"造化主"三字，这三个字很重要。它是指创造化育人类之主宰神，典出《淮南子》，参见《唐书·杜审言传》。接下文字，用了"再出一芹一脂"，《易·说卦》虞注："出，生也。"这"再出"二字，就是指"再生出"一个雪芹，一个脂砚斋。批此则时，雪芹已逝；如果脂砚健在而自批此则，怎么会不知所云，活着说自己"再生"呢？据此，可证写此批时脂砚斋已卒，评者希望他与雪芹再生，来协助雪芹完成此书大业。所以这条评语，即使时间改为"甲申八月"也非脂评，而是畸批。

> 问题在于下面的"余二人"如何解释？有的分析说，

> 当时杏斋健在,这里"余二人"是指畸笏与杏斋。笔者认为"余"字是畸笏自称,而另一人对象是谁,不论指雪芹与脂砚,与上文意义有矛盾,未能呼应。这里,实际上又是被录评者漏夺几个字,产生解释不通,笔者在前面也分析过,凡有矛盾评语,必有夺字。所以在本节开头处,对这句话,拟补为"余与芹、脂二人",则上下文句,全可通解。[①]

徐恭时先生从该批语最后一段话中的"再出一芹一脂"的措辞出发,认为这不可能是脂砚斋所批,进而主张该批语仍是畸笏叟所作。至于下面的"余二人"这一关键矛盾处,徐先生的解释是此处遗漏了几个字,不是"余二人"而可能是"余与芹、脂二人"。如果按照徐先生的处理方式,整个批语自然可通。

而蔡义江先生则更是别出心裁,主张"余二人"是指畸笏叟与其妻子,即曹雪芹的双亲。[②] 这种从批语外寻找来的答案,本身建立在众多不确定性之上,既无法证实,也无法证伪。

主张曹雪芹死于"癸未除夕"说的周汝昌先生,则另辟蹊径,主张脂砚斋和畸笏叟是同一个人在不同时期的不同别

---

① 徐恭时:《文星陨落是何年?——曹雪芹卒年新探》,《红楼梦学刊》1981年第2辑。
② 蔡义江:《畸笏叟考》,《红楼梦学刊》2004年第1辑。

号，而且是一位女性，与曹雪芹是夫妻，其原型应该就是《红楼梦》中的史湘云。[①]众所皆知，周汝昌先生的观点在红学界影响非常大，争议也非常大。周先生的观点如果成立，脂砚斋与畸笏叟若果是一人，则"甲午八日泪笔"批语之内在矛盾也就自然消除了。可问题是，脂砚斋与畸笏叟究竟是不是同一个人呢？这个问题留待下一部分探讨。

总之，学界目前解释此处冲突的办法，归纳起来大概有四种思路：一种是认为批语为脂砚斋所作，同时认为"甲午"这个落款年份有问题，进而选择去相信存在重大造假嫌疑的"夕葵书屋《石头记》卷一的批语"上的"甲申"落款；一种是认为批语作者是畸笏叟，同时认为批语中"余二人"存在文字脱落问题；一种认为批语作者是畸笏叟，同时将"余二人"解释为畸笏叟夫妇，同时认为畸笏叟夫妻就是曹雪芹父母；一种是干脆认为脂砚斋就是畸笏叟。

二、脂砚斋与畸笏叟之间的关系

脂砚斋与畸笏叟是不是同一个人，这也是红学争论的老话题。如果他们是一个人，则本文要讨论的"甲午八日泪笔"

[①] 周汝昌：《石头记：周汝昌校订批点本》，序言第8页、正文第6页。周汝昌先生该观点很早形成，并发表于很多场合，其观点也偶有变化，该注释特选取周先生比较晚的著作。

批语的作者问题就简单了，说是谁都对。可是怎么才能证明脂砚斋与畸笏叟是同一个人呢？在现有资料的基础上，这几乎是不可能完成的任务。不管找出多少条理由来证明他俩像是一个人，总是能更容易地找出更多的反驳理由。从举证责任分配角度看，主张他们是同一个人的，应当负有全部举证责任，而主张他们是两个不同的人的，理论上可以不负任何举证责任，只要不能证明他们是同一个人，那么自然就是两个人。

本文认为脂砚斋与畸笏叟是两个不同的人。按理说这不需要证明，只需要反驳对方的理由即可。但为了更好地说明脂砚斋和畸笏叟是两个不同的人，除了研究者已经提出的诸多理由外（不包括所谓的"靖藏本"第二十二回的批语，因其存在重大造假嫌疑），本人这里再补充提供几点新的思考角度。

首先，脂砚斋作为主要批书人，想来以抄阅批点《石头记》为当仁不让的事业，甲戌本、庚辰本等版本的书名也都直接定为《脂砚斋重评石头记》。那他为什么要在壬午年春天曹雪芹还健在而且书还没完成的时候，突然舍弃脂砚斋而启用畸笏叟的新名号来继续批点《石头记》呢？这不太符合常理。

其次，不管是"甲午八日"也好，还是"甲午八月"也好，如果脂砚斋与畸笏叟为同一个人，则此时的脂砚斋已经改名为畸笏叟十多年了，其批语措辞按说就不会是"一芹一脂"了，而应该是"一芹一畸"方才合理。

再次，已知署名畸笏叟的批语是从"壬午春"开始的，庚辰本第十三回结尾有落款"壬午春"的批语："通回将可卿如何死故隐去，是大发慈悲心也，叹叹！"这条批语当是畸笏叟无疑。如果畸笏叟果真就是脂砚斋，他为什么会等到这么晚才批上这么具有基础性质的一条批语呢？较合理的解释就是畸笏叟以前并没有参与批书，而是在"壬午年"才接手批书，当他看到第十三回的时候，顺便交代了一下该回的修改底细。

三、"甲午八日泪笔"大概率为畸笏叟所作

通过前面的分析，本文认为脂砚斋与畸笏叟是两个不同的批书人。在不考虑第三人的情况下，"甲午八日泪笔"之批者要么是脂砚斋，要么是畸笏叟。那么到底是何人所批呢？通过前面第一部分的介绍可知红学家们分成两个阵营：俞平伯、沈治钧等认为是脂砚斋，而梅节、徐恭时和蔡义江等认为是畸笏叟。正如前面提过，有些学者在分析该问题的时候往往将其与自己更宏大的学术观点体系结合起来论述，比如曹雪芹卒年问题、脂砚斋与曹雪芹关系问题或者畸笏叟是谁的问题等等。这样做有两个风险：第一个风险是如果其上位的学说主张被证伪或者不被接纳，则有关该具体问题的见解

即便正确，也很可能因遭受牵连而被忽略；另一个风险是一旦将该问题作为次要问题来服务于其更宏大的学术主张时，则可能会选择性忽略一些对自己学说主张不利的重要信息。

本文在方法上始终坚持就事论事，专门就"甲午八日泪笔"批语本身所反映的信息量，再结合其他批语的内容，来推断该批语的作者，尽可能摒弃各种先见的干扰。在这种方法下，得出的结论是该批语应该是畸笏叟所作。下面给出几点具体的理由。

第一，从批语内容反映出的作批时间看，有利于畸笏叟。从批语内容看，该批语肯定作于壬午除夕之后。而署名脂砚斋的批语目前知道的最晚时间是己卯冬夜，庚辰本署名畸笏叟的批语最早的开始时间是壬午春，最迟是丁亥年。因此，二人批书落款的时间上没有任何交集。那么，很自然的推断是从壬午年到丁亥年期间，《石头记》书稿已经不在脂砚斋手里，而是转到了畸笏叟手里。而有没有可能丁亥年后书稿又从畸笏叟转移到脂砚斋手里，脂砚斋后来于甲午年批上该批语呢？这种可能性也没有，因为根据庚辰本第二十二回畸笏叟的眉批"今丁亥夏只剩朽物一枚"可知，脂砚斋最迟于丁亥夏季之前已经不在人世。因此，单从时间看，尽管还不能完全排除该批语为脂砚斋所作的可能性（比如脂砚斋有可能去畸笏叟家里做客顺便批上的），但非常有利于证明该批语是畸笏叟所作。如果要证明该批语是脂砚斋所作，仅仅靠小概率事件是不够的，还需要更强大的证据。就算该批语的落款日期果真如"靖藏本"所批的那样，是"甲申八月"，也同样无法证明它一定是脂砚斋所作。这一点在第一部分已经分析过，此处不再重复。

第二，从落款时间看，如果署年"甲午"无误的话，则彻底排除批者是脂砚斋的可能性；如果"甲午"果真是"甲申"之笔误，同样也无法排除批者是畸笏叟，只是为脂砚斋作为该批语的作者提供了一点点理论上的可能性罢了。

第三，从对曹雪芹的称呼看，从现有的批语看只有畸笏叟称曹雪芹为"芹"，其他人一般称曹雪芹为"雪芹"。这显示畸笏叟跟曹雪芹的亲近关系非其他人能比。现把除"甲午八日泪笔"批语之外的涉及对曹雪芹称呼的批语全部罗列出来，供大家参考：

1. 雪芹旧有《风月宝鉴》之书，乃其弟棠村序也。今棠村已逝，余睹新怀旧，故仍因之。（甲戌本第一回，眉批）

2. 若云雪芹披阅增删，然后开卷至此这一篇楔子又系谁撰？足见作者之笔狡猾之甚。后文如此处者不少。这正是作者用画家烟云模糊处，观者万不可被作者瞒弊（应为"蔽"字讹误）了去，方是巨眼。（甲戌本第一回，眉批）

3. 这是第一首诗，后文香奁闺情皆不落空。余谓雪芹撰此书，中亦为传诗之意。（甲戌本第一回，行间批）

4. 只此一诗便妙极！此等才情，自是雪芹平生所长。余自谓评书非关评诗也。（甲戌本第二回，行间批）

5. 秦可卿淫丧天香楼，作者用史笔也。老朽因有魂托凤姐贾家后事二件，嫡是安富尊荣坐享人能想得到处。其事虽未漏，其言其意则令人悲切感服，故赦之，因命芹溪删去。（甲戌本第十三回，回后批）

6. 雪芹题曰"金陵十二钗"，盖本宗《红楼梦》十二曲之义。（庚辰本第十七、十八回，双行夹批）

7. 此回未成而芹逝矣，叹叹！丁亥夏，畸笏叟。（庚辰本第二十二回，回后批）

8. 乾隆二十一年五月初七日对清，缺中秋诗，俟雪芹。（庚辰本第七十五回，回前批）

在上面八条带有曹雪芹名字的批语中，共有"雪芹""芹溪"和"芹"三种不同的称呼。其中第一条，有研究者指出应该是梅溪本人（东鲁孔梅溪）所批，这种看法符合批书人的身份和情景，应该是非常可信的推断。[1]

---

[1] 有关这方面的详细资料，可以参考张义春先生2015年在《明清小说研究》第3期上发表的《〈风月宝鉴〉批语・署名梅溪批语・东鲁孔梅溪》一文。红学家蔡义江先生也持这种观点，可参见2007年复旦大学出版社出版的《红楼梦诗词曲赋全解》一书第69页。

第二条、第三条、第四条、第六条和第八条都称呼曹雪芹为"雪芹",从批语内容看,第三条、第四条、第六条和第八条都非常符合脂砚斋把自己定位为《石头记》的编辑整理者和批注讲解者的身份,推测应为脂砚斋所批。

第五条比较独特,称呼雪芹为"芹溪",而批书人自称"老朽"。这"老朽"看起来很像是畸笏叟,因为畸笏叟也常自称"朽物",而且批语的内容、情感与庚辰本第十三回结尾处落款日期为"壬午春"的批语也高度吻合。而最确定无疑的是第七条,该条称呼曹雪芹为"芹",署名是畸笏叟。

因此,目前的材料中,称呼曹雪芹为"芹"的,能确知的就是畸笏叟。而脂砚斋称呼曹雪芹应该是"雪芹"而不是"芹"。

第四,从批语措辞习惯看,更像畸笏叟所作。脂砚斋作为《石头记》的抄阅评论者,其评论侧重于向读者系统解读《石头记》之精微,情感相对比较收敛,虽亦偶发感叹,但多为对作者的赞美。畸笏叟作为后期批书人,其评论不系统,且容易被书中某些情节所触动,易发感慨,尤其喜欢叠用叹词,诸如"叹叹"之类,如家常便饭。本人从畸笏叟的批语中,找到一条与"甲午八日泪笔"批语高度相似的批语,现放在一起,大家一起品味:

自政老生日用降旨截住,贾母等进朝如此热闹,用秦业死岔开，只写几个如何如何，将泼天喜事交代完了，紧接黛玉回，琏凤闲话，以老妪勾出省亲事来，其千头万绪合笋贯连，无一毫痕迹，如此等，是书多多，不胜枚举。<u>想兄在青埂峰上经锻炼后，参透重关至恒河沙数，如否，余曰万不能有此机括有此笔力，恨不得面问果否！叹叹！</u>丁亥春，畸笏叟。（庚辰本第十六回，眉批）

<u>每意觅青埂峰再问石兄，余（疑为"奈"字讹误）不遇獭（疑为"癞"字讹误）头和尚何！怅怅！</u>（"甲午八日泪笔"之批）

画线部分的文字，个中相似之处，读者不妨细细品味。看来畸笏叟确实是常有上青埂峰去问石兄的念头的。

第五，"甲午八日泪笔"之批的第二段文字，如果从批者是脂砚斋的角度看，也存在不尽合理的地方。比如，"一芹一脂"并列的提法，如果是脂砚斋自己写的这条批语，则难免有抬高自己之嫌。从他的批语中还没有发现他有把自己置于与作者并列的高度，相反，读他的批语，感受到更多的则是他对作者的无比推崇。如果这个批语是畸笏叟所作，则非常合情合理。对于畸笏叟来说，当他面对眼前《石头记》这部书稿的时候，这部书是曹雪芹写的，是脂砚斋整理、抄阅和评论的，没有他们两个中的任何一个，他都无法看到这部《石头记》，因此，他自然可以把曹雪芹与脂砚斋并称为

"一芹一脂"。同样的，其他的次要评书人，包括我们读者，都可以这样说。这是对曹雪芹和脂砚斋的历史性贡献的高度认同和尊敬。唯独在中国自谦式的传统话语环境中，脂砚斋自己这样说就显得不是很得体。

综合以上五个角度来看，在现有资料的前提下，"甲午八日泪笔"之批都更像是畸笏叟所批。那么有没有有利于证明该批语是脂砚斋所作的证据呢？也有，就是"余二人"这个令人费解的措辞方式。下面就此问题提出两点看法。

四、解读"余二人"问题的新视角

前文分析过，目前学术界消除"余二人"与"甲午"署年之间内在冲突的思路大概有四种：一种是认为"余二人"就是指"一芹一脂"，同时认为"甲午"这个落款日期有问题，选择相信"夕葵书屋《石头记》卷一的批语"上的"甲申八月"，如沈治钧先生；一种是认为批语存在文字脱落，直接增加批语内容，将"余二人"修补为"余与芹、脂二人"，如徐恭时先生；一种认为"余二人"指的是畸笏叟夫妻二人，即曹雪芹父母，并且也认为"甲午"的日期当为"夕葵书屋《石头记》卷一的批语"上的"甲申"之误，如蔡义江先生；一种是认为"余二人"也是指"一芹一脂"，但同时认为脂砚斋就是畸笏叟，如周汝昌先生。

以上四种看法，都面临着不少质疑，对这个问题的研究目前已经陷于困境。本文既然认为这条批语的作者大概率是畸笏叟，自然也得面对"余二人"这一难题。在前人提出各种解释方法之外，本文再补充提出两种新的解读思路，未必可靠，只是希望有助于促进对该问题的进一步思考。

思路之一，"余二人"或许指的是畸笏叟与曹雪芹。如果这条批语作者是畸笏叟，如果"余二人"确实是批语原文的话，则"余二人"或是指畸笏叟和曹雪芹。

这种理解乍一看觉得有点怪，其实能解释得通。"书未成，芹为泪尽而逝"，曹雪芹一定非常遗憾；至于畸笏叟，则"尝哭芹，泪亦待尽。每意觅青埂峰再问石兄，奈不遇癞头和尚何！怅怅！"可见，对于"书未成"，畸笏叟也同样非常痛心。尽管还不能确切知道畸笏叟跟曹雪芹之间的关系，但综合畸笏叟的全部批语看，他跟曹雪芹关系的密切程度，似应远在脂砚斋之上。不少人认为畸笏叟可能就是曹𫖯，是曹雪芹的叔父，此观点虽然无法确证，但畸笏叟与曹雪芹大概率有某种亲缘关系。从畸笏叟的批语看，他阅读了很多今天已经丢失的故事内容，还能命曹雪芹改写秦可卿故事，在《红楼梦》的创作过程中，畸笏叟不仅是第一时间的读者，而且还能给曹雪芹提出有影响力的修改建议。所以，不能排除在情感上，畸笏叟与曹雪芹已经在某种程度上融合得非常紧密，这从这条批语本身也能感受得到。正因为两人情感上的紧密融合，畸笏叟在写批语的时候，可能就不自觉地将自己与曹雪芹作为一个整体。至于脂砚斋，可能只是一个作出了很大贡献的"外人"而已。庚辰本第二十四回有一条批语："余二人亦不曾有是气。"其中的"余二人"一语，同样颇令人费解，似乎也应从批书人与作者之间的关系入手去理解。

思路之二，"余二人"的"余"字，也许是"矣"字的讹误。正如主张该批语作者是脂砚斋的人怀疑"甲午"是"甲申"的讹误一样，如果我们认为畸笏叟是该批语作者的话，也可以怀疑"余二人"的"余"字是不是"矣"字的讹误。这种可能性似乎更大，原因有二：第一，"余"与"矣"字形更相似；第二，"余"之前的"本"字本来就有问题，很可能该处文字的底本就出了问题。

这个思路与徐恭时先生的思路相同，但讹误发生的具体路径不同。徐恭时先生认为"余"字后面漏掉了几个字，将其修改为"余与芹、脂二人"。此观点可成一说。但本人认为在总共没有多少字的一句话中，一下子漏掉多个字的可能性虽有，但不算很大。

另一种可能的错误发生路径是抄写者在抄写"何本余"这三个字的时候出了问题。"本"字是大多数研究者皆认为有问题的，一般倾向于认为"本"字是"幸"字的讹误，也有研究者认为或是"成"字的讹误。除了"本"字外，"何"字与"余"字其中的一个或者两个是不是也有错误呢？也不能排除这种可能。"何"字可能是原文,也有可能是"可"字或者"有"字的讹误;"余"则有可能是"矣"字的讹误。据此,"何本余"很可能原笔是"何幸矣",或者是"可成矣",抑或是"有幸矣"。

当然,以上都是本人的推测,带有很强的主观色彩,期待红学研究同行有更多的真知灼见。相信一定还可以提出更多的破解思路来。

体悟《红楼梦》之"一字不可更,一语不可少"[①]

脂批中曾多次针对《红楼梦》中的文字,批曰"一字不可更,一语不能少",这是批书人以稍显夸张的方式表达了对《红楼梦》语言艺术精致之美的赞叹。本人最近阅读《红楼梦》时,又发现几处颇难理解的故事情节以及由此伴随发生的异文现象和校勘难题,进而对这句批语的感悟又深化了一层。下面看两个例子,一起感受一下曹雪芹的语言艺术。

一、"后日这两日"还是"明日后日这两日"

先看第十回中的一个例子:

> 尤氏听了,心中甚喜,因说道:"后日是太爷的寿日,到底怎么办?"贾珍说道:"我方才到了太爷那里去请安,兼请太爷来家来受一受一家子的礼。太爷因说道:'我是清净惯了的,我不愿意往你们那是非场中去闹去。

[①] 本文首发于2022年12月3日"古代小说网"微信公众号,有一定的增删。

> 你们必定说是我的生日，要叫我去受众人些头，莫过你把我从前注的《阴骘文》给我令人好好的写出来刻了，比叫我无故受众人的头还强百倍呢。倘或明日后日这两日一家子要来，你就在家里好好的款待他们就是了。也不必给我送什么东西来，连你后日也不必来；你要心中不安，你今日就给我磕了头去。倘或后日你要来，又跟随多少人来闹我，我必和你不依。'如此说了又说，后日我是再不敢去的了。"①

这段文字中，"倘或明日后日这两日一家子要来"这句话，不同版本存在异文。人文社本上的这句话，取自于舒序本和程高本。而己卯本、庚辰本、甲辰本、俄藏本、杨藏本等版本中，这句话是"倘或后日这两日一家子要来"。

蒙府本这句话是"倘后或日这两日一家子要来"，当是把原本的"或后"二字抄写颠倒了，属于无意识的讹误。

戚序本这句话作"倘或后日这两家的要来"，这就属于有意识的改动了，改动的原因当是整理者误认为"后日这两日"不通，故而把"后日这两日一家子要来"改成"后日这两家的要来"。戚序本的改动文字表面上看起来还很通顺，其实是有问题的。贾敬说的"这两日一家子要来"是真实情况。前面引文中也说得非常清楚，"且叫来升来，吩咐他预备两

---

① 人文社本《红楼梦》，第146页。

日的筵席""吩咐来升照旧例预备两日的筵席",可见,宁国府确实是预备举办两日的生日宴会活动,而且已经是旧例传统了;另外,第十一回也写得非常清楚,宁国府也确实是举办了两日的生日宴会:除了贾敬生日的当天外,次日,"仍是众族人等闹了一日"。

舒序本和程高本这两个版本把"后日这两日"改成"明日后日这两日",修改的原因应当也是误认为"后日这两日"这一说法不通。根据第十一回的内容,可以清楚地知道,贾敬的生日宴会活动并非是在"明日后日"这两日举办的,而是在"后日"和"大后日"这两天才举办的。所以,"明日后日这两日"与后文内容是不匹配的,属于画蛇添足。

戚序本、舒序本和程高本之所以去改动这句话,根本原因或在于没理解"后日这两日"的意思,皆误以为其表述不通。换个思路,这句话就好理解了。从贾敬口中说出的"后日",其实就是"我生日"的替代词,"后日这两日"就是"我生日这两日"。贾敬用"后日"一语替代"我生日"这样的说法,不仅很吻合中国人含蓄内敛的说话风格,而且也与贾敬出家人的身份非常吻合,他自己也不再把世俗的生日太当回事了,所以只用"后日"这样一个纯粹的时间概念即可。

这样的措辞非常好地反映了《红楼梦》语言的真实性、准确性,再现了生活真实,今天我们其实很多时候也是这么说话的。戚序本、舒序本和程高本对这处文字的修改,说明这些版本的整理者们只注重形式上的逻辑性，而对语言的生活性把握有欠缺。

今天市面上常见的《红楼梦》校注本中，除了程高本和红楼梦研究所校勘的人民文学出版社出版的《红楼梦》两大主力版本外，还有蔡义江先生的《蔡义江新评红楼梦》、郑庆山先生的《脂本汇校石头记》等校勘本也都采用了舒序本和程高本的文字。如果读者读到的是这些版本，此处文字就要留心了。

二、到底亏了谁

下面是第十七至第十八回中的一个例子：

> 宝玉听说，方退了出来。至院外，就有跟贾政的几个小厮上来拦腰抱住，都说："今儿亏我们，老爷才喜欢，老太太打发人出来问了几遍，都亏我们回说喜欢；不然，若老太太叫你进去，就不得展才了。人人都说，你才那些诗比世人的都强。今儿得了这样的彩头，该赏我们了。"[1]

其中，"今儿亏我们，老爷才喜欢，老太太打发人出来

---
[1] 人文社本《红楼梦》，第233页。

问了几遍"这几句话，存在异文。大体可以归为三类：

第一种类型是认为"亏"的对象是"我们"，即贾政的小厮。己卯本、庚辰本、戚序本、蒙府本、舒序本属于这类。前引人文社本《红楼梦》之文字，即属于这一类型。

第二种类型是认为"亏"的对象是贾政。以甲辰本和程高本为代表。甲辰本把这几句话更改为"今儿亏我们老爷喜欢，方才老太太打发人出来问了几次"，其主要改动的地方是把"老爷才喜欢"的"才"字后移，变成"方才"。程高本把这句话更改为"今日亏了老爷喜欢，方才老太太打发人出来问了几次"，与甲辰本的意思相同，不同之处是把容易引起混淆的"我们"两个字替换成一个"了"字。

第三种类型是认为"亏"的对象是贾宝玉。以俄藏本为代表。俄藏本上，这几句话被修改为"今日亏了你，我们老爷才喜欢，老太太打发人出来问了几遍"。周汝昌先生批点校注的《石头记》此处即采用了俄藏本文字。

以上三种类型，哪一种理解才是最可能接近原意的？学界存在一定的分歧。我们先看看张福昌先生针对人文社本《红楼梦》的批评意见：

> 这里的异文我看程本的最通顺，"了"字用的好，应是作者原文，甲辰本的也很好。其余本的"今儿亏我们，老爷才喜欢"，下文没有"方才"两个字，上下文不接。

"才"字应是前移抄错了。如果不联系下文，这句话本身倒也通顺，但"才"字必须是"方才"的语义，中间万不可加标点，红研所本的"今儿亏我们，老爷才喜欢"，这个逗号加的十分错误，它改变了语义，由贾政本身喜欢变为多亏了小厮才喜欢的。其原文语义是因为宝玉题的匾额对联好，给贾政在众人面前增了光才喜欢的。[1]

张福昌先生赞同"程先脂后"的学说，以挺程高本而闻名。张福昌先生认为此处程高本的处理方式是最好的，应是作者原文。这种看法完全是误解。

在本人看来，程高本不仅不是原文，恰恰是没有真正理解原文而作出的改动。当然，这种改动起源于程高本与甲辰本之共同底本。本人认为庚辰本、己卯本为代表的几个脂评本上的文字才是原文。之所以会发生诸如俄藏本、甲辰本和程高本等几个版本上的文字改动问题，是因为这几个版本的整理者没有领会到这段话的说话语境和口语句式特点，因此，在断句和语气上没有把握住这段话的要领。这段话最好的断句方式应该是：

今儿亏我们，老爷才喜欢。老太太打发人出来问了

---

[1] 张福昌：《红研所本〈红楼梦〉拙文多》，见其新浪博客，2013年3月31日。

几遍,都亏我们回说喜欢,不然,若老太太叫你进去,就不得展才了。……今儿得了这样的彩头,该赏我们了。

其中,有两个关键:第一,要把"今儿亏我们,老爷才喜欢"单独断为一句独立的话;第二,要能理解到"老爷才喜欢"是一句口语式省略句,"喜欢"之后省略了宾语"你"。后一点,更是关键中的关键,是误读的根源。我们知道,"喜欢"一词有两种常见含义:一个含义是"高兴、愉快"的意思;一个含义是"喜爱"的意思,即对人或者事物有好感或感兴趣,如《醒世恒言·白玉娘忍苦成夫》中,"夫人平昔极喜欢他(指白玉娘)的"就是很好的例子。

要理解这段话,必须得把这段话放在整体的语境中去体味。这段话是贾政的小厮们说的,他们说这些话的时候状态如何?应该是非常兴奋的,表现就是一见到宝玉就上来"拦腰抱住",这种肢体动作往往体现的是一种抑制不住的兴奋。为什么会如此兴奋?一方面是为宝玉今天的出彩表现而兴奋,而另一方面更主要的原因恐怕是要奖赏的机会来了。小厮们说这整段话的核心目的只有一个:讨赏。此时此情此景,最自然的说话方式就是一上来就要先表功,然后再讲理由,最后再讲出真实目的。我们照此复原一下小厮们说这段话的心理过程:

小厮们抱住贾宝玉后,第一句话应该是非常兴奋地表功:

"今儿亏我们，老爷才喜欢。"即将宝玉当天有机会获得贾政喜欢的原因首先归功于自己。

然后再讲具体原因："老太太打发人出来问了几遍，都亏我们回说喜欢，不然，若老太太叫你进去，就不得展才了。"

最后，落到了重点，要奖赏："今儿得了这样的彩头，该赏我们了。"

这是一个完整的讨赏三部曲，非常生活化，非常接地气，活灵活现地把小厮们邀赏时的揽功心理和兴奋举止都描写出来了。只有处在自认为很有功劳的心理认知状态下，小厮们才好接下来把宝玉身上戴的东西全都瓜分了，进而伏下林黛玉误剪香袋的情节。

而贾宝玉却能在众人都非常兴奋的氛围中仍然贴身珍藏着林黛玉赠送的香袋，进而更体现出他对林黛玉的真爱。因此，如果不能充分感受到前面小厮们的揽功心理的深层次铺垫用意，后面的林黛玉与贾宝玉之间的从误会到感情的升华，我们其实也理解不了那么透彻。

若按照甲辰本对这段话的处理方式，"今儿亏我们老爷喜欢"，则小厮们的功劳一笔抹消。这样后文中的小厮们直接上手抢赏的理由和底气就显得不那么充足了。

若按照俄藏本的处理方式："今日亏了你，我们老爷才喜欢。"不仅不能表达出小厮们此时兴奋的表功心理，甚至还完全弄反了，把小厮们在贾宝玉面前原本的表功心理变成了对贾宝玉的感激心理。小厮们直接上手抢赏的理由和底气就更加不足了。

所以，此处文字，如果我们阅读的是程高本或者周汝昌先生的校勘本，我们就无法领略到《红楼梦》原笔文字的语言魅力。

三、"便是""或是"还是"况且"

再看下面第十九回中一处文字：

> 茗烟因问："二爷为何不看这样的好戏？"宝玉道："看了半日，怪烦的，出来逛逛就遇见你们了。这会子作什么呢？"茗烟嘻嘻笑道："这会子没人知道，我悄悄地引二爷往城外逛逛去，一会子再往这里来，他们就不知道了。"宝玉道："不好，仔细花子拐了去。或是他们知道了，又闹大了。不如往熟近些的地方去，还可就来。"①

此处引文出自蔡义江先生的校本。其中，"或是他们知道了，又闹大了"中的"或是"一词，取自蒙府本。蒙府本之外的脂评本，多为"便是"。程甲本作"且是"，程乙本

---
① 蔡义江：《蔡义江新评红楼梦》，第207页。

又改作"况且"。

"便是他们知道了，又闹大了"这句话，乍一看，确实像是不太通。仔细品味，方知此处用"便是"一词之妙。"便是"是承接上一句"仔细花子拐了去"而来，此处需要把宝玉说的"不好，仔细花子拐了去。便是他们知道了，又闹大了"这几句作为一个整体加以把握。"便是"此处相当于"即便是""就算是"，意思是说：哪怕不会真的被拐子拐走，就算是被大人知道私自外出了，也是不得了的。我们换个同义词例子，就更好理解了，比如说，"他这次高考发挥得很不错，说不定能考上一本，就算是考个二本，也是超乎预期的"。

可见，"便是"除了常用于简单的让步句中，也可以用于这类复杂一些的让步句中，这类复杂的让步句式的特点是：存在两种假设类型下，如果第一个假设类型不能实现，退一步实现第二种假设类型。

蒙府本和程高本的修改，想来是因为没有考虑到这种复杂让步句式的特点，而误以为其是病句。其修改，虽然不算硬伤，却改变了原本的含义，且语言效果也大不如原笔。就本人手头的现代校勘本来说，除了蔡义江先生的校本外，郑庆山先生的校本也采用了蒙府本的文字。可见，此处文字还是相当具有迷惑性的。

此处文字不仅是为宝玉想要去袭人家里看望袭人作铺垫，也是为后文第四十三回宝玉私自出城祭奠金钏作反衬，有一笔两用之效。

四、"这是下雨"还是"这时下雨"

再看第三十回中的一处文字:

> 伏中阴晴不定,片云可以致雨,忽一阵凉风过了,唰唰的落下一阵雨来。宝玉看着那女子(指龄官)头上滴下水来,纱衣裳登时湿了。宝玉想道:"这时下雨。他这个身子,如何禁得骤雨一激!"因此禁不住便说道:"不用写了。你看下大雨,身上都湿了。"那女孩子听说倒唬了一跳,抬头一看,只见花外一个人叫他不要写了,下大雨了。一则宝玉脸面俊秀;二则花叶繁茂,上下俱被枝叶隐住,刚露着半边脸,那女孩子只当是个丫头,再不想是宝玉,因笑道:"多谢姐姐提醒了我。难道姐姐在外头有什么遮雨的?"一句提醒了宝玉,"嗳哟"了一声,才觉得浑身冰凉。低头一看,自己身上也都湿了。说声"不好",只得一气跑回怡红院去了,心里却还记挂着那女孩子没处避雨。①

---

① 人文社本《红楼梦》,第416页。

其中,"这时下雨"一句,取自庚辰本。杨藏本作"这不是雨"。其余脂评本皆是"这是下雨"。"这时下雨"与"这是下雨"哪个才是原笔呢?

本文的看法,"这是下雨"当是原文。因其更能凸显出宝玉此时因注意力全部集中在龄官身上的忘我状态。宝玉自己虽同样被雨淋,却并没意识到下雨。只有当看到龄官的头上往下滴水、衣服也湿了的时候,才明白是下雨了。"这是下雨"短短一句,便把一个痴人的形象和盘托出了。这与第三十五回中宝玉自己烫了手还不觉得,反倒一个劲地问玉钏儿"烫了那里了?疼不疼"是类似写法。

杨藏本的"这不是雨",当属于改写文字。作反问句理解时,其含义与"这是下雨"基本相同。庚辰本应属于误写或误改,一字之差,艺术性就显著下降了。

除了红研所校本外,本人手头上的蔡义江先生的校本、郑庆山先生的校本、徐少知先生的校本等等,皆采用的是庚辰本的"这时下雨"。只有周汝昌先生的校本此处采用的是"这是下雨"。可见,这处文字要想纠正过来,恐怕还任重道远。

钞本中"是""时"混淆的例子时常有所见。我们再看第六十七回中的一个类似的例子:

> 三个人又闲话了一回,因提起黛玉的病来。宝钗劝了一回,因说道:"妹妹若觉着身子不爽快,倒要自己

勉强拄挣着出来各处走走逛逛,散散心,比在屋里闷坐着到底好些。我那两日不是觉着发懒,浑身发热,只是要歪着,也因为时气不好,怕病,因此寻些事情自己混着。这两日才觉着好些了。"[1]

其中,"我那两日不是觉得发懒"的"不是",应为"不时"之讹误。俄藏本、戚序本、程高本等皆为"不是"。唯有甲辰本改作"不时"。此是甲辰本整理者的一个独有贡献。

五、"那几根络子"还是"几根络子"

再来看看第三十五回中的一处文字:

宝玉在房里也撑不住笑了。袭人笑道:"真真的二奶奶的这张嘴怕死人!"宝玉伸手拉着袭人笑道:"你站了这半日,可乏了?"一面说,一面拉他身旁坐了。袭人笑道:"可是又忘了。趁宝姑娘在院子里,你和他说,烦他莺儿来打上几根络子。"宝玉笑道:"亏你提起来。"说着,便仰头向窗外道:"宝姐姐,吃过饭叫莺儿来,烦他打几根络子,可得闲儿?"宝钗听见,回头道:"怎么不得闲儿,一会叫他来就是了。"贾母等尚未听真,

---

[1] 人文社本《红楼梦》,第934页。

都止步问宝钗。宝钗说明了,大家方明白。[1]

这处文字中的"烦他莺儿来打上几根络子"这句话中"几根络子",庚辰、舒序、甲辰、俄藏等几个版本皆为"几根络子"。而己卯、蒙府、戚序三个本子为"那几根络子"。在《红楼梦》的前四十回中,大多数情况下,己卯、庚辰、蒙府和戚序四个版本是一个系统的文字,而此处另外三个本子相同,独是庚辰本没有"那"字,则要么是其脱落了,要么是被整理者删除了。

此处的原本文字当为"那几根络子"。有个"那"字,说明在袭人心中,不管是有心的,还是潜意识的,请莺儿打络子其实心中正是为了"通灵宝玉",艺术效果更好,可谓是言为心声,也符合袭人一贯的谋定而后动的性格特征。没有"那"字,这个艺术效果就出不来。这样的字正所谓是"一字不可更"。

我们知道,在第二十九回中,曾因袭人的一句话,造成林黛玉剪断了"通灵宝玉"上的穗子,从此贾宝玉便不戴了。原文如下:

> 一时,袭人勉强笑向宝玉道:"你不看别的,你看看这玉上穿的穗子,也不该同林姑娘拌嘴。"林黛玉听

---

[1] 人文社本《红楼梦》,第468页。

了,也不顾病,赶来夺过去,顺手抓起一把剪子来要剪。袭人紫鹃刚要夺,已经剪了几段。林黛玉哭道:"我也是白效力。他也不希罕。自有别人替他再穿好的去。"袭人忙接了玉道:"何苦来,这是我才多嘴的不是了。"宝玉向林黛玉道:"你只管剪,我横竖不带他,也没什么。"①

宝玉、黛玉二人此次大闹后,想来袭人应是一直在惦记着如何让宝玉重新把"通灵宝玉"戴起来。心中惦记着事,就会自觉不自觉地表现在语言上。这或许也体现在第三十五回接下去的文字中,一起看看:

> 如今且说袭人见人(指傅试家派来看宝玉的几个婆子)去了,便携了莺儿过来,问宝玉打什么络子。宝玉笑向莺儿道:"才只顾说话,就忘了你。烦你来不为别的,却为替我打几根络子。"莺儿道:"装什么的络子?"宝玉见问,便笑道:"不管装什么的,你都每样打几个罢。"莺儿拍手笑道:"这还了得!要这样,十年也打不完了。"宝玉笑道:"好姐姐,你闲着也没事,都替我打了罢。"袭人笑道:"那里一时都打得完,如今先拣要紧的打两个罢。"莺儿道:"什么要紧,不过是扇子、

---

① 人文社本《红楼梦》,第406页。

香坠儿、汗巾子。"宝玉道："汗巾子就好。"莺儿道："汗巾子是什么颜色的？"宝玉道："大红的。"莺儿道："大红的须是黑络子才好看，或是石青的才压的住颜色。"宝玉道："松花色配什么？"莺儿道："松花配桃红。"宝玉笑道："这才娇艳。再要雅淡之中带些娇艳。"[1]

前引文中，当宝玉漫无目的地请求莺儿每样都替他打几个络子的时候，袭人插话了："那里一时都打得完，如今先拣要紧的打两个罢。"袭人所谓"要紧的"，恐怕就是引导着宝玉往"通灵宝玉"上联想吧。可是非常有趣的是，宝玉心中却没觉得"通灵宝玉"有什么要紧的，反而关心起"大红""松花色"的汗巾子来了，这正是第二十八回中宝玉与蒋玉菡彼此交换的那两条汗巾子的颜色。

"松花配桃红"一句，或为谶语。前文第二十八回中，宝玉将袭人的一条松花色汗巾子送给了蒋玉菡；后文第六十三回中，袭人抽的花签上写的则是"桃红又是一年春"。此回文字在暗伏宝钗与宝玉最终结成金玉良姻的同时，是否也顺带着暗伏了袭人与蒋玉菡的最终结合呢？读者可思之。

与袭人一样惦记着"通灵宝玉"的，还有薛宝钗。所以当薛宝钗来到宝玉处，发现莺儿正在打装汗巾子的络子时，便说道："这有什么趣儿，倒不如打个络子把玉络上呢。"

---

[1] 人文社本《红楼梦》，第472—473页。

一语提醒了宝玉，于是便有本回正题文字"黄金莺巧结梅花络"。

因袭人的一句话，黛玉亲自剪断了自己为"通灵宝玉"制作的穗子；因袭人的一句话，莺儿最终又为"通灵宝玉"续上了"梅花络"。袭人在宝、黛、钗三人最终关系走向中到底扮演了什么角色，就有了想象空间了。

在本人修订《红楼梦》的时候，一并为第三十五回配了一段按语，内容如下：

> 本回以黛玉默默挂念关注着宝玉而开头，以宝玉惦记着黛玉，黛玉再次来看望宝玉而结尾，是行文的大艺术手笔。莲，黛玉之象征花也。于众人一片关心中，宝玉唯独想起要吃"莲叶羹"，莫非有所象征乎？然终究还是泼洒了，或寓意终不得遂心也。"雪满山中高士卧"，梅花之谓也，盖梅花似雪；而"雪"谐"薛"。莺儿所结"梅花络"，即宝玉与宝钗金玉良姻之伏笔也。然结婚易，结心则难。"松花配桃红"，又或为袭人与蒋玉菡之伏笔也。此回叙事之妙，叹为观止。

第三十五回是极其精彩的一回文字，每一个细节都值得仔细品味，故而此处多啰唆了几句。当然，第三十五回在叙事上也有两处很严重的硬伤，这个以后有机会再做分析。

《红楼梦》各版本中类似的问题非常之多,本文仅是略举几个例子与读者朋友们分享一下。当然,本文的看法都只是我个人的看法,未必一定就是正确的。此外,还需强调一点:严格来说,说《红楼梦》"一字不可更,一语不可少"当然是不准确的。我个人的理解,这只是批书人对《红楼梦》精湛艺术表达的崇高赞美,并非金科玉律。与脂砚斋相比,今天更有一个前提不具备,就是曹雪芹原笔的《红楼梦》文字到底是什么,其实我们并不知道。我们今天能看到的各个版本的《红楼梦》,皆非直接出自曹雪芹本人之手,所以,每个版本都或多或少存在一些文字变异的问题,这或者是因为抄手无意识的讹误,又或者是出于整理者有意识的修改。既有因为误读文本进而发生误改的情况,也有敏锐发现了前人问题而改得更好的情况。今天有些人喜欢拿脂批"一字不可更,一语不可少"的断语到处往别人头上随意扣帽子,这是从一个极端走到另一个极端。

《红楼梦》第一回文本中的几个问题[①]

最近重读《红楼梦》第一回时,发现其中有几处文字读起来很不顺畅,疑似存在一些问题。下面就来做个简单分析。

一、"石头变玉"部分疑似存在文字脱落现象

先来看一段引文:

> 这石凡心已炽,那里听得进这话去,乃复苦求再四。二仙知不可强制,乃叹道:"此亦静极思动,无中生有之数也。既如此,我们便携你去受享受享,只是到不得意时,切莫后悔。"石道:"自然,自然。"那僧又道:"若说你性灵,却又如此质蠢,并更无奇贵之处。如此也只好踮脚而已。也罢,我如今大施佛法助你助,待劫终之日,复还本质,以了此案。你道好否?"石头听了,感谢不尽。那僧便念咒书符,大展幻术,将一块大石登时变成一块鲜明莹洁的美玉,且又缩成扇坠大小的可佩

[①] 本文首发于2022年10月16日"古代小说网"微信公众号,有一定的改动。

可拿。那僧托于掌上，笑道："形体倒也是个宝物了！还只没有实在的好处，须得再镌上数字，使人一见便知是奇物方妙。然后携你到那昌明隆盛之邦，诗礼簪缨之族，花柳繁华地，温柔富贵乡去安身乐业。"石头听了，喜不能禁，乃问："不知赐了弟子那几件奇处，又不知携了弟子到何地方？望乞明示，使弟子不惑。"那僧笑道："你且莫问，日后自然明白的。"说着，便袖了这石，同那道人飘然而去，竟不知投奔何方何舍。①

上述引文中，"还只没有实在的好处，须得再镌上数字，使人一见便知是奇物方妙"这句话中，疑似存在文字脱落。拟将其修补为："还只没有实在的好处，须得赋予几件奇处，再镌上数字，使人一见便知是奇物方妙。"即在"须得"与"再"之间增补"赋予几件奇处"六字。下面简要分析原因。

首先，来看看"石头"存在的两个问题。"那僧又道：'若说你性灵，却又如此质蠢，并更无奇贵之处。如此也只好踮脚而已。也罢，我如今大施佛法助你助，待劫终之日，复还本质，以了此案。你道好否？'"从癞头和尚这话中，可以看出，"石头"存在两个缺陷：第一，质蠢；第二，"更无奇贵之处"。针对这两个缺陷，癞头和尚答应了"石头"，要"大施佛法"帮助它。

---

① 人文社本《红楼梦》，第3—4页。

其次，来看看癞头和尚做了什么事情。第一步，化石为玉。"那僧便念咒书符，大展幻术，将一块大石登时变成一块鲜明莹洁的美玉，且又缩成扇坠大小的可佩可拿。那僧托于掌上，笑道：'形体倒也是个宝物了！'"至此，一块巨大的石头变成了"扇坠大小的可佩可拿"的"鲜明莹洁的美玉"，这就解决了石头的"质蠢"问题。但第二个问题仍然没解决，所以，癞头和尚说它"还只没有实在的好处"。第二步，便是在玉上镌字。

仔细品味"还只没有实在的好处，须得再镌上数字，使人一见便知是奇物方妙"这句话，这中间有些逻辑上的跳脱，似乎缺了一步：就是如何让"石头"从"没有实在的好处"变成具有神奇功能的"奇物"。那么，会不会"镌字"本身就是赋予其"奇处"呢？镌字的目的在这句话中其实说得很清楚，是"使人一见便知是奇物"，即镌字的目的是将其奇特之处显性化，以便更好地吸引世人眼球，从而更好地迷惑人。因此，"镌字"本身似乎并非是在赋予其奇特功能，其与"赋予奇处"构成表与里的关系。

在"化石为玉"与"在玉上镌字"之间，如果增加"赋予几件奇处"这一步骤，整个叙事的逻辑脉络显然会更加清晰："化石为玉"解决了"质蠢"这一问题；"赋予几件奇处"解决了"更无奇贵之处"这一问题；最后通过"镌字"将其"奇处"显性化。

最后，"石头"问癞头和尚"不知赐了弟子那几件奇处"无所本。如果不是癞头和尚自己亲口说了"赋予几件奇处"之类的话，那么，后来的"石头"之问就显得很突兀，尤其是还用了"几件奇处"这样的措辞。根据现有的文本，或许可以问出"不知在弟子身上镌刻了什么字""不知赐了弟子什么奇处"一类的话，但要问出"几件奇处"这样相对具体的问题，就比较难了。它凭什么知道是"几件"而不是一件呢？现有文本上，没有任何信息依据可以判断出是"几件"来。

以上就是本人对这个问题的一点思考。此处文字，以我个人的视角看，增补"赋予几件奇处"六字后，相比现在的文字，文理会更和谐，逻辑会更周延，叙事会更圆融。当然，我相信一定也会有很多不同的意见，这很正常，红学问题本就共识少。若能因此而促进大家进一步的思考，就算达成本文的目的了。

其实，我们不妨做个测试题。我们假设这段文字就是高考的阅读材料题。这段材料以前我们从来没读过。而争议中的这处文字刚好空了出来，让大家选择一个最合适的答案填补上。选项A：须得再镌上数字。选项B：须得赋予几件奇处，再镌上数字。大家会如何选呢？

二、"去"还是"却"

先来看一段引文:

> 今之人,贫者日为衣食所累,富者又怀不足之心,纵一时稍闲,又有贪淫恋色、好货寻愁之事,那里去有工夫看那理治之书?所以我这一段故事,也不愿世人称奇道妙,也不定要世人喜悦检读,只愿他们当那醉淫饱卧之时,或避事去愁之际,把此一玩,岂不省了些寿命筋力?就比那谋虚逐妄,却也省了口舌是非之害,腿脚奔忙之苦。①

这处引文中,有多处文字存在版本异文现象,其中含义悬殊的也有两个地方:

一是,"只愿他们当那醉淫饱卧之时"这句中的"醉淫饱卧"一词,在脂评本中异文颇多。庚辰本、俄藏本、杨藏本等与此相同,己卯本缺此页,如果不缺页,大概也是如此。蒙府本和戚序本是"醉饱淫卧"。舒序本作"醉酒饱卧"。甲辰本作"醉心饱卧"。甲戌本作"醉余饱卧"。

以上这些异文中,应属甲戌本的"醉余饱卧"最为贴切,

---

① 人文社本《红楼梦》,第5—6页。

其他的措辞皆欠妥。"醉余饱卧",就是不饮酒的间隙或者吃饱了没事闲躺着的时候。在这个时候可以看看《红楼梦》,消遣消遣。"醉余""茶余""酒余"都是比较常见的词汇。至于其他的措辞,细究起来,皆有问题。如"醉淫"这种状态,又如何能看书呢?又如"淫卧"这种时候,如何顾上看书呢?同理,"醉心"也无法看书。

目前这个问题,学界相对有一定的共识,相信不久的将来,会统一到甲戌本的文字上来。

二是,"就比那谋虚逐妄,却也省了口舌是非之害,腿脚奔忙之苦"这句话中,也存在实质性的异文。即"却"字在甲戌本上是"去"字,而且只有甲戌本作"去"字。当选用甲戌本的"去"字时,这句话的断句方式会发生改变,变为:"就比那谋虚逐妄去,也省了口舌是非之害,腿脚奔忙之苦。"

"去"与"却"在个别场合,含义具有相似性,可以互相替换,如"失去"与"失却"。但此处,"去"与"却"的差异是非常明显的,用"去"还是"却",连断句都会完全不一样,二者是无法彼此替代的。因此,这处异文属于具有实质性差异的异文。

目前我见到的一些校勘本中,不管是以庚辰本为底本的校本,如红研所校本、徐少知先生的校本等等;还是以甲戌本为底本的校本,如郑庆山先生的校本;还是百衲本,如蔡义江先生的校本、周汝昌先生的校本等,大多采用"却"字。

只有极个别的校勘本采用了甲戌本的"去"字，如吴铭恩先生的校本。

我们来分析一下甲戌本上的"就比那谋虚逐妄去"这句话。"谋虚逐妄"，泛指对一些虚妄不实的事情的追求，如修佛成仙一类的虚幻之事或者功名利禄这类的虚花之事。"去"在这里是一个典型的事态助词。类似的用法非常常见，诸如"上学去""看电影去""吃饭去""回家去"等等。"就比那谋虚逐妄去，也省了口舌是非之害，腿脚奔忙之苦"这句话的意思就是说：与其去追求"谋虚逐妄"那类不着调的事情，还不如看看《红楼梦》，反倒能省些"口舌是非之害，腿脚奔忙之苦"。可见，此处用"去"字，从语法到文意，都是很顺畅的。

所以，这处文字的原貌到底是甲戌本的"去"还是其他本子上的"却"，恐怕一时还很难有明确的结论。因此，此处文字的校勘恐怕大家还得慎重一些。在没有清楚的结论前，最稳妥的办法还是各自采用各自的底本文字，同时也可注明还有另一种可能性。

三、关于"抢田夺地""抢粮夺食"

先看一段引文：

> 只可怜甄家在隔壁,早已烧成一片瓦砾场了。只有他夫妇并几个家人的性命不曾伤了。急得士隐惟跌足长叹而已。只得与妻子商议,且到田庄上去安身。偏值近年水旱不收,鼠盗蜂起,无非抢田夺地,鼠窃狗偷,民不安生,因此官兵剿捕,难以安身。士隐只得将田庄都折变了,便携了妻子与两个丫鬟投他岳丈家去。[①]

在这段文字中,"偏值近年水旱不收,鼠盗蜂起,无非抢田夺地,鼠窃狗偷,民不安生,因此官兵剿捕,难以安身"这几句话中,各版本异文非常明显。其中,又以"抢田夺地"的异文最受瞩目。己卯、庚辰、舒序、蒙府、戚序等版本皆为"抢田夺地";杨藏本为"抢夺田地",与前面几个版本无实质性差异;甲戌本为"抢粮夺食";俄藏本为"抢钱夺米";甲辰本则既没有这句话,也没有接下来的"鼠窃狗偷,民不安生"这两句话。

很早就有研究者留意到这处异文,如《红楼梦》版本研究大家杨传镛先生就曾专门讨论过这处异文,认为"抢田夺地"不通,既然是"水旱不收"的大荒之年,就算"抢田夺地"也没有实际的意义,况且甄士隐的田地也压根没有被抢,由此认为甲戌本的"抢粮夺食"才是原文。从甲戌本的"抢粮夺食"到己卯、庚辰的"抢田夺地",属于版本文字的退

---

① 人文社本《红楼梦》,第16页。

变。杨传镛的详细观点，可参见其专著《红楼梦版本辨源》中《粮·食——田·地》一文。杨先生的看法很有影响力，不少读者接受了杨先生的观点。

本文在这里依据另一种思考路径，提出两点不同的看法，作为对杨传镛先生观点的一种补充，供读者朋友们参考。

第一个看法："抢田夺地"或许是现存各版本的早期面貌，甲戌本的"抢粮夺食"也好，俄藏本的"抢钱夺米"也好，都是后改文字。之所以这两个版本会改动，道理大概与杨先生的看法类似，觉得"抢田夺地"措辞不太妥当。相反，如果本来文字是"抢粮夺食"，大家想象一下，后来的各版本整理者会不会如此犯糊涂，去把一个原本非常合情合理的词句改成不合情理的措辞？这是很反常的。版本文字的修改，主观上通常都是想改得更好，而不是把好的文字故意改坏。这不符合常理。

第二个看法："无非抢田夺地，鼠窃狗偷"这两句话并非《红楼梦》正文文字，而是混入正文中的批语。如果我们把"无非抢田夺地，鼠窃狗偷"这两句话从文本中拿掉，再来读这处文字，连续三句四字句，既简洁，又顺口，又有排比的气势。大家不妨试一试看。

从内容看，前面既然讲了"鼠盗蜂起"，紧接着又来一句"鼠窃狗偷"，明显重复啰唆了。所以，我们看戚序本、蒙府本上，直接就把"鼠窃狗偷"这句给删除了，这代表着这两个版本的祖本的整理者可能已经意识到这个地方有些问题，并动手做了修改。

甲辰本的整理者更是把"无非抢田夺地，鼠窃狗偷"都删了，还额外把"民不安生"一句也删了。程高本亦同。现在看来，甲辰本和程高本的共同底本的整理者可能是最早认识到这处文字不该出现在正文中的。杨传镛先生也认为甲辰本改得好："若单从文句的流畅着眼，应该说，梦序本（即甲辰本的另一种简称）的改笔是清顺、简洁的。"

以前学界曾有人批判甲辰本和程高本刻意删除此处刺眼的文字，是在粉饰太平，杨先生也持有类似观点，认为甲辰本删改"是一种为统治者说话而又能逃避文祸的做法"。本文认为这只是一种可能性。还有另一种可能性，就是这个版本系统的整理者从文学审美出发，意识到这处文字是啰唆重复的，破坏了整体艺术性，故而将其删除了。

从批语混入正文的角度来理解这处文字，会有全新的感受。就是说曹雪芹无意在此问题上作过多纠缠，因此用"水旱不收，鼠盗蜂起，民不安生"几句惯熟的套话敷衍一下。批书人针对作者这种简笔，作了个批语，意思就是说：无非就是大家熟知的那些破事而已，没必要浪费笔墨。

不知大家留意过没有，在《红楼梦》中，批书人尤其喜欢针对这类简笔、省笔作批语，虽然每次措辞不同，但大致意思则类似。下面略举几例一起感受一下：

第一例,来自第二回中的一处文字:

> 雨村向窗外看道:"天也晚了,仔细关了城。我们慢慢的进城再谈,未为不可。"于是,二人起身,算还酒账。

针对这处文字,甲戌本有侧批曰:"不得谓此处收得索然,盖原非正文也。"

第二例,来自第四回的一处文字:

> 至次日坐堂,勾取一应有名人犯,雨村详加审问,果见冯家人口稀疏,不过赖此欲多得些烧埋之费;薛家仗势倚情,偏不相让,故致颠倒未决。雨村便徇情枉法,胡乱判断了此案。

针对这段文字,甲戌本有侧批曰:"实注一笔,更好。不过是如此等事,又何用细写。"

第三例,来自第九回的一处文字:

> (贾蔷)想毕,也装作出小恭,走至外面,悄悄的把跟宝玉的书童名唤茗烟者唤到身边,如此这般,调拨他几句。

针对这处文字，蒙府本、戚序本有夹批曰："如此便好，不必细述。"

第四例，来自第十三回的一处文字：

> 如此亲朋你来我去，也不能胜数。只这四十九日，宁国府街上一条白漫漫人来人往，花簇簇官去官来。

针对这处文字，庚辰本有侧批曰："就简去繁。"

第五例，来自第十五回的一处文字：

> 凤姐便命悄悄将昨日老尼之事，说与来旺儿。来旺儿心中俱已明白，急忙进城找着主文的相公，假托贾琏所嘱，修书一封，连夜往长安县来。

针对这处文字，甲戌本侧批曰："不细。"

如果我们熟悉了批语的风格，可知此处的"不细"大概是没有抄写完整，完整的内容大体类似这样的话："不细写方妙。"当然，也可能是影印本没印好，有条件的人员，若能核对一下上海博物馆珍藏的甲戌本真本就更好了。当然，此处的"不细"，也或许另有他解。期待更多的真知灼见。

这类例子还很多，就不再枚举了。总之，本文所谈论的对第一回中的三处文字的看法，只是从本人的阅读和审美视角出发所得出的观点，未必代表真正的原文就一定如此。而且也不能排除有时候我们会把作者的原文想象得太过于完美了。本文之所以选择第一回文本来举例，言外之意就是《红楼梦》文本的研究工作虽然取得巨大成绩，但还有一段路要走。很多我们认为没有问题的地方或许是有问题的；很多我们认为已经解决了的问题，其实也未必就解决对了。

《红楼梦》第七回中的文字脱落问题[①]

《红楼梦》第七回的内容整体来说比较精彩，但遗憾的是，这一回从回目到文本的具体内容，各版本之间皆存在较多的出入。尤其是己卯本和庚辰本文字，改动尤多。如果我们阅读的是以庚辰本为底本的校勘本，这一回内容与曹雪芹原笔可能存在较大的距离，如红楼梦研究所校注的人文社本《红楼梦》。幸运的是，这一回有甲戌本可供参考，尚不至于偏差太大。

最近，本人重读这一回，其中有几处文字，感觉包括甲戌本在内的所有版本皆存在内在文理不谐和逻辑不连贯的问题，疑似存在文字脱落问题。下面一起来看看这几处疑似存在问题的文字。

一、第一处疑似脱落的文字

迎春的丫头司棋与探春的丫鬟侍书二人正掀帘出来，手里都捧着茶盘茶钟，周瑞家的便知他姊妹在一处

[①] 本文首发于2022年3月26日"古代小说网"微信公众号，有一定的改动。

坐着,遂进入内房,只见迎春探春二人正在窗下围棋,周瑞家的将花送上,说明原故。他二人忙住了棋,都欠身道谢(原本误为"谢道"),命丫鬟们收了。

　　周瑞家的答应了,因说:"四姑娘不在房里,只怕在老太太那边呢。"……(见甲戌本《石头记》第七回)

这段引文,各版本文字虽有一定的细微出入,但基本内容和意思是相同的。其中,"周瑞家的答应了"这句,前不着村,后不着店,非常突兀。疑似存在文字脱落。

"答应"一词虽然是多义词,但每个含义用在此处似乎皆不贴切。其实,该词是书中高频率用词,书中最常用的含义就是"同意、应允"的意思。下面我们举一些书中的例子来看看。

　　邢夫人向他两个(指贾环和贾兰)道:"你们回去,各人替我问你们各人的母亲好。你们姑娘、姐姐、妹妹都在这里呢,闹的我头晕,今儿不留你们吃饭了。"贾环等答应着,便出来回家去了。(第二十四回)
　　那几个媳妇子都悄悄的坐了一回,向袭人说:"等二爷醒了,你替我们说吧。"袭人答应了,送他们出去。(第三十四回)
　　王夫人方向一张小杌子上坐下,便吩咐凤姐儿道:

"老太太的饭在这里,放了东西来。"凤姐儿答应出去,便令人去贾母那边告诉。(第三十五回)

王夫人听了,又想一想,道:"也罢,这个分例只管关了来,不用补人,就把这一两银子给他妹妹玉钏儿罢。他姐姐服侍了我一场,没个好结果,剩下他妹妹跟着我,吃个双分子也不为过逾了。"凤姐答应着,回头找玉钏儿。(第三十六回)

一时,(史湘云)回身又叫宝玉到跟前,悄悄的嘱道:"便是老太太想不起我来,你时常提着打发人接我去。"宝玉连连答应了。(第三十六回)

限于篇幅,就不再多举了。其实,类似的例子不胜枚举。仔细研读这些例子,我们就能推测出,"周瑞家的答应了"这句话之前,疑似脱落了一句话。这句话的基本内容应该是迎春和探春交代周瑞家的去做某一件事,然后周瑞家的答应了。本人根据前后文的内容,初步认为这句脱落的话大体内容为:"又请周瑞家的代为道谢。"理由如下:

第一,迎春和探春收到的宫花,是薛姨妈赠送的,周瑞家的只是跑腿的,从礼节看,除了要对周瑞家的说辛苦之外,更需要向薛姨妈道谢。这是书中的常见礼节,如在第三十七回中,袭人派宋妈妈给史湘云送去鲜果和糕点,宋妈妈回来后也转达了史湘云对宝玉和袭人的感谢。

第二，在周瑞家的给凤姐和林黛玉送花的时候，二人都有类似的话语。在周瑞家的给凤姐送花的时候，平儿嘱咐周瑞家的回去道谢。我们看看书中文字：

> 平儿听了，便打开匣子，拿了四枝，转身去了。半刻功夫，手里拿出两枝来，先叫彩明来吩咐道："送到那边府里给小蓉大奶奶戴去。"次后方命周瑞家的回去道谢。

在周瑞家的给林黛玉送花的时候，林黛玉也对周瑞家的说了"替我道谢"这样的话：

> 黛玉再看了一看，冷笑道："我就知道别人不挑剩下的也不给我，替我道谢罢。"周瑞家的听了一声儿不言语。

值得注意的是，前面黛玉的话中，"替我道谢罢"这一句，在甲戌本以外的其他版本中皆无。缺失这一句后，黛玉与周瑞家的二人的人物形象就刚好反过来了，对人物形象有着颠覆性破坏。在后文《我们是不是读了一个假的林黛玉》一文中，会对此做较为详细的分析，此处暂不展开。

书中，只有惜春没有说类似的话。这或许是因为周瑞家的在惜春处与智能儿聊了一会天转移了话题的缘故。

二、第二处疑似脱落的文字

> 凤姐儿道:"既这么着,何不请进这秦小爷来,我也瞧瞧,难道我就见不得他不成?"尤氏笑道:"罢!罢!可以不必见。他比不得咱们家的孩子们,胡打海摔的惯了,人家的孩子都是斯斯文文惯了的,乍见了你这破落户,还被人笑话死了呢。"凤姐笑道:"普天下的人我不笑话就罢了,竟叫这小孩子笑话我不成?"(见甲戌本《石头记》第七回)

其中,"还被人笑话死了呢"这句,若作"还不被人笑话死了呢",会更好。虽然我们也勉强能知道"还被人笑话死了呢"这句话所要表达的意思,但这句话本身似乎不太符合通常表达习惯,读起来也别扭。而"还不被人笑话死了呢"这样的表述方式,在不改变基本含义的情况下,则自然得多,顺口得多。

如果我们时常阅读手抄本的脂本,就会发现一个有趣现象,各手抄本中一个高频率出问题的字就是这个"不"字,经常是这个版本有而那个版本无,或者该有的时候都缺,常常搞得人无所适从。"不"这个字本身也很神奇,有时候是表示否定的含义，这时有"不"和无"不"则含义刚好相反；有时候，"不"仅仅表示加重语气，有"不"和无"不"在基本含义上无实质性区别，只是语气程度不同而已，或者语言习惯不同而已。所以，在校勘"不"字的时候，要尽可能做到两点：第一，要结合上下文的文理和逻辑，准确把握句子的确切含义，不能解读反了；第二，要把握句子的语气和用语习惯。

为什么本文认为"还被人笑话死了呢"不如"还不被人笑话死了呢"好呢？不是说两者含义有实质性区别，而是前者似乎不太符合这个句式中的用语习惯，不是真实的语言。

举个例子一起感受一下，比如我们说这样一句话，"没有时间了，还不赶紧起床呢"，这句话意思是清楚的，就是说要赶紧起床的意思。这是一个否定句式，如果将其替换成相同意思的肯定句式，那是不是仅仅把"不"字去掉就行了呢？显然不行。如果只是去掉"不"字，这句话就变成"没时间了，还赶紧起床呢"，这显然不是我们习惯的语言表达方式；而更好的表达方式是"没时间了，赶紧起床吧"。

当然，中国地域辽阔，又有了近三百年的时间间隔，语言的问题本身就很复杂。上述意见只是我的一孔之见，完全有可能是我的认知狭隘了。

关于"还被人笑话死了呢"这句，脂本上存在异文，甲辰本上这句话作"还被你笑话死了呢"。甲辰本上这句话含义刚好表达反了：原本是尤氏调侃王熙凤，说王熙凤会被秦钟笑话，而甲辰本上变成了尤氏担心王熙凤笑话秦钟。

我们知道，程高本的底本与甲辰本是近支同源的，此处文字，程甲本的文字大体与甲辰本相同，作"倒要被你笑话死了呢"，也是属于张冠李戴。所以，我个人一直是不主张初读《红楼梦》的读者阅读程高本的。

三、第三处疑似脱落的文字

> 宝玉秦钟二人随便起坐说话，那宝玉只一见秦钟，心中便有所失。痴了半日，自己心中又起了呆意，乃自思道："天下竟有这等人物！如今看来我竟成了泥猪癞狗了。可恨我为什么生在这侯门公府之家，若也生在寒儒薄宦之家，早得与他交结，也不枉生了一世。我虽如此比他尊贵，可知绫锦纱罗也不过裹了我这根死木，美酒羊羔也只不过填了我这粪窟泥沟。'富贵'二字不料遭我荼毒了。"（见甲戌本《石头记》第七回）

引文中的"我虽如此比他尊贵"八个字，如果作为一句完整的话理解，则应是一个转折关系的复合句的上句，接下的一句话应该是表示转折关系的话。而"可知绫锦纱罗也不过裹了我这根死木，美酒羊羔也只不过填了我这粪窟泥沟"

却是一句结论性的话，显然无法与"我虽如此比他尊贵"组成一个转折关系的复合句。

目前本人见到的校勘本，如人文社本、蔡义江先生校本、郑庆山先生校本、邓遂夫先生校本等，皆把"我虽如此比他尊贵"断为一句话。如此断句是有问题的。

"我虽如此比他尊贵"这几个字，各版本也有异文，如俄藏本和杨藏本上都作"若既如此比他尊贵"，不知所云，周汝昌先生校本从之；甲辰本和程甲本作"我虽比他尊贵"。

程乙本对整句话进行了改造，改作："我虽比他尊贵，但绫锦纱罗，也不过裹了我这枯株朽木；羊羔美酒，也不过填了我这粪窟泥沟。"程乙本把这个转折关系的复句完整地改造了出来，至少内在逻辑通顺了。程高本的两个本子中，程甲本大体保存了甲辰系的面貌，也继承了诸多问题；程乙本改动较大，意识到并试图解决程甲本中的很多不和谐的文字问题。与程甲本相比，程乙本更能代表程伟元和高鹗真实的文学鉴赏和校勘水平。程乙本对这句话的改造，是其对完善《红楼梦》文本的一个贡献。但程乙本此处文字毕竟是改笔，并非曹雪芹文字原貌。

对于"我虽如此比他尊贵"这处文字，有两种解决方案：一种是将其断为两句，即"我虽如此，比他尊贵"。这样就在这八字之中，形成一个转折复句。"我虽如此"指的是宝玉与秦钟相比，自惭形秽，成"泥猪癞狗"了。

第二种方案，是增补一个"反"或者"却"字，作："我虽如此，反（却）比他尊贵。"

我个人倾向于第二种方案。第二种方案，句式更完整，含义更清晰，表达更流畅。因此，我个人倾向于认为原文中脱落了一个"反"或者"却"一类的字。

关于第七回文本，除了上述三处疑似各版本共同存在的文字脱落问题外，还有一处文字，疑似各版本皆存在顺序颠倒问题，本文也顺带着将其写出来，供读者朋友一起参详。

> 我因上年业师回家去了，也现荒废着。家父之意，亦欲暂送我去且温习着旧书，待明年业师上来，再各自在家亦可。家祖母因说：一则家学里子弟太多，生恐大家淘气，反不好；二则也因我病了几天，遂暂且耽搁着。（见甲戌本《石头记》第七回）

这段话中，贾宝玉对秦钟讲述自己没有去上家塾的两点原因：一是贾母担心，二是自己生病了一阵子。但是，这个句子逻辑似乎有些问题："一则"部分的内容，是贾母说的；"二则"部分的内容，则不是贾母说的。各版本皆如此。本人推断之所以会如此，大概有两种原因：一种原因是最初的底本或许把"一则因家祖母说"误抄写成"家祖母因说一则"，建议调整为："一则因家祖母说，家学里之子弟太多，生恐大家淘气，反不好；二则也因我病了几天，遂暂且耽搁着。"另一种原因是"一则"原本是批语，被混入了正文之中。

《红楼梦》文本研究是有很大危险性的，从古至今，我们每每能发现很多以为是文本错了最后却是自己理解错了的案例，从而误人误己。《红楼梦》很多版本异文也就是这样形成的。我想本人也不例外。但这不应妨碍我们大胆对文本进行开拓性研究，原因有二：第一，读书主要是为了自己获得正确的认知，如果自己的观点有幸被人纠正，那是非常幸运的事情，比不懂装懂、自欺欺人好很多；第二，万一有那么一二可取之处，也算是一点点贡献。

《红楼梦》第六十四回：疑似《石头记》初评本的文字[①]

鉴于庚辰本和己卯本这两个非常重要的脂本原本都缺少第六十四回和第六十七回的内容，且这两回文字都存在着部分内容与前后回不合榫的现象，因此，《红楼梦》第六十四回和第六十七回是否出自曹雪芹本人之手，一直是红学研究中颇具争议的话题，在学界可谓分歧极大。

文本真伪问题本身就是非常值得研究的课题，也是研究"二尤"故事绕不开的问题，比如研究"二尤"故事的时序问题，只有在辨明这两回文字真伪的基础上，才能进行有实质意义的研究，否则就是无本之木。所以，尽管分歧一时难以消除，但学界同仁更应进行深入的探究，迎难而上。

在研究思路上，本人主张将第六十四回和第六十七回分开进行独立研究，而不作捆绑式研究，这样可避免互相干扰。对于第六十七回的真伪问题，本人曾经写过一篇小文，收录在《玉石分明：红楼梦文本辨》一书中，此文就不再涉及了。本文的看法是：第六十四回当是曹雪芹的文笔，其来自曹雪

[①] 本文首发于《红楼梦版本研究辑刊》2023年第1辑，有一定的增删。

芹创作《红楼梦》过程中的某个早期的文本，这个早期文本疑似是《石头记》初评本的文字，而非脂砚斋甲戌年以后《重评石头记》的文字。下面就详细论证这个观点。

判断是不是曹雪芹文笔有两个主要维度可以作为参考：第一，行文风格（叙事风格、艺术手法与语言风格等）是否与整体保持一致；第二，故事情节与整体内容是否对榫。下面就从这两个维度来分析第六十四回。

一、第六十四回的行文风格

《红楼梦》的行文风格可以归纳出很多个特征，但有两个特征想必我们能感受得比较明显：第一个特征是叙事语言极其简洁、活泼、隽永且富有张力，脂批甚至赞美其"一字不可更，一语不可少"；第二个特征是叙事思维通常是网式的而不是线性的，过程常多曲折，曲径通幽，很少平铺直叙，每每在意料之外，恰恰又在情理之中，同时这些看似绕路的曲径绝不是故弄玄虚、可有可无的，往往又是后文的伏笔，一笔多用，千里伏脉，可谓绕得恰到好处。

纵观第六十四回的行文风格，会发现第六十四回总体上符合上述这些特征。该回文字不仅在叙事思维上是网式思维，而且语言也有显著的曹氏风格。

比如明明写宝玉从宁国府回去是为了看望林黛玉，却一路写了众多看似跟主旨不相干但其实都很有实际意义的事情。如怡红院丫头们玩游戏时，芳官与晴雯追打嬉戏，呈现了怡红院日常生活画面；袭人为宝玉做扇套，既写出了袭人的用心用意之深，又将秦可卿之死重新带回读者的记忆。每一笔文字，都是非常有意义的，要么是结构上的瞻前顾后，要么是刻画人物的某方面特征，看似闲笔，其实都是密不透风的。

又如，贾宝玉明明已经快到潇湘馆了，却又出人意料地绕去看凤姐，这又是一笔多用：既补上王熙凤生病之后贾宝玉应该去探望她这个缺漏，使得文章更具生活真实性，更具人情味——王熙凤病重，贾琏却把心思花在尤二姐上，而且还存有阴暗心理：等凤姐一死，就把尤二姐扶正，对比和暗示效果很强烈——又通过王熙凤的话交代了贾府最近的种种不正常状态，不写之写，为后文做伏笔之用。

再如，写贾母祭奠贾敬，却写到了贾母由此而生病，实是意料之外、情理之中。贾母因长期在外劳累，又遇到亲人过世而伤心，生病是符合常理的。贾母祭奠贾敬是引子，重点恰是写其生病。因为贾母这一小病，为后文故事的展开提供了逻辑合理性和生活真实性，极其关键：贾琏与贾蓉一块从铁槛寺回来后，贾蓉去探望贾母，从而为贾琏可以单独接触尤二姐创造了机会；而贾蓉探望完贾母后，又回来告诉贾琏说他父亲（贾赦）要找他，自然暂时打住了贾琏跟尤二姐的剧情。故事结构安排得严丝合缝，自然融洽。

以上只是略举几个行文风格例子，类似的笔法该回还有很多。更何况，从文本内容上看，还有为林黛玉量身设计的"五美吟"这样高难度的内容；该回还为贾琏接近尤二姐而专门创设了俞禄这样新出场的人物，这些往往是续书人一般害怕驾驭不住而不太敢尝试的。

从语言风格看，该回中使用的语言也是曹氏风格，这类语言是难以模仿的。比如"说着，芳官早托了一杯凉水内新湃的茶来"，就这么简单一句，就是一般人难以想得到的，它体现了曹雪芹对精致生活的描写精致到骨子里了。

又如雪雁对宝玉说的一句话，"叫我传瓜果去时，又听叫紫鹃将屋内摆着的小琴桌上的陈设搬下来，将桌子挪在外间当地，又叫将那龙文鼐放在桌上，等瓜果来时听用"，这样细腻的语言需要作者与故事融为一体、难分彼此后，方能写得出来。

又如袭人说的一段文字，也是典型的曹氏风格："我见你带的扇套还是那年东府里蓉大奶奶的事情上作的。那个东西除族中或亲友家夏天有丧事方带得着，一年遇着带一两遭，平常又不犯做。如今那府里有事，这是要过去天天带的，所以我赶着另作一个。"一个"那年"，一个"那府"，尤其是"那年"，看似极其简单，实际上同样需要作者把自己内化在故事情节中，才能使用出这样浑然天成的措辞方式。

如果是增补之人，由于易置身故事之外，往往使用不了这样自然的语言。而且此段文字透露了一个非常重要的信息，就是秦可卿去世的时候天气比较炎热，属于"夏天"，这与我们现在看到的秦可卿大概病逝于春分节气之前的季节和气温很不合拍，想来或属于"淫丧天香楼"叙事下秦可卿的死亡时间，与秦可卿判词、判曲、焦大醉骂等一样，都属于"淫丧天香楼"叙事下的文字残留。此回如果是他人增补，则很难补出这样巧合的错误。

再比如，第六十四回开头部分，有一处文字，没头没尾，增补者恐难以想得出来。"供奠举哀已毕，亲友渐次散回，只剩族中人分理迎宾送客等事。近亲只有邢大舅（程高本改作'邢舅太爷'）相伴未去。"其中，"近亲只有邢大舅相伴未去"这句话横空出世，前不着村，后不着店，显得非常突兀。第七十五回正式出场的邢德全，估计正是第六十四回这里说的邢大舅。曹雪芹五次增删定稿时，应该是把前面涉及邢大舅的有关内容删除了，出场时间也改到第七十五回。因此，当看到此处突然冒出个不清不楚的邢大舅来，自然会给人一种没头没脑的感觉。确实也不太符合叙事常理。究其实质，该句话应是更早期稿本中的文字原貌，恰如前文说的秦可卿部分文字一样。这类独特的不合拍的文字，是增补者无论如何也难以想得到的。

此外，从第六十四回的款式看，也不像他人增补的文字：

从俄藏本看，该回有标题诗，有回前批，有回末总结性的对句，这与目前看到的很多脂评本前十七回的款式大体类似；而且，在蒙府本、戚序本、甲辰本中，针对书中的"五美吟"，还有一条夹批，夹批还透漏了后回中有"十独吟"的内容。蔡义江先生认为："仅此一批，便可见本回绝非后人的补作。"①

总之，第六十四回的行文风格，以本人目前的欣赏能力来看，它与《红楼梦》前八十回整体风格是一致的。有部分学者拿其中少部分语言说事，如周汝昌先生认为标题诗以及开篇文字不好②，刘梦溪先生认为贾宝玉与林黛玉的对话内容写得不够好③，进而主张本回是伪作或者至少部分是伪作。对此，本人有不同的解读方式。本人认为第六十四回的文笔总体上不差，与其他回目相比，没有明显的优劣，即便有个别地方稍微啰唆一点，如宝玉跟凤姐的对话，也无伤大雅。毕竟，实在无法保证每一处情节都能言简意赅，况且作者在写作过程中也有一个文笔水平逐渐提升的过程。就算文笔有细微差异，本人倾向于认为这也是作者早期文笔和成熟期文笔的差异，后文对此会有进一步解释。如果拿酒来做个比喻的话，第六十四回属于当年茅台酒，第六十七回和后四十回

---

① 蔡义江：《蔡义江新评红楼梦》，第739页。
② 周汝昌：《石头记：周汝昌校订批点本》，第978页。
③ 刘梦溪：《〈红楼梦〉第六十四、六十七回是伪作吗》，见刘梦溪先生2008年10月20日新浪博客。

属于二锅头，而其他大部分回目（不包括第十回）则属于陈年茅台酒。

要特别说明的是，周汝昌先生曾经主张第六十四回是伪作，晚年却对这一认识进行了部分修正，认为第六十四回可能出自多人之手，其中后半回的内容大有曹雪芹之风。[①] 这说明周老至少认为该回部分文字水平是非常高的。

二、第六十四回与前后回文字的内在冲突与原因探析

那么从故事情节看，本回与前后文是否对榫呢？情节不对榫通常可分成两种情况：一是情节存在遗漏，导致故事不完整，故事之间存在断裂；二是情节之间矛盾，导致故事不合逻辑。就本人的理解程度，第六十四回不存在明显的故事情节遗漏问题，大体能够平顺地完成与第六十三回和第六十五回的对接。这与第六十七回的情况迥然不同。

但该回也确实存在几处与前后文矛盾的情况。那么这些矛盾能否动摇本回作者是曹雪芹这一结论呢？这一问题暂且留到后面再回答。下面先分别就每一处矛盾文字，单独分析其背后的可能原因，然后再确定最可能的真正原因。

---

① 周汝昌：《石头记：周汝昌校订批点本》，第993页。

《红楼梦》第六十四回：疑似《石头记》初评本的文字

1. 不该出现的贾政

脂评本中该回多次出现"贾政"一词，戚序本虽然作了修改，但仍然遗留了一处含有"贾政"的文字，直到程高本才彻底把"贾政"替换成"贾琏"。而在第三十七回时（俄藏本除外），贾政就已经外出了，直到第七十一回才回来。这样就形成了非常明显的自相矛盾。那么，此处问题是如何产生的呢？

《红楼梦》文本中的矛盾，通常都是因为三种原因引起：第一个是作者的原因，比如不同时期的底稿之间没整合好；第二个是抄写者的原因，常见的有文字讹误、串行、脱落等；第三个是他人有意的增补或者改写，如第二十二回结尾部分的文字以及后四十回的文字等。相应地，第六十四回中多次出现"贾政"的原因，理论上也有这三种可能性。

第一种可能是此处文字出自曹雪芹早期的本子，在这个本子中，贾政此时还没有外出，或者压根就没有外出这回事。《红楼梦》中这类由于采用不同阶段的稿子导致的文本之间的自相矛盾非常多见，如薛姨妈的两次不同时间的生日，贾母年龄忽大忽小的问题，"茗烟"与"焙茗"轮替出现的问题，林黛玉进贾府年龄问题，凤姐与薛蟠年龄大小问题等等。

第二种可能性是抄写者的文字讹误，比如，"贾政"可能是同辈中某人的名字的讹误。相对于前一种可能性，文字讹误这种可能性要小一些，因为脂本该回出现"贾政"一词不止一次，有的脂本多达五次，如甲辰本。能同时出现五次讹误，这概率应该不是很大。

第三种可能性，该处文字属于他人增补。这种可能性虽不能完全排除，但概率就更小了。如果增补者连贾政外出这件事都不知道，那他对书中的内容该有多生疏！如此生疏又怎敢动增补的念头！有没有一种可能性？增补者碰巧看的是俄藏本的文字，因为俄藏本第三十七回中没有贾政外出这段文字，所以增补者不知道贾政外出了。这种可能性其实也很小，虽然俄藏本第三十七回缺少贾政外出那段文字，但只要稍微留意，还是非常容易发觉贾政不在家中的。如第四十七回赖家请客，单独提到贾赦"没来"，却没有只言片语提及贾政；第五十三回"祭宗祠""开夜宴"都只提到贾敬、贾赦，没有提到贾政；第六十九回，贾琏明确说贾政、贾珍都不在家；第七十回，明确说贾政外任三四年了，将要回来；第七十一回到七十六回，更是反反复复提及贾政刚外任回来。这些地方，俄藏本文字并无二致。

上述三种可能性中，第一种可能性最大，其他两种可能性虽不能绝对排除，但概率都偏低。

2. 时序矛盾

该回中林黛玉奠祭的时节与前后回内容皆矛盾。"大约必是七月因为瓜果之节，家家都上秋祭的坟，林妹妹有感于心，所以在私室自己奠祭。"此处明确指出时间是七月份，书中虽没有明确说出，但估计就是中元节前后。但从前后回文本看，该时间与前后回文字皆存在明显抵牾。从前后回文字看，第六十四回发生的时间应该在五月份，这一点学界是有共识的，为了节省文字，本文就不再罗列前后回的日期证据进行论证了。造成此处文字矛盾的原因是什么呢？

从上下文内容看，"瓜果之节"也好，"秋祭"也好，这都是民俗传统，这说明七月份这个措辞本身没有讹误。七月最重要的节日是中元节，中元节是中国传统的祭祀节日，不管是民俗文化、道教文化还是佛教文化，中元节都是一个重要节日。所以文字讹误的可能性可以排除。

而且第六十四回的祭祀与"五美吟"是浑然一体的，林黛玉当天祭祀的对象正是这些历史上的"可欣可羡可叹可赞"的美人。可以说，没有中元节就没有祭祀，没有祭祀就没有"五美吟"。"五美吟"是该回文字的重头戏，是上半回的核心内容，而七月的中元节祭祀又是"五美吟"合理性的基础。所以说，"七月"这个时间点构成本回的关键时间点，起到定海神针的作用，必然属于作者谋篇布局时的优先确定事项，不能改动，不可替代。正是因为"七月"这个时间点如此关键，决定了该处文字是他人增补的可能性极低。因为任何一个增补者在增补之前必然会仔细研究前后回的内容，确立好时间坐标，以便知道该增补些什么内容。而只要增补者去了解前后回的内容，就会很容易发现第六十四回的故事发生的时间绝不应该在七月份。

如果前面的分析能够成立的话，则因为作者自身的原因而造成该处文字矛盾的可能性就最大了，这又可区分为两种情形：

第一种情形，即该处文字出自曹雪芹早期的本子。在这个早期的本子中，这一回故事发生的时间原本就是在七月份。后来定稿的时候，整体故事的时间发生了大的调整，相应的，第六十四回的故事时间也得从七月份调整到五月份，这样的话，七月中元节—祭祀—五美吟，这个叙事的逻辑就彻底行不通了，必须得重新写，相当于第六十四回一半的内容需要重新创作。

目前庚辰本、己卯本之所以都缺这一回，也许根本原因就出在这个地方，曹雪芹可能因为某种主客观原因，一直没完成该回的改写工作，正如第七十五回中一直缺"中秋诗"一样。至于其他几处矛盾，都是非常容易进行技术处理的。

第二种需要提及的情形，就是作者从其他地方挪移来了黛玉祭祀和"五美吟"的内容，而忽略了对其时间的调整。这种情形虽不能绝对排除，但概率也极低。这同样是因为"七月"这一时间之于"五美吟"的基础性和两者之间的不可分割性，很难设想作者在挪移"五美吟"情节的时候能够忽略"七月"这个明显不合拍的时间因素。

3. 两个"鲍二"的矛盾

就全书来看,因为该回文字而产生了书中有两个"鲍二"还是一个"鲍二"的难题。先看俄藏本等几个脂本中的相关文字,以俄藏本文字为例:

> 贾珍又给了一房家人,名叫包(注:当为"鲍")二,夫妻两口,以备二姐(指尤二姐)过去时服侍。

人文社本《红楼梦》中此处文字校改为:

> 贾珍又给了一房家人,名叫鲍二,夫妻两口,以备二姐(指尤二姐)过来时服侍。那鲍二两口子听见这个巧宗儿,如何不来呢?①

此处明确说鲍二是贾珍赠给贾琏的,而且有媳妇,这样看来,鲍二两口子应该是宁国府的人。可是第四十四回中,也有一个鲍二,他媳妇因为与贾琏有染被凤姐发现后而自杀。这两回中的鲍二是同一个人还是不同的人?乍一看,当是两个不同的人。同一本书,出现两个重名的人而作者却不作任

---

① 人文社本《红楼梦》,第905页。

何介绍，本身就是不合常理的事情。正是看到此处存在问题，程高本《红楼梦》才对此处文字进行了大手笔的修改，将两个"鲍二"改为同一个"鲍二"。

> 只是府里家人不敢擅动，外头买人，又怕不知心腹，走漏了风声。忽然想起家人鲍二来，当初因和他女人偷情，被凤姐儿打闹了一阵，含羞吊死了。贾琏给了一百银子，叫他另娶一个。那鲍二向来却就合厨子多浑虫的媳妇多姑娘有一手儿，后来多浑虫酒痨死了，这多姑娘儿见鲍二手里从容了，便嫁了鲍二。况且这多姑娘儿原也和贾琏好的，此时都搬出外头住着。贾琏一时想起来，便叫了他两口儿到新房子里来，预备二姐儿过来时伏侍。那鲍二两口子听见这个巧宗儿，如何不来呢。[1]

非常有意思的是，对于第四十四回中的鲍二是不是第六十四回的鲍二，程高本后四十回中，也意识到这个问题，且也试图解决这个问题。来看看第一〇六回中的相关原文：

> 贾政嗔道："放屁！你们这班奴才最没有良心的……如今大老爷与珍大爷的事，说是咱们家人鲍二在外传播的，我看这人口册上并没有鲍二，这是怎么说？"众人

---

[1] 张俊、沈治钧：《新批校注红楼梦》，第1179页。

> 回道："这鲍二是不在册档上的。先前在宁府册上，为二爷见他老实，把他们两口子叫过来了。及至他女人死了，他又回宁府去。后来老爷衙门有事，老太太们爷们往陵上去，珍大爷替理家事带过来的，以后也就去了。老爷数年不管家事，那里知道这些事来。"①

其中，"这鲍二是不在册档上的。先前在宁府册上，为二爷见他老实，把他们两口子叫过来了。及至他女人死了，他又回宁府去"这几句话，正是为化解脂评本上第四十四回与第六十四回的文本冲突而来的。第一〇六回中的这处文字正好与脂评本上的第四十四回、第六十四回关于鲍二的文字构成一个和谐的叙事体系，却与程高本自身的第六十四回是冲突的。张俊、沈治钧二位先生曾针对第一〇六回的这处文字评论道："前此写及鲍二其人，忽而荣府，忽而宁府，似乎自相矛盾，总不能明白。此处补充数语，道出原委，针线乃密。"② 其实，二位先生却忽略了一个问题，二位先生所谓的"针线乃密"仅仅针对脂评本才能成立，而就程高本而言，不仅不密，反而暴露了自相矛盾。

这就产生了一个非常奇特的现象，对于脂评本上出现的既有第四十四回中荣国府的"鲍二"又有第六十四回中宁国

---

① 人文社本《红楼梦》，第1441页。
② 张俊、沈治钧：《新批校注红楼梦》，第1902页。

府的"鲍二"这一看似矛盾的问题，程高本竟然同时存在两个互相排斥的解决方案，即程高本第六十四回的方案和第一〇六回的方案。如果我们认为程高本第六十四回关于鲍二的文字，是程、高二人的改笔，那就很难认为后四十回中鲍二的文字同时出自程、高之手了。反之亦然。如果我们认为后四十回中的鲍二文字出自程、高之手，那第六十四回的改笔就不应该是程、高二人所为了。哪一种可能性大呢？应该是第六十四回的改笔出自程、高二人之手的可能性比较大。

因为脂评本只有八十回，所以看上去，鲍二是两个不同的人。程高本上却是同一个人。而前引红研所校本的该处文字，在采用脂评本文字的同时，却有个小失误，即没有把程高本的文字删除干净，从而造成文本内在的不和谐。"贾珍又给了一房家人，名叫鲍二，夫妻两口，以备二姐过来时服侍"这几句是脂评本的文字；而"那鲍二两口子听见这个巧宗儿，如何不来呢"则是程高本的改笔，是与程高本原本的改文相匹配的文字，而嫁接在脂评本上后，反觉突兀，造成了两句话衔接的不够平顺的硬伤，属于校勘上的小失误。以后再版的时候，希望能改正过来。

那么，到底该是两个"鲍二"还是只有一个"鲍二"呢？从常理、艺术效果和思想性看，当是一个鲍二为好。

从常理看，同一本书，作者一般不会用重名的人来让读者犯迷糊。如果有不得不重名的理由，则有必要作清楚的交代。这应该属于写作常识。

从艺术效果看，如果是同一个鲍二，则显示了千里伏脉的写作手法。在第四十四回，鲍二媳妇因为与贾琏私通被发现而上吊自尽，贾琏为了安抚鲍二，"梯己给了鲍二些银两，安慰他说：'另日再挑个好媳妇给你。'鲍二又有体面，又有银子，有何不依，便仍然奉承贾琏"。如果此鲍二是彼鲍二，则刚好可把此回文字与第四十四回文字衔接起来，贾琏的"另日再挑个好媳妇给你"这句话也刚好成了后文伏笔。此处鲍二已经又结婚了，而且这个老婆可能就是贾琏介绍给鲍二的。这样就形成一个完整的叙事链条。

从思想性看，鲍二本来的老婆与贾琏私通，又是因此而死的，鲍二却反而成为贾琏的心腹，继续协助贾琏照顾另一个私娶对象尤二姐，这个讽刺自然深刻，让人一声叹息。相反，如果此鲍二非彼鲍二，则两个鲍二都变成纯跑龙套的，故事彼此之间没有关联，失去了艺术效果和思想深度。

综上所述，此回中的鲍二原本应该正是第四十四回中的鲍二，但在脂评本上，却变成是贾珍赠送给贾琏的。这就形成一个矛盾。

对于造成这一矛盾的原因，文字讹误的可能性是首先可以排除的，因为这是一个深层次的矛盾，绝非简单的文字讹误可以解释的。那就剩下两种可能性了。

第一种可能性，与前面两处问题一样，此处文字大概率也是出自早期的本子。在早期的本子中，鲍二就是宁国府的人，鲍二夫妻就是贾珍赠送给贾琏的，赠送的目的或许并不单纯，如为了自己将来去跟尤氏姐妹鬼混提供便利。在早期本子中，贾珍、贾蓉等人的形象可能更加不堪。而后来曹雪芹定稿的时候，对其他回目的内容作了调整，鲍二被改成了荣国府的人，鲍二的妻子因与贾琏有染被凤姐发现后自杀。

对于第六十四回，不知道曹雪芹到底有没有重新改写完毕。如果改写完毕了，想来或许有这样的补笔：贾琏兑现了当初的承诺，又给鲍二找了个"好媳妇"，进而安排鲍二夫妻来服侍尤二姐，从而顺利过渡到第六十五回的内容。也很有可能因为时序的调整，"五美吟"故事的基础被改变了，进而需要进行实质性改写，他没有顾上修改第六十四回，而是先把这一回搁置起来了，本来可能是想着以后修改好了再补上，不成想这一搁置竟成永久的遗憾。

将"鲍二"从宁国府的人转换为荣国府的人，是创作艺术的一次升华。如果鲍二夫妻是贾珍赠送给贾琏的，不外乎是体现贾珍的用心不纯和好色，以便以后继续去跟尤氏姐妹鬼混。这可能符合作者早期创作《风月宝鉴》阶段的思想。但将鲍二转换为荣国府的人，艺术性和思想性得以全面提升：从艺术性上看，把第四十四回内容与后面第六十四回、第六十五回的内容关联了起来，不再是一处处孤立的文字，正如把第二十一回中多姑娘的故事与第七十七回晴雯的故事关联起来一样。从思想上看，无负疚感和羞耻心的纨绔子弟贾琏和见钱眼开、精神麻木的底层人物鲍二，都被活脱脱地刻画了出来。

另一种可能性是，第六十四回此处文字为他人增补文字。增补者没有弄清前后文关系，误把鲍二夫妻写成贾珍赠送的了。理论上讲，这种可能性也不能排除，但可能性相对要小些。因为但凡读过第四十四回的，都不至于错到这个分上。

要说明的是，在后四十回中，续作者将第四十四回的鲍二和第六十四回的鲍二统一了起来，塑造成了一个导致宁、荣两府被抄家的狠角色，人物形象跨度非常大，这是一种反向思维，也有其特色。但恐怕未必符合曹的原意。

4.关于"退婚金"的数额

人文社本《红楼梦》此回的校勘还有一处失误，是关于尤老娘到底给了张家多少退婚银子的内容。人文社本为："尤老娘与了二十两银子，两家退亲不提。"而戚序本、甲辰本、列藏本都是十两银子，程高本则是二十两银子。人文社本此回文字以程高本为底本，但人文社本第六十八回和六十九回，又以庚辰本为底本，其中两次都提到退婚钱是"十两银子"。第六十八回有关内容是"父亲得了尤婆十两银子退了亲的，这女婿尚不知道"。第六十九回有关内容是："尤二姐听了，又回贾母说：'我母亲实于某年月日给了他十两银子退准的。'"

所以，此处矛盾发生的成因很清楚，是人文社本《红楼梦》自己校订失误，采用不同底本而忽略了其中的文本差异。以后再版的时候应该更正过来。

在分别分析了第六十四回几处明显矛盾的文字及其各自可能的原因后，如果再从整体性角度分析，我们就能看得更清晰：造成第六十四回文本矛盾问题的最可能原因是作者自身原因。由于黛玉七月祭祀的时间与鲍二问题，都不可能是文字讹误造成的，故而，文字讹误的可能性是绝对可以排除的。至于他人增补的可能性，也基本可以排除，试想一下，如果一个人既不知道贾政外出的内容，也不知道第四十四回鲍二老婆的内容，还不知道第六十四回前后回之间故事的时序安排，却凭空补写出与曹雪芹艺术水平相当、语言风格相似的第六十四回的内容来，这可能吗？我想读者心中自会有杆秤。

现在再来回答前文提出的问题，第六十四回的矛盾文字能否动摇曹雪芹的作者地位？本文的回答是：不仅不会动摇，反而会进一步强化本回作者是曹雪芹这一结论。

如果前面的分析有一定道理的话，则第六十四回当来自曹雪芹的早期文本。那么，有没有线索能进一步明确其最可能来自早期的哪个本子呢？

三、第六十四回的来源：疑似《石头记》初评本

根据第一回楔子的内容可知，曹雪芹对《石头记》"增删五次"，并题名为《金陵十二钗》。甲戌本第一回楔子中有一句话："至脂砚斋甲戌抄阅再评仍用石头记。"从这句话又可知：在甲戌年之前，该书就以《石头记》名字面世过，不仅面世过，而且还是以评论本的形式面世的。对于这个甲戌年之前的评论本《石头记》，本文称之为《石头记》初评本。

传承到今天的各脂本，应该都是脂砚斋甲戌年重评《石头记》之后的本子。在此之前，应该还有"五次增删"形成的不同阶段的稿本和《石头记》初评本，或许还有《风月宝鉴》。那么，本人前面分析说第六十四回当来自曹雪芹早期的文本，那最可能是早期的哪个本子呢？本文认为：第六十四回正是疑似来自这个初评本。下面分析具体理由。

第一，第六十四回应该不是直接来自《风月宝鉴》的文字。从第六十四回的文字看，已经与定稿的《红楼梦》内容差距不大，而且与前后回整体的衔接程度也非常好。比如已经有怡红院和潇湘馆，这就说明是有大观园的；且怡红院中的多数丫鬟包括芳官等人都有了，只是在迎接贾琏回来的时候，迎接人员中没有具体提到薛宝琴、史湘云、邢岫烟等；又如贾母等人刚刚结束老太妃的守丧期而回家来，等等。《风月

宝鉴》即便是曹雪芹创作的，作为早期的作品，想来应该不至于跟《红楼梦》在建筑布局、人物组成、事件等方面有如此高的相似度吧。

第二，第六十四回在款式上非常完备，有标题诗、回前评和回末的结束对句。现在我们看到的脂评本，从第十七回以后（不含第十七回），基本就没有这种款式了，而第十七回之前，脂评本总体来说也是这种款式，尽管其中有部分版本不太齐全。这就产生一个有意思的问题：为何第十七回以后其他章回都不是这种款式，而第六十四回突然又回到这种款式呢？本人的理解是这样：在初评本上，每一回的款式可能是统一好了的。后来曹雪芹"五次增删"的时候，尚没来得及给定稿的文字统一好款式，我们看书的时候，也很容易感受得到这一点，比如很多回目分开得非常仓促，上下回的衔接都没处理利索，如第四十回与第四十一回之间、第七十回与七十一回之间等等。而第六十四回款式之所以突然又是完备的，恰恰可能是因为有人把它从初评本中直接照搬过来。

第三，第六十四回的标题诗的思想内涵与《红楼梦》有一定的差距，或反映了作者在不同创作阶段所要表达的不同思想主旨。第六十四回的标题诗是："深闺有奇女，绝世空珠翠。情痴苦泪多，未惜颜憔悴。哀哉千秋魂，薄命无二致。嗟彼桑间人，好丑非其类。"这首诗明显是把林黛玉与二尤相比较，肯定林黛玉的品行，林黛玉是"好"的形象；彻底否定二尤，二尤是"桑间人"，是"淫荡"的代表，是"丑"的形象。这首诗的格调应该大体还没完全脱离《风月宝鉴》的思想水平，与我们现在看到的《红楼梦》的思想格局差距甚大。《红楼梦》对女子是理解的、欣赏的、讴歌的、赞美的，对她们的不幸遭际是悲悯的、同情的、惋惜的、遗憾的。

第四，第六十四回的回首批语和正文夹批，疑似正是初评本上原本的批语，这一点很好理解。我们现在看到的都是脂砚斋重评《石头记》的再传本，既然是重评《石头记》，那就一定有初评本《石头记》。如果第六十四回果真来自这个初评本，这就可以解释为什么作为早期本子的第六十四回竟然会有回前批和夹批，而且那条夹批还剧透了后回中有"十独吟"的内容。

基于以上四点理由，本文大胆推测第六十四回可能是来自初评本《石头记》的文字。与其他回目文本比较，之所以有部分学者觉得该回文字个别地方似乎稍欠火候，从第六十四回出自初评本《石头记》这个角度是可以解释的。当然，这个看法最终能否立得住，还有待接受进一步的检验。

四、红学研究中引入"初评本《石头记》"的意义

假如前面的分析有几分道理的话，那么对红学研究会有哪些意义呢？除了有助于进一步拓展探索第六十四回真相的

思路之外，在如下这几个方面可能也会带来新的认识。

第一，有助于在红学研究中更加关注"初评本《石头记》"这个视角。举个例子，比如红学界争议极大的一个话题，明义到底是根据哪个版本的《红楼梦》题写的二十首题红诗？在这二十首题红诗中，有的涉及八十回以后的内容，如最后两首；有的是关于前八十回的内容，但又与现在各版本的差异巨大，比如那首"扑蝶"诗："追随小蝶过墙来，忽见丛花无数开。尽力一头还两把，扇纨遗却在苍苔。"其中"追随小蝶过墙"和"遗却"扇子的情节，在《红楼梦》宝钗扑蝶一节中完全没有。除了都有扑蝶这一共同点之外，其他几乎无相似之处。《红楼梦》中的宝钗扑蝶写得青春活泼但不失优雅含蓄。所以，有很多红学家都认为明义所读的版本与我们今天能见到的版本皆不同。

如果引入初评本《石头记》这个视角，或许可以为明义题红诗所依据的版本问题提供一个新的思路。

第二，有助于理解《红楼梦》中人物形象的矛盾性。在初评本上，贾珍、二尤等人的人物形象与后来的《红楼梦》应该有一定的差异，贾珍要比后来《红楼梦》中的形象更加糟糕一些，二尤应该也是偏负面的形象。不排除这些人物故事确实是从《风月宝鉴》中挪移过来的。尽管《红楼梦》可能对二尤故事进行了一定程度的美化处理，但由于底色不行，所以人物形象总是觉得有点撕裂感。

第三，对于第六十四回中的时间信息，我们要特别慎重。比如开头部分的"择于初四日卯时请灵柩进城"这个时间信息，我们一般想当然地顺着第六十三回宝玉过生日的时间来理解，很容易将其解读为五月初四，并进而把第六十五回贾琏与尤二姐结婚的日子解读为六月初三。这相当于我们把第六十四回中黛玉祭祀的时间与其他时间割裂开来理解。这种理解方式可能是有问题的，它容易妨碍我们深入地探寻二尤故事的文本演化过程。例如，第六十五回中，就有一处不好理解的文字：尤三姐和尤二姐喝酒的时候都是身穿小袄，可后来当兴儿给尤二姐、尤三姐讲林黛玉的时候，又说"只是一身多病，这样的天，还穿夹的"。林黛玉因为身体弱，所以"这样的天，还穿夹的"；而尤二姐和尤三姐身体好得很，为啥也穿小袄呢？可见这是自相矛盾的文字，里面可能涉及部分文本的改动，但又改得不彻底。类似这样的文本矛盾问题，在二尤故事中还有一些。如果我们把第六十四回中的时间信息当作统一的而不是彼此割裂的时间信息来理解，就给我们探索二尤故事的时序问题提供了一个新的思考维度。

第四，有助于我们深入探索成书过程。比如，如果第六十四回的内容确实发生在七月份，则说明现在的宝玉生日与贾敬之死在早期稿本上原本可能是有一段时间间距的。比如，芳官此回中并没改名。

又如，菏泽学院的李娟老师曾发现第六十四回中一处文本问题，就是潇湘馆中没有薛姨妈。这或许可以说明现在第五十八回中薛姨妈搬到潇湘馆居住的文字，或许也是后补的内容。作为对比，我们一起看看第五十九回中，莺儿去潇湘馆的文字：

> 莺儿道："这一个咱们送林姑娘，回来咱们再多采些，编几个大家玩。"说着，来至潇湘馆中。
>
> 黛玉也正晨妆，见了篮子，便笑说："这个新鲜花篮是谁编的？"莺儿笑说："我编了送姑娘玩的。"黛玉接了笑道："怪道人赞你的手巧，这玩意儿却也别致。"一面瞧了，一面便命紫鹃挂在那里。莺儿又问候了薛姨妈，方和黛玉要硝。[1]

其中，"莺儿又问候了薛姨妈，方和黛玉要硝"两句，才是曹雪芹严谨的叙事思维下正常的文字。如果第六十四回中，果真薛姨妈住在潇湘馆中，而宝玉、宝钗等都熟视无睹，则成何体统？就算薛姨妈外出了，从叙事严谨角度看，也得交代一笔。

又如，根据第六十四回的文字，显然黛玉又是久病初愈的情形，一起看看：

---

[1] 人文社本《红楼梦》，第814页。

《红楼梦》第六十四回：疑似《石头记》初评本的文字

一日，供毕早饭，因此时天气尚长，贾珍等连日劳倦，不免在灵旁假寐。宝玉见无客至，遂欲回家看视黛玉，因先回至怡红院中。[①]

如果只看这处文字，会以为宝玉只是普通的想念黛玉了。其实不然，实则应是因为黛玉又生病的缘故。我们看看书中另外两处文字，就更容易理解这点了。

第一处：

雪雁方说道："我们姑娘这两日方觉身上好些了。今日饭后，三姑娘来会着要瞧二奶奶去，姑娘也没去。又不知想起了甚么来，自己伤感了一回，提笔写了好些，不知是诗是词。"[②]

第二处：

紫鹃连忙说道："宝二爷来了。"黛玉方慢慢的起来，含笑让坐。宝玉道："妹妹这两天可大好些了？气色倒觉静些，只是为何又伤心了？"[③]

---

① 人文社本《红楼梦》，第889—890页。
② 人文社本《红楼梦》，第892页。
③ 人文社本《红楼梦》，第893页。

把这几处文字放在一起看，就知道黛玉其实已经生病有一阵子了，如今才刚刚略有起色罢了。而在第六十二回、六十三回文字中，书中清楚地说黛玉已经是从春季季节性生病中康复了。从叙事角度看，这之间明显就出现了无法衔接的问题。造成这一现象的原因也是因为第六十四回本是早期稿本的缘故，在这一早期稿本中，在此之前的章回中，必有黛玉生病的交代性文字。后来有人单拿出这一回来，将其孤零零嫁接在第六十四回的位置上，从而产生了不和谐的问题。这本质上也是成书问题。

该回中还有一个非常值得重视的成书信息，就是部分版本中再次出现"焙茗"这个人物名字：

> 宝玉就芳官手内吃了半盏，遂向袭人道："我来时已吩咐了茗烟，若珍大哥那边有要紧的客来时，叫他即刻送信；若无要紧的事，我就不过去了。"说毕，遂出了房门。①

其中，"茗烟"一词，俄藏、戚序本为"焙茗"，杨藏、蒙府和甲辰本为"茗烟"。而当第六十六回再次出现"茗烟"时，俄藏、戚序本也作"茗烟"。可见，在第六十四回的原本文字中，此处大概就是"焙茗"，而其他版本上的"茗烟"应

---

① 人文社本《红楼梦》，第891页。

是整理者的改笔。这在成书研究中是个非常值得重视的信息。这不仅说明本回文字是比较早期的稿本,也说明第二十四回到第三十四回中凡是出现"焙茗"的故事情节,也极可能是比较早期就确定下来了的文字。

总之,第六十四回对于研究成书来说,是至关重要的一回文字,它是一个很好的观察窗口,可以说是一个瑰宝。

《红楼梦》文本校勘中几处疑难文字辨析[①]

本人自2016年开始,便着手进行修订《红楼梦》的工作。目前这一工作基本完成。在修订《红楼梦》的同时,也必然伴随着文本校勘的工作。在这次修订《红楼梦》的时候,新发现了一些校勘时通常容易处理失误的文字。下面就罗列出来几个例子加以简单分析,与读者朋友们一起研讨。

一、"他们"还是"他"

先来看第三十二回中的一处文字:

> 袭人道:"且别说玩话,正有一件事还要求你呢。"史湘云便问:"什么事?"袭人道:"有一双鞋,抠了垫心子。我这两日身上不好,不得做,你可有工夫替我做做?"……史湘云道:"论理,你的东西也不知烦我做了多少了,今儿我倒不做了的原故,你必定也知道。"袭人道:"倒也不知道。"

[①] 本文首发于《红楼梦版本研究辑刊》2023年第3辑。论文原名为《〈红楼梦〉文本校勘疑难问题十例》。

史湘云冷笑道:"前儿我听见把我做的扇套子拿着和人家(注:'人家'指黛玉)比,赌气又铰了。我早就听见了,你还瞒我。这会子又叫我做,我成了你们的奴才了。"宝玉忙笑道:"前儿的那事,本不知是你做的。"袭人也笑道:"他本不知是你做的。是我哄他的话,说是新近外头有个会做活的女孩子,说扎的出奇的花,我叫他拿了一个扇套子试试看好不好。他就信了,拿出去给这个瞧给那个看的。不知怎么又惹恼了林姑娘,铰了两段。回来他还叫赶着做去,我才说了是你作的,他后悔的什么似的。"①

其中"我叫他拿了一个扇套子试试看好不好"这句话中的"他"字,取自于庚辰本。与庚辰本关系最为密切的己卯本以及其他各版本中,此处皆为"他们"。此处原本的文字面貌当为"他们"。庚辰本上的"他"字,或者是抄写不慎脱落了"们"字;又或者是整理者误解了上下文的意思,以为这里应该是与下句中的"他就信了"中的"他"一致,都指贾宝玉,故而专门改成了"他"字。

"我叫他们拿了一个扇套子试试看好不好"中的"他们",其实并非贾宝玉,而是不指名地指那些帮助袭人跑腿购买东西的人,或为小厮,或为嬷嬷、丫头们等。将"他们"改

---

① 人文社本《红楼梦》,第433—434页。

成"他"后，文字的含义发生了彻底改笔，属于张冠李戴，文字背后的那种叙事理路，更是不如原本文字畅达。

除了红研所校本外，像周汝昌先生校本、邓遂夫先生庚辰本校本、徐少知先生校本等等，都是采用庚辰本的文字。值得称道的是张俊、沈治钧二位先生的《新批校注红楼梦》（程乙本）一书对此处文字的处理方式，在这本书中，将"新近外头有个会做活的女孩子，说扎的出奇的花，我叫他们拿了一个扇套子试试看好不好"这几句话加上了单引号[①]，这就更加醒目了。对读者来说，也较为便利，不易发生误解。

二、"你们"还是"他们"

再看第七十六回中的一处文字：

> 正说到这里，只见贾母已朦胧双眼，似有睡去之态。尤氏方住了，忙和王夫人轻轻的请醒。贾母睁眼笑道："我不困，白闭闭眼养神。你们只管说，我听着呢。"王夫人等笑道："夜已四更了，风露也大，请老太太安歇罢。明日再赏十六，也不辜负这月色。"贾母道："那里就四更了？"王夫人笑道："实已四更，他们姊妹们熬不过，都去睡了。"贾母听说，细看了一看，果然都散了，

---

① 张俊、沈治钧：《新批校注红楼梦》，第593页。

只有探春在此。贾母笑道："也罢。你们也熬不惯,况且弱的弱,病的病,去了倒省心。只是三丫头可怜见的,尚还等着。你也去罢,我们散了。"①

引文"你们也熬不惯,况且弱的弱,病的病,去了倒省心"的"你们",在各个版本中,只有程乙本改作"他们"。程乙本的这个修改是正确的,是程乙本的一个贡献。

依据上下文文理看,此处很明显"你们"应为"他们"之笔误,指的是姑娘。钞本中"你""他"二字时有混淆现象。"病的病,弱的弱"也是贾母习惯性地说黛玉姊妹们的话。比如在第七十一回中也有一处类似的表述:

> 南安太妃因问宝玉,贾母笑道:"今日几处庙里念'保安延寿经',他跪经去了。"又问众小姐们,贾母笑道:"他们姊妹病的病,弱的弱,见人腼腆,所以叫他们给我看屋子去了。"②

本人这次修订《红楼梦》的时候,对各个版本的独特贡献之处颇加以留意,发现包括程乙本在内的各个版本,通常都会有一些独特的贡献,只是有一些贡献尚没有被很好地认

---

① 人文社本《红楼梦》,第1061—1062页。
② 人文社本《红楼梦》,第982页。

知。校勘版本时，能否认识到他人的贡献，通常取决于校勘者有没有意识到文本本身存在问题，如果没有意识到文本的问题，自然也就无法领会到他人的贡献。下面我们再举一个程乙本独特贡献的例子。

三、"盖才盖了一年"还是"盖就盖了一年"

且看第四十二回中的一个例子：

> 李纨道："我请你们大家商议，给他多少日子的假。我给了他一个月，他嫌少，你们怎么说？"黛玉道："论理一年也不多。这园子盖才盖了一年，如今要画自然得二年工夫呢。又要研墨，又要蘸笔，又要铺纸，又要着颜色，又要……"刚说到这里，众人知道他是取笑惜春，便都笑问说："还要怎样？"黛玉也自己撑不住笑道："又要照着这样儿慢慢的画，可不得二年的工夫！"众人听了，都拍手笑个不住。[①]

引文中的"这园子盖才盖了一年，如今要画自然得二年工夫呢"这处文字，内在逻辑欠通。"盖才盖了一年"，说的是建造园子的时间很短；这跟后面"如今要画自然得二年

---
① 人文社本《红楼梦》，第570页。

工夫呢"建立不起逻辑上的关联关系。建设大观园用的时间短，为什么画大观园的时间就得要长呢？二者之间没有逻辑关联。

故而，程乙本将"盖才盖了一年"，改为"盖就盖了一年"，这是很不错的修改。如此一改，黛玉这句话的笑点就可以出来了：建设大观园这么容易的事情还花了一年的时间，何况画大观园这么难的事情呢？因为黛玉的话不符合真实的生活经验，所以笑话的效果就出来了。

郑庆山先生认为此处理想文字当为"还"，颇有道理。程乙本的"就"字用在此处虽然可取得与"还"相当的效果，但毕竟还是容易产生歧义，因为"就"字用在这里既可以表示盖的时间短，也可以表达盖的时间长，具体含义取决于说话人的语气和上下文的语境。而"还"字则不会产生歧义，因其只有表示盖的时间长这一种含义。

原本的"才"字用在此处，只有表示盖的时间短这一种含义，造成前后句连接不顺畅，也无法达到与"还""就"相匹敌的艺术效果，疑似其为"还"的音误字，又或者是被早期整理者所误改。

四、"觉怎么呢"还是"不觉怎么呢"

再看第三十一回中的一处文字：

话说袭人见了自己吐的鲜血在地,也就冷了半截,想着往日常听人说:"少年吐血,年月不保,纵然命长,终是废人了。"想起此言,不觉将素日想着后来争荣夸耀之心尽皆灰了,眼中不觉滴下泪来。宝玉见他哭了,也不觉心酸起来,因问道:"你心里觉的怎么样?"袭人勉强笑道:"好好的,觉怎么呢。"宝玉的意思即刻便要叫人烫黄酒,要山羊血黎洞丸来。袭人拉了他的手,笑道:"你这一闹不打紧,闹起多少人来,倒抱怨我轻狂。分明人不知道,倒闹的人知道了,你也不好,我也不好。"①

这段文字中,"好好的,觉怎么呢"这句话,己卯、戚序、甲辰等几个版本的文字皆与此相同,庚辰本原本的文字也与此相同,但被旁补一个"不"字,修改后的文字作"好好的,不觉怎么呢"。列藏本和程高本的文字则作"好好的,觉怎么样呢"。

"好好的,觉怎么呢"与"好好的,觉怎么样呢"皆词不达意,语不成句。此处应采用庚辰本上补正后的文字,即"好好的,不觉怎么呢"。这是袭人对宝玉问她"心里觉得怎么样"的回答。"不觉怎么呢"就是"还好,没觉得明显不舒服"的意思。前回文字中,袭人被宝玉误踹一脚后而吐血。袭人

---

① 人文社本《红楼梦》,第419页。

怕宝玉担心,更怕他惊动得所有人都知道,因此当宝玉问她"心里觉的怎么样"时,她对宝玉说了一句谎话。这也符合袭人一贯为人体贴、息事宁人的性格。

其实,遗漏文字是《红楼梦》各脂本的常见现象。遗漏"不"字在《红楼梦》手抄本中更是时有发生,但大多场合,因为遗漏"不"字后会出现明显的语义不通而较容易被发现。而此处遗漏却躲过了众多版本整理者的眼睛,直到庚辰本的不知哪位阅读者才意识到了这个问题。

其实,《红楼梦》文本中就有相似例子,可以很好地帮助我们理解此处的难题。如在《红楼梦》第七回中,周瑞家的与薛宝钗谈论薛宝钗的病和她服用的"冷香丸"药物的时候,有段文字刚好与此处大致相同,可资参看:

> 周瑞家的听了点头儿,因又说:"这病发了时到底觉怎么着?"宝钗道:"也不觉甚怎么着,只不过喘嗽些,吃一丸下去也就好些了。"

上述文字来自庚辰本。己卯本文字与此相同。在甲戌、戚序和甲辰等几个版本上这段文字略有差异,但无实质性区别,甲戌本文字作:

> 周瑞家的听了点头儿,因又说:"这病发了时到底

觉怎样？"宝钗道："也不觉什么，只不过喘嗽些，吃一丸也就罢了。"

此段文字中宝钗与周瑞家的之间对话的语境，与前引第三十一回文字中宝玉与袭人对话的语境几乎一模一样。对于辨识此处文字该是"觉怎么呢"还是"不觉怎么呢"，具有一定的参照意义。况且，"好好的，觉怎么呢"这种措辞，似乎也不符合汉语的表达习惯，不像是真实生活中存在的语言。

"不"字可以说是《红楼梦》校勘中最让人头疼的一个字，各版本时常发生多"不"、少"不"的异文。有时候有"不"、没"不"，意思相同；有时候含义则又截然相反。所以需要特别慎重，具体问题具体分析。

五、"才笑了"还是"才知道了，笑了"

再看第三十一回中的一处文字：

一时进入房中，请安问好，都见过了。贾母因说："天热，把外头的衣服脱脱罢。"史湘云忙起身宽衣。王夫人因笑道："也没见穿上这些作什么？"史湘云笑道："都是二婶婶叫穿的，谁愿意穿这些。"宝钗一旁笑道：

"姨娘不知道,他穿衣裳还更爱穿别人的衣裳。可记得旧年三四月里,他在这里住着,把宝兄弟的袍子穿上,靴子也穿上,额子也勒上,猛一瞧倒像是宝兄弟,就是多两个坠子。他站在那椅子后边,哄的老太太只是叫'宝玉,你过来,仔细那上头挂的灯穗子招下灰来迷了眼'。他只是笑,也不过去。后来大家撑不住笑了,老太太才笑了,说'倒扮上男人好看了'。"[1]

引文中的"后来大家撑不住笑了,老太太才笑了,说"这处文字,舒序本之外的版本,皆是大同小异。唯有舒序本将其增补为"后来大家撑不住笑了,老太太才知道了,笑了说"。舒序本的增补非常有道理,这是舒序本对完善《红楼梦》文本的一个重要贡献,应该被继承。此处舒序本通过增补"知道了"三字后,含义发生了根本性变化。没有"知道了"三个字,说明贾母也知道史湘云是假扮成宝玉,只是揣着明白装糊涂,哄史湘云玩而已;若如此,则说明史湘云的这次假扮非常失败,一个人也没骗过。有了"知道了"三个字,则说明史湘云女扮男装非常逼真,把贾母给哄骗住了,直到因为众人都发笑,这才提醒了贾母:原来竟是史湘云假扮的贾宝玉。从上下文文理看,应该是后者才是符合作者意思的。可见,此处各版本的祖本上当有脱文,舒序本上的"知

---

[1] 人文社本《红楼梦》,第425—426页。

道了"大概是整理者凭借自己的理解进行了增补,这是了不起的贡献。

六、"没地缝儿钻进去"还是"没地缝儿钻不进去"

再看看第四十七回中的一处文字:

> 大家忙走来一看,只见薛蟠衣衫零碎,面目肿破,没头没脸,遍身内外,滚的似个泥猪一般。贾蓉心内已猜着九分了,忙下马令人挽了出来,笑道:"薛大叔天天调情,今儿调到苇子坑里来了。必定是龙王爷也爱上你风流,要你招驸马去,你就碰到龙犄角上了。"薛蟠羞的恨没地缝儿钻不进去,那里爬的上马去?贾蓉只得命人赶到关厢里雇了一乘小轿子,薛蟠坐了,一齐进城。①

其中,"薛蟠羞的恨没地缝儿钻不进去"这句中的"钻不进去",当为"钻进去"。此处文字庚辰、俄藏和甲辰本为"钻不进去";蒙府、戚序和程高本为"钻进去"。后者是正确的。《红楼梦》第七十四回中有例子:"这王家的只

---

① 人文社本《红楼梦》,第640页。

恨没地缝儿钻进去。"第八十回中也有例子："无奈宝蟾素日最是说嘴要强的，今遇见了香菱，便恨无地缝儿可入。"再如，《初刻拍案惊奇》中也有处文字："一鞭打去，小娘子闪过了，哭道：'我原说做不得的，主人翁害了奴也。'富翁直着双眼，无言可答，恨没个地洞钻了进去。"皆可供参考。单从逻辑看，"薛蟠羞的恨没地缝儿钻不进去"好像也说得通，实则这不是真实的生活语言。

七、"你往那里去了"还是"你往那里去"

同样还是第四十七回中的一处文字：

> 柳湘莲道："自然要辞的。你只别和别人说就是。"说着便站起来要走，又道："你们进去，不必送我。"一面说，一面出了书房。刚至大门前，早遇见薛蟠在那里乱嚷乱叫说："谁放了小柳儿走了！"柳湘莲听了，火星乱迸，恨不得一拳打死，复思酒后挥拳，又碍着赖尚荣的脸面，只得忍了又忍。薛蟠忽见他走出来，如得了珍宝，忙趔趄着上来一把拉住，笑道："我的兄弟，你往那里去了？"湘莲道："走走就来。"薛蟠笑道："好兄弟，你一去都没兴了，好歹坐一坐，你就疼我了。凭你有什么要紧的事，交给哥，你只别忙。有你这个哥，

你要做官发财都容易。"①

引文中的"我的兄弟,你往那里去了"这处文字,从上下文看,存在文理不通的问题。考之各版本,只有戚序本为"我的兄弟,你往那里去",而包括蒙府本在内的其他各本皆为"我的兄弟,你往那里去了"。这个"了"字不应有。有"了"字,便是在询问柳湘莲刚刚去哪里了的意思;没有"了"字,则是问他现在要去哪里的意思。从下文柳湘莲的答复看,此处当是薛蟠问他现在要去哪里,而非询问他刚刚去了哪里。"了"字是《红楼梦》校勘中另一个要高度关注的问题,因为类似的问题非常普遍。

八、"众人都道他利害"还是"众人都道:'如何敢!'平儿道:'他利害。'"

再看第五十五回中的一处文字:

> 众人都忙道:"我们何尝敢大胆了,都是赵姨奶奶闹的。"平儿也悄悄的说:"罢了,好奶奶们。'墙倒众人推',那赵姨奶奶原有些倒三不着两,有了事就都赖他。你们素日那眼里没人,心术利害,我这几年难道

---

① 人文社本《红楼梦》,第637页。

还不知道？二奶奶若是略差一点儿的，早被你们这些奶奶治倒了。饶这么着，得一点空儿，还要难他一难，好几次没落了你们的口声。"众人都道："如何敢！"平儿道："他利害，你们都怕他，惟我知道他心里也就不算不怕你们呢。前儿我们还议论到这里，再不能依头顺尾，必有两场气生。那三姑娘虽是个姑娘，你们都横看了他。二奶奶在这些大姑子小姑子里头，也就只单畏他五分。你们这会子倒不把他放在眼里了。"①

其中，"众人都道：'如何敢！'平儿道：'他利害，你们都怕他'"这处文字中的"'如何敢！'平儿道"六个字，是蒙府、戚序二本的增补文字。己卯、庚辰、甲辰、俄藏、杨藏等版本皆是"众人都道他利害"。蒙府、戚序系统的整理者当是误解了原本文字的含义，误以为有脱文而增补。其实，原本的"众人都道他利害"非常通顺，与上下文非常和谐，反倒是蒙府、戚序本增补后，文字不仅变啰唆了，而且含义也发生了很大的改变。平儿原本的"众人都道他利害"，其意思是说：凤姐只是被传得很厉害，其实并没有大家说得那么厉害。而蒙府、戚序本修改后，变成平儿也承认凤姐真的很厉害了。放在上下文中对比，显然前者才应是平儿的意思。红研所校本此处采用蒙府、戚序本的改笔，是一个很大的失误。

---

① 人文社本《红楼梦》，第760页。

《红楼梦》文本和脂批中几处文字讹误[①]

近日阅读《红楼梦》时,发现其中有几处文字疑似有点问题。有的地方,前人已经发现,但没引起足够重视;有的是各版本之间本身就有分歧,研究者们也没有形成共识;有的或许是本人第一次提出。当然本人的看法也未必正确,下面就把这几处文字分享出来,与读者朋友们一起探讨学习一下。

一、"擅纂礼仪"还是"擅篡礼仪"

这个问题出在第二回之中,一起先来看其出处:

> 原来,雨村因那年士隐赠银之后,他于十六日便起身入都,至大比之期,不料他十分得意,已会了进士,选入外班,今已升了本府知府。虽才干优长,未免有些贪酷之弊;且又恃才侮上,那些官员皆侧目而视。不上一年,便被上司寻了个空隙,作成一本,参他"生情狡猾,擅纂礼仪,且沽清正之名,而暗结虎狼之属,致使

[①] 本文首发于2023年3月26日"古代小说网"微信公众号。

地方多事，民命不堪"等语。龙颜大怒，即批革职。[①]

其中，"擅纂礼仪"的"纂"字，疑似为"篡"之形误字。甲戌、己卯、庚辰等大多数版本皆为"纂"，仅甲辰本和程高本改为"改"。擅篡礼仪，属于僭越之罪，往人身上套，通常都很难跑得掉。触犯这种罪名的人很多，史书也常有记载。大家若有兴趣，可以看看嘉庆皇帝给和珅治罪的二十条罪状，有一半都是僭越罪。什么圆明园中骑马、神武门内坐轿等，乱七八糟的事情，一大堆。

而"擅纂礼仪"，属于罕见罪名。红研所校本对此做了个注释："擅纂礼仪——封建时代的礼制仪式，例由礼部掌管，官员擅自纂集，要受惩处。"贾雨村作为一个地方官员，没事吃饱了撑的，跑去收集礼仪干什么。

如果雨村触犯的果真是罕见罪名，从小说叙事角度，则必然要交代详情，要讲清楚前因后果，否则不太符合叙事常理。而这里作者显然是无意纠缠雨村被罢官的真正原因，故而随便找一个大家都能心领神会的罪名即可。

此处文字，甲辰本和程高本这一系统的底本的整理者，是最早意识到"擅纂礼仪"或许不妥的，故而将其改为"擅改礼仪"。与"篡"相比，"改"的含义过于宽泛了些，不够确切。

---

① 人文社本《红楼梦》，第22页。

二、"余不略及"还是"余不累及"

再来看第四回中的一个例子:

> 雨村低了半日头,方说道:"依你怎么样?"门子道:"小人已想了一个极好的主意在此:老爷明日坐堂,只管虚张声势,动文书发签拿人。原凶自然是拿不来的,原告固是定要将薛家族中及奴仆人等拿几个来拷问。小的在暗中调停,令他们报个暴病身亡,令族中及地方上共递一张保呈,老爷只说善能扶鸾请仙,堂上设了乩坛,令军民人等只管来看。老爷就说:'乩仙批了,死者冯渊与薛蟠原因夙孽相逢,今狭路既遇,原应了结。薛蟠今已得了无名之病,被冯魂追索已死。其祸皆因拐子某人而起,拐之人原系某乡某姓人氏,按法处治,余不略及'等语。小人暗中嘱托拐子,令其实招。"①

其中,"余不略及"的"略及"当为"累及"之误。甲戌、己卯、庚辰等大多数版本作"略及"。戚序有正本、程乙本改作"累及",更契合文意。古人写"略"字,常写作"畧",可能抄手误把"累"认作"畧"了。

---

① 人文社本《红楼梦》,第61—62页。

"累及"是连累、带累他人的意思。用在此处最是贴切：拐子被依法治罪，薛蟠已经被冯渊鬼魂追索而死，其他人皆不受牵连，无罪释放。

而"略及"也是常用词，略微提及的意思。"余不略及"，指的是其他的事情提都没提。用在这里显然不是很贴切。

我翻阅了一下手头的校勘本，其中，周汝昌和蔡义江两位先生的校勘本采用了"累及"一词，其余皆为"略及"。可见，此处文字距离共识的形成还有很长的路要走。

三、"较诸人皆近"还是"较诸人皆远"

再看第二十一回中另一个跟批语有关的例子：

> 一语未了，只见袭人进来，看见这般光景，知是梳洗过了，只得回来自己梳洗。忽见宝钗走来，因问："宝兄弟那去了？"袭人含笑道："宝兄弟那里还有在家里的工夫！"宝钗听说，心中明白。又听袭人叹道："姊妹们和气，也有个分寸礼节，也没个黑家白日闹的！凭人怎么劝，都是耳旁风。"宝钗听了，心中暗忖道："倒别看错了这个丫头，听他说话，倒有些识见。"宝钗便在炕上坐了，慢慢的闲言中套问他年纪家乡等语，留神窥察，其言语志量深可敬爱。一时宝玉来了，宝钗方出

去。①

针对这处文字,庚辰、蒙府、戚序等版本有一条很长的批语,内容为:

> 奇文!写得钗、玉二人形景较诸人皆近,何也?宝玉之心,凡女子前,不论贵贱,皆亲密之至,岂于宝钗前反生远心哉?盖宝钗之行止,端肃恭严,不可轻犯,宝玉欲近之,而恐一时有渎,故不敢狎犯也。宝钗待下愚尚且和平亲密,何反于兄弟前有远心哉?盖宝玉之形景已泥于闺阁,近之则恐不逊,反成远离之端也。故二人之远,实相近之至也。至颦儿,于宝玉实近之至矣,却远之至也。不然,后文如何反较胜角口诸事皆出于颦哉?以及宝玉砸玉,颦儿之泪枯,种种孽障,种种忧忿,皆情之所陷,更何辩哉? 此一回将宝玉、袭人、钗、颦、云等行止大概一描,已启后大观园中文字也。今详批于此,后久不忽矣。钗与玉远中近,颦与玉近中远,是要紧两大股,不可粗心看过。

前批语中,"写得钗、玉二人形景较诸人皆近"一句中,"近"字当为"远"字之形误。这一点从文理上不难判断出来。

---

① 人文社本《红楼梦》,第283页。

首先，从批语针对的正文看，"一时宝玉来了，宝钗方出去"。这显然是远，而非近。批语正是针对这个不寻常的现象而作的，正要解释为何宝玉与宝钗二人看起来隔得很远这个问题的。

其次，从批语内容看，"宝玉之心，凡女子前，不论贵贱，皆亲密之至，岂于宝钗前反生远心哉？盖宝钗之行止，端肃恭严，不可轻犯，宝玉欲近之，而恐一时有渎，故不敢狎犯也"，这是解释为何宝玉远宝钗；"宝钗待下愚尚且和平亲密，何反于兄弟前有远心哉？盖宝玉之形景已泥于闺阁，近之则恐不逊，反成远离之端也"，这是解释为何宝钗远宝玉。

把"写得钗、玉二人形景较诸人皆近"中的"近"更换为"远"后，批语与正文之间，批语内部，皆和谐融洽，浑然一体。

本人在阅读《红楼梦》时，对脂批并不是很看重，通常就是大致看看，很多批语的看法本人也不太赞成。看脂批，很多时候就犹如参观博物馆，有人在你耳旁对的错的滔滔不绝，反会妨碍我们独立探索发现的兴趣。但这条批语有一定的重要意义，也常见其被广为引用。本人读这条批语几次，都感觉不顺畅，怀疑其有问题。后来还是山西的王朝相先生告诉我，说这条批语有问题，俞平伯先生曾指出"近"当为"远"之误写。一查，果不其然。遗憾的是俞平伯先生的这一真知灼见，几乎没产生多少影响力。如今，这处错误还在广为传播，更有将错就错的各种花式解读。

四、"默默花愁"还是"点点花愁"

再看第二十三回中的"春夜即事"诗的一处异文：

春夜即事
> 霞绡云幄任铺陈，隔巷蟆更听未真。
> 枕上轻寒窗外雨，眼前春色梦中人。
> 盈盈烛泪因谁泣，点点花愁为我嗔。
> 自是小鬟娇懒惯，拥衾不耐笑言频。

其中，"盈盈烛泪因谁泣，点点花愁为我嗔"这一联中，"点点"二字，庚辰本、甲辰本、杨藏本和程高本为"点点"。蒙府、戚序、俄藏和舒序四本为"默默"。"默默"当为"點點"之笔误。

"盈盈烛泪因谁泣，点点花愁为我嗔"这两句诗，在解读上具有开放性，"烛"既可以解释为蜡烛，也可以理解为怡红院中的芭蕉，即"绿蜡"；"花"既可以理解为怡红院中的海棠等花，也可以比喻女儿。进而可以形成多种组合方式。如室外的芭蕉、室外的海棠；室内的蜡烛、室外的海棠；室内的蜡烛、室内的女儿，等等。其中，室内的蜡烛，室外的海棠，可能是这一联的基本义项。

从诗的内在构思逻辑看，第二联中的"窗外雨"至为关键，正是这个"雨"使得第二联和第三联构成一个合逻辑的整体。既而可以联想到芭蕉上的盈盈雨水如泣，海棠花上的点点水滴如嗔。或者说室内的蜡烛，蜡液盈盈如泣；室外的海棠，水滴点点如嗔。

总体看，"盈盈"对"点点"，都侧重于量，更加工对。即便此处的"花"是指女儿，"点点花愁"也照样是很通的，"点点花愁"可理解为泪光点点的意思。在古诗词中，"愁"与"点"可谓是绝配，如"愁光点点逐妖开""新愁点点，旧恨星星""墨痕香，红蜡泪，点点愁人离思"等等。又如《红楼梦》第三十七回中宝玉写的"晓风不散愁千点，宿雨还添泪一痕"。

第二十六回中，有一处类似的文字，同样也有版本异文：

> 原来这林黛玉秉绝代姿容，具希世俊美，不期这一哭，那附近柳枝花朵上的宿鸟栖鸦一闻此声，俱冭楞楞飞起远避，不忍再听。真是：花魂默默无情绪，鸟梦痴痴何处惊。①

---

① 人文社本《红楼梦》，第362页。

前面引文中的"花魂默默无情绪",蒙府本和戚序本作"花魂点点无情绪",这个很明显,"花魂点点"就不太通了。"点点"应是"默默"的形误。花魂默默与鸟梦痴痴,都是侧重神态的描绘。

又如第七十六回中一例:"趁着这明月清风,天空地净,真令人烦心顿解,万虑齐除,都肃然危坐,默相赏听。"其中,"默"字,庚辰本、俄藏本等便错为"点"。由此可见,"默默"与"點點",确实容易互相混淆。

本人检阅手头的校勘本,除了红研所校本和徐少知先生的校本外,其余的几个校本,如周汝昌先生的、蔡义江先生的、郑庆山先生的,等等,都是"默默花愁为我嗔"。

五、"文牵岐路"还是"文章岐路"

最后,再来看庚辰本第四十七回回末的一段批语:

> 题曰"柳湘莲走他乡",必谓写湘莲如何走,今却不写,反细写阿呆兄之游艺了心却,湘莲之分内走者而不细写其走,反写阿呆不应走而写其走。文牵岐路,令人不识者如此。

这段批语文字,问题颇多。首先,这段文字是第四十七回的回末批语，还是第四十八回的回前批，就有很大的分歧。如周汝昌先生将其当作第四十七回回末批处理，也有很多研究者将其当作第四十八回回前批理解。我个人的看法是，这两条批语是第四十七回的回末批。原因有二：

第一，从批语款式看，这两条批语的款式与庚辰本回前批通常的款式不同。从第二十回后，所有的回前批，其基本款式都是先题写"脂砚斋重评石头记"，没有例外。而此处批语却没有"脂砚斋重评石头记"八个字。

第二，从内容看，也是扣第四十七回更密切些，如题曰"柳湘莲走他乡"，这就是第四十七回的标题；如第二条批语，"至情小妹回中方写湘莲文字，真神化之笔"，这完全就是在解释第四十七回为啥没写柳湘莲出走，与第四十八回没有关系。

另外一个难题是，批语中的"了心却"三个字，本来面目该当如何？各个研究者可谓是八仙过海各显神通。本人也是一头雾水，尚不知如何破解才好。我在想，有没有可能"了心却"是"了心去"的笔误呢？这个问题暂且搁置。

下面说第三个问题，就是"文牵岐路，令人不识者如此"之中的"文牵岐路"。其中"岐"同"歧"，这种字易理解，倒也无妨。比较麻烦的是"牵"字，这个"牵"字不排除是"章"字的形误。为什么这么说呢？我们来看第五十回中的一处文字：

> 话说薛宝钗道："到底分个次序,让我写出来。"说着,便令众人拈阄为序。起首恰是李氏。①

针对这处文字,庚辰本中有条混入正文之中的批语："一定要按次序,恰又不按次序,似脱落处而不脱落,文章岐路如此。"

大家看看里面恰好就有"文章岐路如此"。同一作批者,语言措辞习惯通常有固定性,可供参考。

---

① 人文社本《红楼梦》,第670页。

新时代呼唤更伟大的《红楼梦》校勘本[①]

1982年，中国艺术研究院红楼梦研究所校注、人民文学出版社出版的《红楼梦》问世，是《红楼梦》版本发展史上的划时代事件。该书前八十回中有七十八回以庚辰本为底本并综合参校其他各脂本和程高本文字，后四十回则继续沿用程高本文字。该书自问世以来，逐渐成为《红楼梦》主流版本形态，逆转了《红楼梦》版本发展方向，使得广大读者能读到更接近于曹雪芹原笔的文字，可谓居功至伟。在此之前，也曾有俞平伯先生以戚序本为底本的八十回校本。俞平伯先生校本可谓是新版本方向的开拓者，但遗憾的是该校本发行数量不多，实际影响力比较有限。

1982年新校本问世以来，已经经历了三次大的修改，沿用至今。与此同时，也逐渐兴起了一批高质量的私人校本，如蔡义江先生校本、周汝昌先生校本、郑庆山先生校本，等等，出现了《红楼梦》版本样态空前繁荣的局面。

不过，站在今天的角度，再来回顾人文社本，实话实说，依然存在不少问题，有的问题甚至还比较严重，需要继续不

[①] 本文首发于2022年5月3日"古代小说网"微信公众号，有一定程度的修改。

断地修订，方能更好地满足读者的期待。主导了《红楼梦》版本新方向的人文社本，若不能保持其持久的生命力，无疑是红学事业的巨大遗憾和巨大损失。今天，在专业学者心目中，该版本一尊的地位已经开始动摇，在校勘理念和质量上，甚至已经被部分私人校勘本所超越。这种局面如果持续下去，必然面临版本上的四分五裂、各说各话的状态。

我多年前买了一套人文社本《红楼梦》平装本，从此就一直是我的读书记录本，上面密密麻麻记录了本人的读书笔记，因此，本人对人文社本一直有着深厚的感情。后来又买了一套2017年出版的精装珍藏版，当时以为内容会有改动，后来发现内容基本没有变化，很多错误都原封不动，心中难免会有一丝失望。

值此书出版四十年之际，本人不揣冒昧，以一个读者的角度，本着对人文社本的挚爱和对红学发展事业的一片赤诚，来简要讲述一下人文社本目前存在的一些问题。

一、因过分忠实于庚辰本而有所失真

众所周知，人文社本前八十回都是以庚辰本为底本的。而目前越来越多的私人校勘本，在底本选择上，有了观念上的进步，比如，对于甲戌本现存的十六回文字，不少校勘本就以甲戌本为底本。甲戌本是目前学界公认的质量最好的本子，庚辰本与之相比，文字质量确实要有所逊色。

底本的意义是什么呢？底本的意义，我个人的理解是：当版本之间存在异文的时候，在既无法分辨谁是曹雪芹原笔文字，也无法区分文字质量高低的情况下，就得依据底本来确定最终文字。

从这个角度看，底本的作用是相对有限的，不应过分夸大。校勘工作最关键的还是在于分辨异文优劣的能力。即便以甲戌本为底本，也并非就是把甲戌本文字完整抄录下来就算了事，也还是得依据其他脂本对其进行校改。因为甲戌本文字也同样存在文字讹误、脱落、语句顺序颠倒等问题，甚至也有少量的抄手有意改写甚至误改的情况。

我个人觉得，人文社本《红楼梦》最大的问题不是选择了以庚辰本为底本，而是过分忠实于庚辰本，而忽略了在本应能够求真的时候求真，从而使得文字局部失真。

仔细比较庚辰本与其他脂本会发现：庚辰本上虽然重大的情节改动不算多，但细小的文字变动，相比于甲戌本和己卯本，则明显多了不少，每一回少则十来处，多则几十处、上百处。这种文字变动体现为多个方面，如别的版本上都有的文字，它却缺失；或如别的版本都没有的文字，它却多出；或者别的版本措辞都是相同的，独它是另一样；等等。

判断是不是庚辰本自己改动的文字，有一个简单的办法。我们都知道庚辰本与己卯本关系非常密切，如果庚辰本异于

己卯本,而己卯本上的文字却与其他版本相同,则基本可以确定庚辰本文字属于抄手自己的原因造成的。下面举几个例子一起看看:

第一例:

> 林黛玉心中益发动了气,左思右想,忽然想起了早起的事来:"必竟是宝玉恼我要告他的原故。但只我何尝告你了,你也打听打听,就恼我到这步田地。"①

在这段文字中,"但只我何尝告你了"这句,甲戌等其他脂本大多作"但只我何尝告你去了"。一对比可见,庚辰本少了一个"去"字。"你也打听打听"这句,其他各本皆作"你也不打听打听",很明显,庚辰本又少个"不"字。庚辰本缺少这两个字,虽并非是什么致命伤,但的确是文字失真的表现。

第二例:

> 众人听了,都笑道:"果然明白。"宝玉笑道:"还是这么会说话,不让人。"林黛玉听了,冷笑道:"他不会说话,他的金麒麟会说话。"一面说着,便起身走了。幸而诸人都不曾听见,只有薛宝钗抿嘴一笑。宝玉听见

---

① 人文社本《红楼梦》,第362页。

了，倒自己后悔又说错了话，忽见宝钗一笑，由不得也笑了。宝钗见宝玉笑了，忙起身走开，找了林黛玉去说话。贾母向湘云道："吃了茶歇一歇，瞧瞧你的嫂子们去。园里也凉快，同你姐姐们去逛逛。"湘云答应了，将三个戒指儿包上，歇了一歇，便起身要瞧凤姐等人去。[1]

这短短一段文字中，就有三处文字，庚辰本都很另类：

第一处，"林黛玉听了，冷笑道：'他不会说话，他的金麒麟会说话。'"这处文字中，"他不会说话，他的金麒麟会说话"这两句，让人看得一头雾水，不知所云。细查版本方知，只有庚辰本如此表述，包括己卯本在内的绝大多数版本作"他不会说话，他的金麒麟也会说话"，即多了个"也"字，这一下就明白其含义了。可见庚辰本抄掉了一个至关重要的"也"字。

第二处，"找了林黛玉去说话"这句中的"说话"，庚辰本之外的其他脂本，包括己卯本，皆是"说笑"。可见，庚辰本又抄写失真了。

第三处，"贾母向湘云道"这句，庚辰本之外的版本皆是"贾母因向湘云道"。

这些地方都是庚辰本文字失真的表现。本文所举的例子只是冰山一角而已。这些失真的地方有时无关痛痒，有时却

---

[1] 人文社本《红楼梦》，第427—428页。

会严重影响语义乃至文本的思想和艺术。

下面再看一个例子：

> 袭人又道："后门上外头可有该班的小子们？"婆子忙应道："天天有四个，原预备里面差使的。姑娘有什么差使，我们吩咐去。"袭人笑道："有什么差使？今儿宝二爷要打发人到小侯爷家与史大姑娘送东西去，可巧你们来了，顺便出去叫后门小子们雇辆车来。"①

其中，"有什么差使"这句话，庚辰本以外的所有脂本皆是"我有什么差使"。庚辰本无疑少了一个"我"字。缺少"我"字后，整句话的含义发生了非常大的变化，艺术性也大大降低。这个"我"字至关重要，凸显了袭人正直的优秀品格。本来婆子是在讨好袭人，大概是以为袭人有啥私活要交代。袭人向其强调：这不是我的私人差使，而是公差。缺失了"我"字，这个意思就表达不出来。

通过这几个例子，我想读者朋友大概就能感觉到庚辰本文字失真的一面。文字失真后，不仅在自然、流畅、连贯等方面要逊色一些，有的更是严重影响了基本信息的传递，造成艺术水准的下降。类似的例子，可谓多如牛毛，靠举例是举不完的。

---

① 人文社本《红楼梦》，第497页。

尽可能解决这类失真问题最简单的办法是换底本，比如郑庆山先生校本就依次以甲戌本、己卯本和庚辰本为底本，这是一个非常巧妙的办法。就本人的观察，甲戌本和己卯本文字的可靠性总体来说确实要在庚辰本之上。

如果不换底本，也有一个"偷梁换柱"的省事办法，就是把该换的文字全换了，只是名义上的底本仍是庚辰本不变。

众所周知，人文社本之所以采用庚辰本为底本应该是跟红学大家冯其庸先生的学术坚持有关。这大概源于两个方面：一方面，庚辰本整体文字质量还算可以，面貌相对来说还算比较古朴。它的细小的文字变动很多，但重大的文字改动尤其是严重误改的地方相比甲戌、己卯之外的其他版本来说倒不算多。另一方面，比起甲戌本和己卯本，庚辰本比较完整，甲戌本只有十六回；己卯本只有四十多回，而且很多回还都是半半截截的。

但时至今日，这种单一底本的思维确实值得再考虑，求真求优的校勘理念更值得推崇，哪怕就是只有一回好文字，也不应轻易放弃，何况甲戌本还有十六回呢。我个人觉得对前辈学术大家最好的纪念未必是固守其观点，而是把他们开创的伟大事业不断地往前推进，红红火火并能长久地传承下去。如果因为固守前辈学人的观点而最终导致其开创的事业难以为继，甚至逐步退出了历史舞台，我想这是因小失大了，不是好的纪念方式。

二、关键性异文选择失误较多

关键性异文的正确选择,对于提升版本质量至关重要。如果在关键性异文的选择上失误太多,易对版本的权威性构成重大伤害。站在日积月累的今天的学术水平上看,人文社本《红楼梦》虽然总体质量还算不错,但在关键性异文的选择上失误还是多了点,有些失误还很严重。

关键性异文选择失误,有时会对文本含义造成重大冲击,进而妨碍叙事的内在理路,甚至于会出现张冠李戴的问题;有时则会对艺术性造成颠覆性破坏。下面一起看几个例子。先看一组张冠李戴的例子:

第一例:

> 雨村拍案笑道:"……怪道我这女学生(指林黛玉)言语举止另是一样,不与近日女子相同,度其母必不凡,方得其女,今知为荣府外孙,又不足罕矣,可伤上月竟亡故了。"[1]

其中,"今知为荣府外孙"这句中的"外孙"一词,各脂本存在异文,其中甲戌本、庚辰本、甲辰本等为"之孙";

---

[1] 人文社本《红楼梦》,第32页。

己卯本、俄藏本、杨藏本作"外孙";舒序本作"之孙辈";戚序本作"之孙女";蒙府本作"之女"。这些版本中,只有己卯本、俄藏本和杨藏本的"外孙"错得最离谱,属于乱改无疑。

这里贾雨村谈论的显然是林黛玉的母亲而不是林黛玉,林黛玉的母亲自然是荣国公的孙女而不是外孙女。人文社本的底本庚辰本文字是正确的,遗憾的是校勘时却错误地选用了己卯本的文字,说明对这段文字的内在文理没理解透彻。

第二例:

> (周瑞家的)出西角门进入凤姐院中。走至堂屋,只见小丫头丰儿坐在凤姐房门槛上,见周瑞家的来了,连忙摆手儿叫他往东屋里去。周瑞家的会意,忙蹑手蹑足往东边房里来,只见奶子正拍着大姐儿睡觉呢。周瑞家的悄问奶子道:"姐儿睡中觉呢?也该请醒了。"奶子摇头儿。正说着,只听那边一阵笑声,却有贾琏的声音。接着房门响处,平儿拿着大铜盆出来,叫丰儿舀水进去。①

其中,"姐儿睡中觉呢"一句中的"姐儿"一词,各版本存在异文。甲戌本、戚序本和蒙府本作"奶奶",其余脂

---

① 人文社本《红楼梦》,第108页。

本大多作"姐儿"。程甲本也是"姐儿",但程乙本改作"二奶奶"。

从上下文文理脉络看,"奶奶"应是对的,"姐儿"是早期本子误改的结果。"奶奶"指王熙凤,"姐儿"指凤姐的女儿大姐。这段文字中,王熙凤虽然没有正式出场,但一直是叙事中的真正的核心人物,中间插入"姐儿"割断了文脉和文气,使得文章脉断气滞,属于因误读而被误改的文字。关于这个问题的详细论述可参考蔡义江先生的有关观点。

第三例:

> 湘云等不得,早和宝玉"三""五"乱叫,划起拳来。那边尤氏和鸳鸯隔着席也"七""八"乱叫划起来。平儿袭人也作了一对划拳,叮叮当当只听得腕上的镯子响。一时湘云赢了宝玉,袭人赢了平儿,尤氏赢了鸳鸯,三个人限酒底酒面,湘云便说:"酒面要一句古文,一句旧诗……酒底要关人事的果菜名。"……令完,鸳鸯、袭人等皆说的是一句俗语,都带一个"寿"字的,不能多赘。①

其中,"湘云赢了宝玉,袭人赢了平儿,尤氏赢了鸳鸯"几句,存在严重逻辑问题。根据"令完,鸳鸯、袭人等皆说

---

① 人文社本《红楼梦》,第855—856页。

的是一句俗语，都带一个'寿'字的"可知，袭人与鸳鸯二人，要么同是赢家，要么同是输家。既然文中说"袭人赢了平儿"，那就不可能是"尤氏赢了鸳鸯"了。

庚辰本原本正文是"湘云赢了宝玉，袭人赢了平儿"，后被人在旁边增补了一句"尤氏赢了鸳鸯"。人文社本校勘时失察，草率地依据了庚辰本增补文字。人文社本经常宁可采纳庚辰本后人增补的文字，也不去采纳其他脂本中更好的文字，这是过分忠实于庚辰本的又一体现。

比较各个脂本，可发现这个地方只有戚序本（包括戚宁本）作"一时湘云赢了宝玉，鸳鸯赢了尤氏，袭人赢了平儿"。这就改得前后逻辑完全一致了。细究起来，各脂本的祖本此处应皆脱落了"鸳鸯赢了尤氏"这句话，戚序本整理者大概是根据上下文关联内容，合理推测出此处脱落的文字。这是戚序本对完善《红楼梦》文本作出的一个独特贡献，应该被吸纳。

目前很多私人校勘本此处都采用了戚序本文字，如周汝昌先生校本、蔡义江先生校本、郑庆山先生校本等。不过，也有误读得更离谱的校勘方式，如邓遂夫先生将此处文字校勘为"一时，湘云赢了宝玉，平儿赢了袭人，尤氏赢了鸳鸯"，彻底颠倒了赢家与输家。

第四例：

> （王善保家的）说："这个容易。不是奴才多话，论理这事该早严紧的。太太也不大往园里去，这些女孩子们（指晴雯等大丫头们）一个个倒像受了封诰似的，他们就成了千金小姐了。闹下天来，谁敢哼一声儿。不然，就调唆姑娘的丫头们，说欺负了姑娘们了，谁还耽得起。"王夫人道："这也有的常情，跟姑娘的丫头原比别的娇贵些。"[1]

其中，"就调唆姑娘的丫头们"当为"就调唆姑娘们"。俄藏本、甲辰本、戚序本、程高本等庚辰本以外的脂本大多作"调唆姑娘们"，这是正确的。如果按照庚辰本文字，就变成：姑娘的丫头们调唆姑娘的丫头们。显然是不通的。庚辰本此处文字错误的原因，大概是抄手将后面王夫人说的话中的"姑娘的丫头"抄串了行而造成的。这种串行现象在各抄本中非常常见。

此外，"这也有的常情，跟姑娘的丫头原比别的娇贵些"这句话的断句方式似乎也不是最理想的。建议改为："这也有的，常情跟姑娘的丫头原比别的娇贵些。""这也有的"是书中常用句式。"常情"就是"一般来说""通常情况"的意思，断句时若属下句，会更自然顺畅。

以上是就人文社本存在的张冠李戴问题，聊举几例，供

---

[1] 人文社本《红楼梦》，第1028—1029页。

读者研判。下面再以书中的几处韵文为例，来看看关键性异文选择失误对艺术性的破坏。

比如，蘅芜苑对联的上联，人文社本采用庚辰本等版本上的"吟成豆蔻才犹艳"，而没有采用甲辰本、程高本等版本上的"吟成豆蔻诗犹艳"。这又是盲目迷信版本权威性而缺乏对对联艺术做深入透彻的理解的一个典型。"才"与"诗"差之毫厘，谬以千里。"才"是写人的词汇，用在题景的对联中，文不对题。而"诗"用在此处则极恰当：在蘅芜苑这样一个有着各种奇花异卉的地方，作成一首豆蔻诗的话，诗仿佛也因此有了犹如豆蔻般艳丽的色彩，用诗的假艳反衬蘅芜苑里面奇花异卉之真艳。这个对联与"书成蕉叶文犹绿""吟到梅花句也香"等类似，用的都是通感的修辞手法。这样的重大的校勘失误将来务必得改正过来。对这个问题的详细分析，可参考拙文《蘅芜苑对联探究："才犹艳"抑或是"诗犹艳"》[1]。

又如第五十回中芦雪庵联句时，史湘云的一句"花缘经冷聚"的"聚"字，也是有问题的。"聚"字，庚辰本等多个版本都是"绪"，戚序本作"聚"，甲辰本作"结"。显然，人文社本采用的是戚序本文字。

现在有研究者认为甲辰本的"结"字最佳，庚辰本的"绪"字疑似"结"字之形误。蔡义江先生校本、邓遂夫先生校本

---

[1] 石问之：《玉石分明：红楼梦文本辨》，第213—222页。

等皆采用"结"字。这个"结"字用在此处，意境和辞藻美到极致，将下雪这一自然现象比拟成了植物开花结果这一生命演绎现象：雪花是大自然在寒冷的气象条件下开出来的美丽花朵。而一旦采用戚序本的"聚"字，意境顿失，美感全无。

再如第七十八回《芙蓉女儿诔》中的一处文字：

> 镜分鸾别，愁开麝月之奁；梳化龙飞，哀折檀云之齿。委金钿于草莽，拾翠匐于尘埃。楼空鸠鹊，徒悬七夕之针；带断鸳鸯，谁续五丝之缕？①

其中，"拾翠匐于尘埃"一句中的"拾"字，唯有甲辰本作"舍"。此处的"拾"字疑似是"舍"字之形误。盖"舍"的繁体字作"捨"，与"拾"字形相近，容易导致误认误写，抄本中多次出现这个问题。

"委"与"舍"皆是舍弃、丢弃的意思。"委金钿于草莽，舍翠匐于尘埃"是用对偶的句式、互文的修辞、同义反复的手法，渲染出宝玉对晴雯去世的无限惋惜和悲愤的心情，这也与前后两句整体的手法完全一致。对于这个问题的详细分析，可参考拙文《〈红楼梦〉诗词曲赋对联中的讹误》②。

人文社本中关键性异文选择失当的地方基本每一回都或

---

① 人文社本《红楼梦》，第1111—1112页。
② 石问之：《玉石分明：红楼梦文本辨》，第223—227页。

多或少的有，所以还要再接再厉。而前面举的一组例子，都是本人专门从甲辰本上的优秀文字中挑选出来的。其实，每个脂本上都或多或少有一些优秀的文字等待着校勘者去发现。否则，前人的付出和贡献，都被埋没了。

三、历次修订时缺乏统筹而致校记问题频出

如果我们阅读人文社本《红楼梦》每一回回后的校记，每每都会发现存在文不对题、出处失当等问题，其失误的频率非常高。究其原因，还是工作不够细致所致。此外，每次再版或者加印的时候，校勘方或者出版社对部分文字进行了改动，却忽略了对校记文字作统筹修改，也是一个重要原因。这类问题虽然无大碍，却是硬伤，妨碍观感，所谓"细节决定成败"，行百里者半九十，最后一道工序也不能大意。下面也举几例加以说明。

第一例：

> （凤姐）又细细吩咐昭儿"在外好生小心服侍，不要惹你二爷生气；时时劝他少吃酒，别勾引他认得混账老婆，果然有这些事，回来打折你的腿"等语。[1]

---

[1] 人文社本《红楼梦》（第3版），第187页。

这段文字中,"果然有这些事"一句,庚辰本正文无,此是校勘时采用了庚辰本的旁补文字。针对这句,人文社本(第3版)专门作了一个校记:

> "勾引他认得混账老婆,——回来打折你的腿",原"老婆"下旁添"果然有这些事",梦稿、俄藏、甲辰季本同旁添文字,从。

这个校记存在四个问题:

第一,校记引文与正文不一致。校记引文是:"勾引他认得混账老婆,——回来打折你的腿";而书中正文是:"别勾引他认得混账老婆,果然有这些事,回来打折你的腿。"显示校记与正文不是一个版次的内容。这类问题书中高频出现,需要细心审查。

第二,存在衍文。"甲辰季本"的"季"字疑似衍文。

第三,梦稿本这一指称,书中多次与杨藏本并用,显示出使用的随机性,建议统一使用一个指称。

第四,校记内容错误。梦稿、俄藏、甲辰诸本内容与庚辰本正文内容相同,同样没有"果然有这些事"这句。所以此处文字依据的是庚辰本增补文字,并非依据梦稿、俄藏和甲辰本。这个错误原因不明,匪夷所思。

类似的情况也高频发生,我们再看一个例子:

> 宝钗素知薛蟠情性，心中已有一半疑是薛蟠调唆了人来告宝玉的，谁知又听袭人说出来，越发信了。究竟袭人是听焙茗说的，那焙茗也是私心窥度，并未据实，竟认准是他说的。[①]

其中，"并未据实"一句，庚辰、己卯、戚序、蒙府四本皆为"一半据实"；而俄藏本、舒序本、甲辰本、杨藏本四个本子是"并未据实，大家都是一半猜度，一半据实"。显然，俄藏、舒序本等一系是原文，而己卯、庚辰、戚序、蒙府一系的祖本脱落了"并未据实，大家都是一半猜度"两句，仅剩"一半据实"一句了。

所以，人文社本在这一关键性异文的选择上再次失误，而且再次造成张冠李戴的问题："竟认准是他说的"不是仅仅针对焙茗而言，而是包括焙茗、袭人、宝钗在内的"大家"。蔡义江先生的校本同人文社本，也是错误的；但郑庆山先生的校本采用了俄藏本一系的文字，是正确的。

人文社本（第3版）针对"并未据实"一句，作了校记：

> "并未据实"，原作"一半据实"。己卯本同。梦稿、蒙府、戚序本作"并未据实，大家都是一半猜度，一半据实"。此从舒序本改。

---

① 人文社本《红楼梦》（第3版），第457页。

这个校记内容是错误的。第一，蒙府本和戚序本的文字并非作"并未据实，大家都是一半猜度，一半据实"，而是与己卯本和庚辰一样。第二，此处也并非真正意义上的从舒序本更改，只是抽取了舒序本一系的"并未据实，大家都是一半猜度，一半据实"中的第一句而已，所以，这个说法很不严谨。

值得赞赏的是，目前人文社本《红楼梦》第4版修订时，本文所举出的这两处校记失误的问题，都得到了重新处理。但其他地方的校记失误，依然非常多。期待能再接再厉、一丝不苟地将每条校记牵涉的内容逐字逐句核对一遍。

除了前面提到的底本、异文选择和校记问题外，人文社本《红楼梦》在注释、断句等方面也存在一些问题。

如，针对第五回中的"嫩寒锁梦因春冷"中的"锁梦"一词，注释作"不成梦，不能入睡"。这完全解释反了，"锁梦"当是不愿醒来的意思。至于断句，本人以前曾写过多篇相关的小文章，部分已经收录在《玉石分明：红楼梦文本辨》一书中了，此处就不多涉及了。

此外，还有一些因为"五次增删"过程中作者的疏忽而造成的文本矛盾或者处理不周的地方，能修补完善的也应修补完善。既要对历史负责，能求真的尽量求真；更要对未来负责，对于作者明显尚未处理好的地方，应尽量去修补完善。

比如，第二回说元春出生的次年生了宝玉；茗烟与焙茗两个名字换来换去；第二十七回和二十九回中，大姐和巧姐同时出现；第四十九回中，凤姐与宝、黛、钗等年纪相若；凤姐与薛蟠的称谓关系；贾母的年龄冲突问题；薛姨妈的两个不同时间的生日，凡此等等。书中这类问题非常之多，需要花大力气去修补。

对于前人已经处理好了的，应大胆采纳；对于尚未处理的，要秉持对未来负责的态度，勇于肩负学术担当去修补完善。没必要保留着作者成书过程中的疏忽，给读者增加困扰。在这方面需要继承古人的担当精神，金圣叹、毛宗岗、张竹坡、高鹗、程伟元等都是值得学习的榜样。设想一下，如果古人也像我们今天这样，都躺平了，都是发现错误不改正，我们今天又能从哪里获得校勘的资源和力量呢。

而且，随着《红楼梦》更广泛地走向国际文化交流的舞台，这些明显的自相矛盾的内容也会增加外国读者理解的障碍，会有很不好的观感，甚至会由此伤害到对《红楼梦》的评价。

最后也是最重要的，就是要将程高本的后四十回内容与前八十回脂本的内容进行深度整合，从而让整个一百二十回的文本从内容到精神都是完整的、和谐的，彻底改变目前各个混合本前后两张皮的状态。我想这应该是《红楼梦》版本发展的终极方向。目前用脂本取代程高本的前八十回，只是完成了版本发展的第一步。未来还任重而道远。

当然，这是我个人秉持的版本观。我想，也一定会有人未必赞成,这也很正常,这是因为《红楼梦》的综合艺术成就太高,大家对其情感上的挚爱以至于可以包容一切瑕疵。

第三部分

《红楼梦》人物形象新解读

我们是不是读了一个假的林黛玉
——以"送宫花"一回文字为例[①]

林黛玉是《红楼梦》中最重要的女主角,有众多铁粉,但同时也有一些读者不太喜欢她。不仅一般读者中会有不喜欢她的,就是红学大家如胡适、周汝昌等也不太喜欢她。

据说胡适曾参与过《晨报》的一次关于红楼人物的民意测验,列林黛玉为最不喜欢之人,原因是他认为林黛玉刻薄小气。

周汝昌先生在《百家讲坛》上讲林黛玉的时候,曾以第七回周瑞家的送宫花的故事情节为例,说道:"你们大家都喜欢林黛玉,我就不喜欢。你说说,这样的话(指林黛玉对周瑞家的说的'我就知道,别人不挑剩下的也不给我')人家周瑞家的听了作何感想?人家就是顺路一个个的送,人家也没有谁先谁后还有个路线,人家谁也没有挑完了才剩下这个给你。林黛玉的性格,一笔出来,以后都是这个味。"节目中还插播了 87 版电视剧相关剧情,其中林黛玉将周瑞家的送的花当着周瑞家的面扔了的这一戏份,是导演脱离《红楼梦》文本的自我发挥。这种没吃透《红楼梦》艺术的随意

[①] 本文首发于2022年2月28日"古代小说网"微信公众号,有一定程度的修改。

改造的戏份，破坏了《红楼梦》的艺术效果，进一步损害了林黛玉在观众心目中的形象。

人本无完人，这正是《红楼梦》塑造人物形象的成功之处，突破了过往文学作品中人物形象过于脸谱化的毛病。读者喜欢或者不喜欢林黛玉，也都很正常。但这种喜欢或者不喜欢应该建立在两个基础之上：一是对《红楼梦》的艺术设计有全面、准确的理解，不要掉进作者精心设计的艺术陷阱之中；二是读正确的文本，不要被一些讹误的文本带跑偏了。不幸的是，这两种情况却常常发生在林黛玉身上。所以，我们自以为不喜欢的林黛玉很可能是假的林黛玉。

下面本文也以第七回周瑞家的送宫花为例，来看看陷阱艺术和文本讹误对林黛玉人物形象的影响。

一、陷阱艺术对林黛玉形象的影响

在第五回一开始，作者就半真半假地为林黛玉和薛宝钗分别预设了人物形象：林黛玉是"孤高自许、目无下尘"，而薛宝钗是"行为豁达、随分从时"，并以此来演绎故事。

但随着故事的不断推进，以及我们对《红楼梦》理解得越来越透彻，则逐渐能感觉到作者如此设定的人物形象，其实并不完全是作者真正想要呈现的人物形象，它只是作者叙述故事的一种叙事手法。本文姑且称之为陷阱艺术，即先设定一个人物的形象，然后精心布置一些情节让读者误以为其确实就是这么一个形象，而等到真正揭晓答案的时候，读者才会发现原来这并不是真的，从而达到一种出乎意外的艺术效果。大家如果读过金庸的《笑傲江湖》，一定会对里面的"君子剑"岳不群印象深刻。岳不群的人物形象设计就是典型的艺术陷阱。此外，一般的悬疑片也大多喜欢采用这类艺术陷阱。

林黛玉所怼之人，细品起来，似确有可怼之处；林黛玉所担心之事，最后都成了真。如果我们真的认为林黛玉像个刺猬一样，浑身是刺，难以相处，就刚好掉进作者设计的艺术陷阱里面了。而第七回或许正是作者精心布局的一个陷阱。

第六回刘姥姥一进荣国府和第七回周瑞家的送宫花，作者是作为一个小单元整体谋篇布局的，艺术水准极高，隐藏的信息量极大，很多人物故事尚未开始但结局已在其中了。而周瑞家的正是这两回中最关键的人物之一，她不仅仅扮演一个串场的角色，同时也是作者要致力于刻画的一个人物形象。《红楼梦》着眼于为古代中国各色人等立像，周瑞家的作为王夫人的陪房、高等级的下人，在书中自有其画像，在社会中也自有其对应的原型。

在第六回，周瑞家的成功地帮助刘姥姥完成了任务，尽管其帮助刘姥姥有两个动机：一个是感恩狗儿曾对自己家庭的帮忙，一个是"也要显弄自己的体面"。但总体看，还算是个热心的人。在第七回中,她送宫花的时候,确实也是按照方便原则顺路送的,没有故意把林黛玉放在最后的意思。所以,就事论事,林黛玉确实冤枉了她。但这或许恰恰是《红楼梦》艺术精华之所在。如果我们简单顺着作者的思路走,觉得林黛玉怎么这样啊,我们或许刚好就掉进作者的陷阱里了。

周瑞家的因刘姥姥而登场,于被林黛玉怒怼后而退场。这个人到底是个什么样的人呢?如果仅仅根据其与刘姥姥的交往过程来看,我们会觉得这人还相当不错。但这并不是作者要表达的全部,周瑞家的真实形象在第七十一回"嫌隙人有心生嫌隙"之后逐渐暴露出来。周瑞家的可谓是一个十足的嫌隙人、势利人,更是一个喜欢挟私报复的人,也就是贾宝玉心目中的"死鱼眼睛"。贾府的下人们通常也都是势利眼,看人下菜碟,林黛玉敢于当面怼周瑞家的,正说明了她的真实、她的勇敢。

林黛玉怼周瑞家的,也是一笔多用,明着似写林黛玉敏感刻薄,暗着却是写周瑞家的势利。这是用一时的认识错误,来委婉表达日常认识的正确性。借"错"表达"对",这是一种仅有文学可以使用的独特艺术手法。此时,林黛玉在贾府中居住已经有一阵子了,正常来说,她对周瑞家的早就应该有了超越送宫花这件事情本身的一个更全貌的认识。在周瑞家的即将暂时退场之时,作者借着林黛玉的误会,先给其做个预评判，正可为后文做个伏笔。这种文笔，正是《红楼梦》最出彩之处。

类似的心理认知也见于第三十四回中的薛蟠故事。正因为薛蟠的形象一直不咋地，所以宝钗、薛姨妈、袭人、茗烟等皆认为宝玉挨打跟薛蟠脱不了干系，而薛蟠事实上却是被冤枉的。薛宝钗等人误会薛蟠与黛玉误会周瑞家的，是不是有异曲同工之妙？为什么好端端就误会你了呢？就是因为你真的不咋地。这是一种非常有趣的叙事手法。

此外，林黛玉的这一怼，极有可能也影响了其后来的爱情结局。周瑞家的是王夫人的身边人，是能够跟王夫人说上话并影响王夫人做决策的人，在第六回中已经充分展示了她的这种能力。这种能力展示得越强大，林黛玉的命运就越不妙。

作为对比，在第七回一开头，当薛宝钗见到周瑞家的时候，是"满面堆笑"地让座；而林黛玉竟然冰冷冷地去怼她，让她下不来台。所以，故事还没开始也许就注定了结局。这可能是作者设计这个情节的另一层用意吧。

林黛玉到底有没有误会周瑞家的，似乎还不是重点，也许另外两个问题更值得琢磨。

第一，当周瑞家的告诉林黛玉说薛姨妈"着我送花儿与姑娘戴来了"时，林黛玉丝毫没有表现出兴奋感激的样子，而是淡淡地"只就宝玉手中看了一看，便问道：'还是单送我一人的,还是别的姑娘们都有呢?'"黛玉的反应为何会如此冷淡呢?她的这种冷淡表现,似乎说明此时的她跟薛家在心理距离上还是比较远的,甚至是高度警惕的。通过此一情节的描写,也正式拉开了林黛玉与薛宝钗紧张关系的大幕,直到第四十二回"兰言解疑癖"后,林黛玉心中的坚冰才融化了,二人才真正亲如姐妹。因为林黛玉不能直接怼薛姨妈,所以,周瑞家的就成了她借机发泄的对象。从这个意义上说,周瑞家的其实充当了替罪羊的角色。

第二,林黛玉为何会有"别人不挑剩下的也不给我"这种心理认知呢?这是不是也在暗示着林黛玉在贾府生活其实并不是像表面看起来那么顺心呢?读者可细细品味。

二、文本讹误对林黛玉形象的影响

毫无疑问,《红楼梦》是极其伟大的文学作品;同时也没必要遮掩,不管是哪个版本的《红楼梦》文本,都或多或少存在着一些瑕疵。如果我们对《红楼梦》文本没有足够的研究,则非常容易被带偏了。下面就同样以第七回送宫花为例加以说明,一起来看看:

> 说着,(周瑞家的)便到黛玉房中去了。
> 谁知此时黛玉不在自己房中,却在宝玉房中大家解

九连环玩呢。周瑞家的进来笑道:"林姑娘,姨太太着我送花儿与姑娘戴来了。"宝玉听说,便先问:"什么花儿?拿来给我。"一面早伸手接过来了。开匣看时,原来是宫制堆纱新巧的假花儿。黛玉只就宝玉手中看了一看,便问道:"还是单送我一人的,还是别的姑娘们都有呢?"周瑞家的道:"各位都有了,这两枝是姑娘的了。"黛玉冷笑道:"我就知道,别人不挑剩下的也不给我。"周瑞家的听了,一声儿不言语。[①]

前面引文中,"黛玉冷笑道:'我就知道,别人不挑剩下的也不给我。'"这句话,除了甲戌本外,其余各版本皆与此基本相同。

但在甲戌本中,这句话是这样的:"黛玉再看了一看,冷笑道:'我就知道,别人不挑剩下的也不给我。替我道谢吧。'"

两者的显著区别是林黛玉多说了一句"替我道谢吧"。这句话非常重要。首先,它体现的是一个基本的礼数,收了别人的礼物需要专门道谢。如果缺了这一句,说明林黛玉连基本的礼数都失了。至于87版电视剧中,林黛玉当着周瑞家的面扔花,则完全脱离了文本,对林黛玉的形象有一定的损害。

---

① 人文社本《红楼梦》,第109页。

其次，林黛玉说了"替我道谢吧"之后，周瑞家的"一声儿不言语"。这是周瑞家的失礼了，说明周瑞家的可能很不高兴，而且将来有伺机报复的可能。如果没了"替我道谢吧"这句，则情况完全发生逆转：成了只有林黛玉发飙，而周瑞家的却默不作声。林黛玉成了糟糕的形象，而周瑞家的则成了一个无辜好人的形象。所以，这句话一定不能少。

以上是以第七回中送宫花的内容为例，从陷阱艺术和文本讹误两个方面，简要分析了其对林黛玉形象的影响。其实不止第七回一例，类似的情形还有多处，如在第八回林黛玉怼宝玉奶妈李嬷嬷的情节中，也有类似的情形。

> 说话时，宝玉已是三杯过去。李嬷嬷又上来拦阻。宝玉正在心甜意洽之时，和宝黛姊妹说说笑笑的，那肯不吃。宝玉只得屈意央告："好妈妈，我再吃两钟就不吃了。"李嬷嬷道："你可仔细老爷今儿在家，提防问你的书！"宝玉听了这话，便心中大不自在，慢慢的放下酒，垂了头。黛玉先忙的说："别扫大家的兴！舅舅若叫你，只说姨妈留着呢。这个妈妈，他吃了酒，又拿我们来醒脾了！"一面悄推宝玉，使他赌气；一面悄悄的咕哝说："别理那老货，咱们只管乐咱们的。"那李嬷嬷不知黛玉的意思，因说道："林姐儿，你不要助着

他了。你倒劝劝他，只怕他还听些。"[1]

其中，"那李嬷嬷不知黛玉的意思"这句话，在己卯本和庚辰本正文上，作"那李嬷嬷不知黛玉的意"，其中"思"字是取自庚辰本的旁补文字。而甲戌本、甲辰本、舒序本、俄藏本、杨藏本、蒙府本等几个本子的内容则与此完全不同，以甲戌本为例，这句话作"那李嬷也素知黛玉的"。

"素知黛玉"与"不知黛玉"，天壤之别。那么哪个版本才是曹雪芹原笔呢？当是"素知黛玉"。

从版本关系看，如果说只是甲戌本文字单独一个样，而其他各版本皆是另外一个样的时候，尚不敢断言说甲戌本文字一定就是原笔；但当有其他版本文字与甲戌本相同时，基本就可以得出这就是原笔的结论了。

从人物形象看，"素知黛玉"与"不知黛玉"所代表的宝、黛二人关系完全不同。透过"素知黛玉"简简单单的一语，则宝、黛二人的亲密程度以及黛玉对宝玉平常的维护程度都可想而知。一笔见万言。而"不知黛玉"一语，则大煞风景。

再来看看第二十五回的一处文字：

> 林黛玉听了笑道："你们听听，这是吃了他们家一点子茶叶，就来使唤人了。"凤姐笑道："倒求你，你

---

[1] 人文社本《红楼梦》，第125页。

倒说这些闲话。吃茶吃水的，你既吃了我们家的茶，怎么还不给我们家作媳妇？"众人听了一齐都笑起来。林黛玉红了脸，一声儿不言语，便回过头去了。李宫裁笑向宝钗道："真真我们二婶子的诙谐是好的。"林黛玉道："什么诙谐，不过是贫嘴贱舌讨人厌恶罢了。"说着便啐了一口。凤姐笑道："你别做梦！你给我们家作了媳妇，少什么？"指宝玉道："你瞧瞧，人物儿、门第配不上，根基配不上，家私配不上？那一点还玷辱了谁呢？"林黛玉抬身就走。[①]

上述引文中各版本异文虽然比较多，但多数情况下影响不大。不过其中有两处异文，对人物形象和艺术效果却有非常显著的影响，一起看看：

第一处是"林黛玉道：'什么诙谐，不过是贫嘴贱舌讨人厌恶罢了。'"这句话中，对于"林黛玉道"这处文字，仅甲戌本作"林黛玉含羞笑道"。

"含羞笑"三个字太关键了，可谓对此时此刻林黛玉的心理拿捏得死死的。第二十五回可以说得上是林黛玉人生中最幸福的时刻。表面上她虽然对王熙凤开的玩笑进行了反驳，内心应该是正偷着乐呢。而从第二十六回开始，此后形势的发展就越来越严峻了，黛玉也越来越承受着"金玉良姻"的

---

① 人文社本《红楼梦》，第344—345页。

巨大压力，从而变得日渐焦虑和痛苦。林黛玉在从爱情转为婚姻的道路上，可谓高开低走。

第二处是"林黛玉抬身就走"这句，甲戌本作"林黛玉便起身要走"，甲辰本作"林黛玉起身便要走"。而除了这两个版本外的其他各脂评本，皆与前引文内容相同，作"林黛玉抬身就走"。

"抬身就走"与"便起身要走"，区别在于前者是真走，走得决绝；而后者只是装作要走，其实不想走，其实很想留。正是因为林黛玉内心正开心得不好意思，作出要走的样子来，所以下文中宝钗一劝也就打住了，然后继续与王熙凤说说笑笑。

限于篇幅，就不再一一举例子了。总之，我们看书的时候要尽可能多一份谨慎，有条件的读者不妨多比对比对不同的版本，以获得多角度的认知。因为我们看到的文本内容，不一定是真的。我们完全有可能读了一个假的林黛玉。

如果把文本讹误以及作者设计的陷阱艺术这两个方面的影响都排除掉，我们依然不喜欢林黛玉，那就是真的不投缘，不必强求。我想作者绝对无意要塑造一个完美的林黛玉，只有真实的人，很少有完美的人。

"笑""叹"难分

——如何评价"金钏投井"后宝钗的言行[1]

《玉石分明：红楼梦文本辨》收录《"非曹雪芹文笔"对薛宝钗形象的负面影响》一文，篇幅有些短小，没有充分展开。在前八十回中，各版本上的"非曹雪芹文笔"是值得高度重视的研究课题，受到"非曹雪芹文笔"影响的，也不止薛宝钗一人，林黛玉的人物形象也曾受到"非曹雪芹文笔"的影响。

"非曹雪芹文笔"的掺入，对薛宝钗形象的完整性构成影响的不止《"非曹雪芹文笔"对薛宝钗形象的负面影响》一文提到的几处文字。本篇文章和下一篇文章，都将围绕这个话题展开。

在第三十二回中，当宝钗听说金钏投井一事后，便赶忙来安慰王夫人。书中写道：

> 却说宝钗来至王夫人处，只见鸦雀无闻，独有王夫人在里间房内坐着垂泪。宝钗便不好提这事，只得一旁坐了。……王夫人点头哭道："你可知道一桩奇事？金

---

[1] 本文首发于2022年8月6日"古代小说网"微信公众号，有一定程度的修改。

钏儿忽然投井死了！"宝钗见说，道："怎么好好的投井？这也奇了。"王夫人道："原是前儿他把我一件东西弄坏了，我一时生气，打了他几下，撵了他下去。我只说气他两天，还叫他上来，谁知他这么气性大，就投井死了。岂不是我的罪过。"宝钗叹道："姨娘是慈善人，固然这么想。据我看来，他并不是赌气投井。多半他下去住着，或是在井跟前憨顽，失了脚掉下去的。他在上头拘束惯了，这一出去，自然要到各处去顽顽逛逛，岂有这样大气的理！纵然有这样大气，也不过是个糊涂人，也不为可惜。"王夫人点头叹道："这话虽然如此说，到底我心不安。"宝钗叹道："姨娘也不必念念于兹，十分过不去，不过多赏他几两银子发送他，也就尽主仆之情了。"

王夫人道："刚才我赏了他娘五十两银子，原要还把你妹妹们的新衣服拿两套给他妆裹。谁知凤丫头说可巧都没什么新做的衣服，只有你林妹妹作生日的两套。我想你林妹妹那个孩子素日是个有心的，况且他也三灾八难的，既说了给他过生日，这会子又给人妆裹去，岂不忌讳。因为这么样，我现叫裁缝赶两套给他。……"宝钗忙道："姨娘这会子又何用叫裁缝赶去，我前儿倒做了两套，拿来给他岂不省事。况且他活着的时候也穿过我的旧衣服，身量又相对。"王夫人道："虽然这样，难道你不忌讳？"宝钗笑道："姨娘放心，我从来不计较这些。"一面说，一面起身就走。①

这里的引用文字比较长，少了恐说不清楚。这段引文内容是历来研究薛宝钗人物形象所绕不过去的情节，也是最具争议性的文字。贬钗的，会以此为依据说明宝钗无情、冷血；褒钗的，会以宝钗不明真相、人之常情等理由为宝钗辩护。贬钗也好，褒钗也罢，前提是应该建立在文本准确的基础上。而此处文字，各版本存在两处关键异文，对准确理解宝钗形象有一定的妨碍。

第一处异文存在于"宝钗见说，道：'怎么好好的投井？这也奇了。'"这几句话中。其中，"宝钗见说，道"在俄藏本上作"宝钗见说，故作惊疑道"。

"故作惊疑"是俄藏本上独有的文字，有了这几个字，宝钗就变成一个戏精，一个善于演戏的虚情假意的人。目前本人见到的校勘本都没采用俄藏本此处文字。本人也认为"故作惊疑"四个字是他人根据自己对薛宝钗形象的理解擅自增补的文字。这种处理方式，应是对宝钗的人物形象把握得不太到位。作者笔下要刻画的宝钗，虽有她的价值取向上的局限，但似乎并不是一个惯于虚情假意、逢场作戏的人物形象。

第二处异文，存在于前面引文第二段中曾接连出现两次的"宝钗叹道"这句话中。

---

① 人文社本《红楼梦》，第439—441页。

"宝钗叹道"为己卯本、庚辰本、戚序本和蒙府本这四个版本所采用的文字；而在甲辰本、舒序本、俄藏本和杨藏本这四个本子上，则作"宝钗笑道"。《红楼梦》的版本，对于前面四十回的大部分回目，就甲戌本以外的现存主要脂评本而言，基本认为可以分成两大系列：己卯本、庚辰本、蒙府本、戚序本属于一系；甲辰本、舒序本、俄藏本、杨藏本属于另外一个系统。此处异文很清晰地呈现了这个特征。

本人翻阅手头上的几个校勘本，发现也是一半对一半。红研所校本、周汝昌先生的校本等采用"宝钗叹道"；蔡义江先生的《蔡义江新评红楼梦》、郑庆山先生的《脂本汇校石头记》等采用"宝钗笑道"。

"宝钗笑道"与"宝钗叹道"虽一字之差，但对人物形象确实有些杀伤力。因此，有必要努力探究曹雪芹原笔文字为何。

本文认为，"宝钗笑道"当是原本文字，"宝钗叹道"或许是讹误。因为"叹"的繁体字"嘆"与"笑"的俗体字"咲""㗛"在字形上皆比较相似，而"笑"的俗体字在各抄本上都曾大量使用；此外，也不排除是有人曾有意地将"笑"修改为"叹"。

为什么说"宝钗笑道"更可能是原文，而"宝钗叹道"是讹误或者改笔呢？根本原因是"叹道"与宝钗说话的具体内容在情感上不匹配。"叹"与"道"连用的时候，通常就是表达两种类型的情绪：一种是表示忧闷悲痛的情绪，如叹息、悲叹；一种是表示惊喜兴奋的情绪，如赞叹。而从宝钗两次说话的具体内容看，她既不是惊喜兴奋，也不是悲闷低落，她只是在想着如何开解宽慰王夫人，这也是她来王夫人处的根本目的。作为对比，刚好王夫人也有一句"叹道"的话，王夫人听完宝钗的话后，"点头叹道：'这话虽然如此说，到底我心不安。'"大家比较看即知，王夫人这话的内容反映出来的情感与"叹道"才是比较匹配的。

而"宝钗笑道"无论是与她的说话内容还是说话动机都是吻合的。因为王夫人此时陷于自责之中，乃至整个空间的气氛都非常悲伤压抑。而宝钗想要做的事情就是想方设法把王夫人从自责的情绪中开脱出来，让悲伤压抑的氛围变得轻松缓和一些。这个时候，宝钗的"笑"可以起到带节奏的作用，刚好能起到缓和悲伤的情绪和压抑的氛围的作用。客观上，也确实起到了这个效果。

另外，从版本关系看，在《红楼梦》前面四十回中，总体看，己卯本、庚辰本、蒙府本、戚序本这四个版本是一个系统，甲辰本、舒序本、俄藏本、杨藏本这四个版本是另一个系统，而甲戌本是超脱于这两个系统之外的总体来说更为可靠的一个版本。如果以甲戌本为尺子，去衡量前面两个版本系统各自文字之可靠性程度，结论是：当甲辰本、舒序本、俄藏本和杨藏本四个版本的文字完全相同的时候，其可靠性远远大于另一个系统的文字。兰良永先生曾在版本学家杨传镛先生的研究基础上做过详细统计：当己卯本、庚辰本、蒙府本、戚序本与甲辰本、舒序本、俄藏本、杨藏本两个系统各居一边的时候，甲戌本同前者的有37例，而同后者的竟达158例。虽然我个人没有做这项统计工作，但这个统计数字与我个人平时翻阅各版本的直观感受大体是一致的。这从统计学上可为本文观点提供一些辅助性的支持。当然，这并不具有决定性意义。

在《红楼梦》中，类似这种"叹""笑"难分的例子，还有一些地方。诸如第三十回中也有一例：

> （宝玉）刚到了蔷薇花架，只听有人哽噎之声。宝玉心中疑惑，便站住细听，果然架下那边有人。如今五月之际，那蔷薇正是花叶茂盛之时，宝玉便悄悄的隔着篱笆洞儿一看，只见一个女孩子蹲在花下，手里拿着根绾头的簪子在地下抠土，一面悄悄的流泪。
>
> 宝玉心中想道："难道这也是个痴丫头，又像颦儿来葬花不成？"因又自叹道："若真也葬花，可谓'东施效颦'，不但不为新特，且更可厌了。"想毕，便要叫那女子，说："你不用跟着那林姑娘学了。"[①]

---

① 人文社本《红楼梦》，第415页。

其中，"因又自叹道"这句，仅庚辰本如此，其余版本大多作"因又自笑道"。从版本关系看，庚辰本的"叹"要么是个形误字，要么是抄写者专门改写的。可见，"笑"与"叹"确实容易混淆。要注意的是，这里宝钗的"笑"，应是劝慰的微笑，并非放肆的大笑。她的出发点是着眼于缓和王夫人的情绪。

"笑"是很神奇的表情语言，在不同场景会有不同功能。宝钗此时的"笑"是否涉嫌对金钏的生命缺乏悲悯呢？即便没有"笑"这个举动，就算单从她说话的内容看，应该说，多多少少也有那么一点吧。当然，宝钗的行为也能得到很好的解释。第一，王夫人是她很亲近的人，她内心无疑是偏向王夫人的；第二，她确实也不清楚真相，应该也信了王夫人说的话；第三，她跟金钏的关系可能不太深，又没有目睹去世的过程，不易产生心灵上的触动。综合这些情况看，宝钗的言行是具有合理性的，我们绝大多数人如果处于宝钗的处境，大概也是类似的反应。

有一种观点，认为宝钗是儒家思想的代表者，是儒家道德理想的践行者。这种看法我个人还是比较认同的。儒家思想，尤其是宋明理学，特别在乎长幼尊卑的等级秩序，所倡导的爱本来就不是无差异的爱，而是一种基于伦理秩序前提下的爱。伦理秩序是第一位的，爱是其中的黏合剂。正因如此，有时候在实践中可能会演变为"吃人"的悲剧。那种对生命无条件的悲悯精神，贾宝玉有，曹雪芹有，但薛宝钗未必有。

能看到宝钗"完美"形象背后的不足与局限，或许正是《红楼梦》在精神上远远超越那个时代的价值之所在。宝钗的形象代表了儒家修行所能达到的某种高度，宝钗的问题也凸显了儒家文化存在着相对偏狭的一面。《红楼梦》或许正是要借助宝钗这一文学形象来立体展现儒家文化的全貌，既展现出其优秀的一面，同时也在反思儒家哲学所存在的深层次问题。

对于宝钗此处的"笑"以及她所说的话，本人倾向于不要简单地从个人人品视角去解释，不妨多从儒家文化的局限性角度去思考。所以，我们也不用为宝钗此处的不够完美而遗憾，作者本就没想写完美的人，作者或许更想写的是真实的人。

区分单纯的人品问题和文化问题，在进行文学赏析中具有实际意义。仅仅反映人品问题的作品，可能写得非常热闹，但深度往往不够；能透过人品问题折射文化问题的作品，更容易成为经典。

另外，我们在读金钏投井后宝钗劝慰王夫人这处情节的时候，要注意宝钗如何劝慰王夫人可能还不是这个情节的核心和关键，而更像是个过场。这个情节的核心和关键恰恰是接下来的内容，当话题层层递进到要给金钏衣服做装裹时，作者透过王夫人的话把林黛玉牵扯进来了，这一看似无关紧要的轻描淡写，才是整个情节的落脚点。说明在王夫人心目中，对林黛玉的认知已经有了刻板印象。再加上宝钗的对比，宝、黛、钗故事的结局走向就大体可预知了。整个过程宝钗前后"笑"了三次，可谓"三笑"定终身。

第三十二回后半回，虽名曰"含耻辱情烈死金钏"，看似应是写金钏之死，实则是借金钏之死写宝钗，可谓是"明修栈道，暗度陈仓"。宝钗与王夫人这一对关系，对应着前半回黛玉与宝玉这一对关系：黛玉走的是爱情路线，宝钗走的是上层路线。这就是第三十二回的宏观结构布局。这种双峰对峙的叙事结构产生了强烈的比对效果，故事结局亦巧妙地蕴藏于其中了。这就是《红楼梦》叙事艺术高超的地方，真正的不写之写。

蒙冤的薛宝钗

——如何评价"宝玉挨打"后宝钗的言行[①]

《红楼梦》对黛玉的书写多用明笔、直笔,而对宝钗的书写多用隐笔、曲笔。因此,对宝钗的评价比黛玉要困难很多。在书中,宝钗是一个非常难以把握的人物,故而对宝钗的评价历来也是褒贬不一,甚至有些版本存在为了丑化薛宝钗而有意改动文本内容的情况,这在本人以前的文章中曾略有涉及。不过,对宝钗的负面评价有时候是来自于对文本的误读,这是我们阅读《红楼梦》时要特别注意克服的地方。下面以第三十四回中宝玉挨打后宝钗的言行为例,略加说明。

宝玉挨打是《红楼梦》中最浓墨重彩的篇章之一,其最精彩的部分不在宝玉挨打本身,而在宝玉挨打之后。这一点相信细心的读者都能体会得到。

在第三十四回中,在宝玉挨打后宝钗去探望他的时候,有两处言行是颇为费解的,因此也是历来聚讼纷纭的地方。下面一起来看看。

[①] 本文首发于2022年8月28日"古代小说网"微信公众号。

一、如何理解宝钗"手里托着一丸药走进来"

在宝玉挨完打后刚被抬进怡红院不久,宝钗就来探望宝玉。书中写道:

> 正说着,只听丫鬟们说:"宝姑娘来了。"袭人听见,知道穿不及中衣,便拿了一床袷纱被替宝玉盖了。只见宝钗手里托着一丸药走进来,向袭人说道:"晚上把这药用酒研开,替他敷上,把那淤血的热毒散开,可以就好了。"说毕,递与袭人,又问道:"这会子可好些?"宝玉一面道谢,说:"好些了。"又让坐。①

引文中的宝钗送药这一情节,不仅在第三十四回中起着引子的作用,而且对后面第四十八回中平儿找宝钗讨药一事也具有千里伏脉的作用。其中,"宝钗手里托着一丸药走进来"这一略显夸张的举动,所要表达的真实含义到底是什么,是一个理解上的困难点。这里至少可存在两种不同的解读。

第一种解读是:宝钗想要让大家都知道她在关心帮助宝玉。"善欲人知,便非真善。"如果按这个思路去解读,就容易认为宝钗是在收买笼络人心,具有伪善的一面。如果读

---

① 人文社本《红楼梦》,第451页。

者已经在心中存有这个刻板印象，则非常容易从人品的角度去理解宝钗的这一举动。

第二种解读是：宝玉挨打后，宝钗内心其实非常关心惦记着宝玉，但这种情感不好太外露，所以借送药的名义来探视宝玉病情，故而需要把这个送药行为做得夸张一点，用夸张的举动掩饰真实的内心。此种解读，与情感的表达方式有关，与人品无关。

在前述两种不同的解读中，我个人更倾向于第二种解读。

第三十四回主要写的就是宝玉挨打后，宝钗、黛玉和袭人三人基于对宝玉的情感而产生的各自不同反应下的言行举止，用的是对比叙述方式。如果说黛玉、袭人的行为需要从情感的视角去解释，同样的，宝钗的行为也应从同一维度去解释。在此之前，宝钗对宝玉的情感一直是比较隐蔽的，似有若无；薛家对金玉良姻的真实想法也是不太明朗，云山雾罩。但透过此回的描写，作者终于以比较自然的方式掀开了一角。

宝钗一开始大概仍然是打算按照熟悉的套路出牌，想要借助于送药的理由和略显夸张的动作，来掩饰一下急迫的关切心情，可是一旦当她真正见到宝玉本人之后，还是没忍住流露出真情（这一点书中有浓墨重笔的描写，此处就不再重复）。也就是说，当宝钗见到受重伤的宝玉本人后，在实景的刺激下，有些失控了，没有按照预先设计好的剧本走。两相对照，源自理性要求的情感内敛与出于感性的情感释放之间就产生了一个非常大的反差。艺术效果也就更好地凸显了出来。

就我个人对《红楼梦》精神层面的理解，我不太主张简单地从个人道德人品角度去评价薛宝钗、林黛玉、袭人、李纨等人，这样的站位似够不上《红楼梦》的思想高度。

有一种观点认为：宝钗是儒家思想的代表者，是儒家道德理想的践行者。这或多或少有些道理。薛宝钗服用的"冷香丸"名义上是治疗她先天的"热毒"，换个角度，或许可以看作是：用外在儒家礼制规范来约束人内在的天性，让人的"不完美"的天性进化为"完美"的社会性。而《红楼梦》对这一套主流观念是有反思的。其实书中一开始就作了含蓄的暗示：薛宝钗的香气来自她服用的"冷香丸"，而林黛玉的香气则是天生的"玉生香"。所以，林黛玉与薛宝钗这两个主角，作者一开始就是有明显的倾向性的：一个是修炼的美、外在的美，一个是天生的美、内在的美；一个是山中高士，一个是世外仙姝。

如果宝钗的言行存在着人人可见的道德人品瑕疵，那她怎能配得上"山中高士"这一称号？所以，我想作者不会特别明显地去描写宝钗的缺点，而是先按照传统道德观念塑造出一个看似"完美"的宝钗，再用曲笔、隐笔点出其内在的不够完美之处，从而达成文化的自省。我想这或许是作者塑造宝钗这一人物形象真正的动因。所以，对于宝钗的一些言行，本人倾向于不要简单地从道德人品的视角去解释，而是要更多地从儒家文化乃至传统文化的局限性角度去思考。这是一点题外话。下面看另一处存在严重分歧的地方。

二、如何理解宝钗对袭人说的"不必惊动老太太、太太"

> （宝玉）方欲说话时，只见宝钗起身说道："明儿再来看你，你好生养着罢。方才我拿了药来交给袭人，晚上敷上管就好了。"说着便走出门去。袭人赶着送出院外，说："姑娘倒费心了。改日宝二爷好了，亲自来谢。"宝钗回头笑道："有什么谢处。你只劝他好生静养，别胡思乱想的就好了。要想什么吃的、玩的，你悄悄的往我那里取去，不必惊动老太太、太太众人。倘或吹到老爷耳朵里，虽然彼时不怎么样，将来对景，终是要吃亏的。"说着，一面去了。袭人抽身回来，心内着实感激宝钗。[①]

在这段引文中，各版本间存在着具有实质性区别的文本差异，其中，"要想什么吃的、玩的，你悄悄的往我那里取去"

---

① 人文社本《红楼梦》，第453页。

这两句来自俄藏本；另外，程高本和与俄藏本关系比较密切的杨藏本中，具有与此大同小异的文字。而除了这三个版本以外的所有其他版本，包括己卯本、庚辰本以及与程高本关系最近的甲辰本等，皆没有这两句话。

这样就产生一个问题：这两句话究竟是俄藏等版本私自添加的，还是其他版本皆脱落了这两句话？对此问题，目前学界存在显著分歧，形成主真和主假两派观点。除了人文社本外，周汝昌先生校本、邓遂夫先生校本、徐少知先生校本等皆采用了俄藏本文字，属于主真派；而蔡义江先生校本、郑庆山先生校本等则不取俄藏本文字，属于主假派。

在主真派中，邓遂夫先生的意见可能具有一定的代表性，现引述如下：

> 这段文字（注：指的就是存争议的那两句话）也是断不可少的，否则，"不必惊动老太太、太太"便不可解，尤其紧接"倘或吹到老爷耳朵里"云云，便成了空穴来风。分析起来，这段阙文应该是自畸笏叟誊录甲戌定本起，便一直在历次定本中夺漏未补。如今保留下来的这段阙文，似源于脂砚斋甲戌抄阅自藏本（或据以过录的现存甲戌本佚失部分）。①

---

① 邓遂夫：《脂砚斋重评石头记庚辰校本》，作家出版社2006年版，第642—643页。

蒙冤的薛宝钗

北大陈熙中教授于《红楼梦学刊》2020年第4辑上发表了《谈〈红楼梦〉第三十四回的一处异文》一文，对邓遂夫先生的观点进行了反驳，系统论证俄藏本等三个版本上多出来的两句话应属于他人私自增补的文字。因为本人完全赞同陈先生的判断，所以就不做全面的阐述了，想要深入探究这个问题的读者，建议最好阅读一下陈先生的这篇文章。

第三人增补这几句话的原因，应是因为没有读懂宝钗说的"不必惊动老太太、太太"这句话的真实含义，误以为此处存在脱文。也就是说，古人跟以邓遂夫先生为代表的主真派学者都陷入了同样的认知误区，认为此处的"不必惊动老太太、太太"太突兀，而且"不可解"。

事实却是，增补这两句话后，整个内容反倒显得非常滑稽，是真正的"不可解"：宝玉找宝钗要点吃的、玩的东西，难道会犯了啥大忌吗？为啥要背着贾母和王夫人？而且更得提防着贾政，怕他知道了会秋后算账，两家人有啥交往上的大忌吗？难道两家人有仇吗？这些都无法解释。

细看各版本上的大部分改文，都有着类似的原因，就是原文的确存在着某种不好理解的因素，乍一看让人会误以为原文有问题。同样的，乍看宝钗说的"不必惊动老太太、太太"这句话，确实也会觉得有点莫名其妙。但综合前后文细看，就能品味出这句话的真正意思来。

在本回文字的前面部分，宝钗在询问宝玉为何被打的时候，袭人在情急之下，把茗烟对她说的话都说了出来。茗烟的话包含两个信息：一个是贾环在贾政面前告状，添油加醋说了宝玉跟金钏之事；一个是薛蟠不知以何种方式在贾政面前说了宝玉跟蒋玉菡的事。因为牵涉到宝钗的哥哥薛蟠，所以场面一度有点尴尬，袭人也为情急之下的失言感到不好意思。

宝钗见到袭人情急失态的场景后，不仅没有怪责袭人，反倒出于对袭人的关心，所以才在离开怡红院时特意叮嘱袭人要保持头脑清醒，千万不要再告诉他人贾环告状的事了，尤其是不能跟贾母和王夫人讲。这就是宝钗对袭人说的"不必惊动老太太、太太"的真实含义。

大家可以设想一下，如果袭人告诉了贾母和王夫人，这件事的后果会有多严重。贾母和王夫人必定要找贾环和赵姨娘算账，家庭矛盾就会更深一步，贾政也必将会更加为难。如果贾政查出来是因为袭人多嘴多舌惹出来的家庭纠纷的话，其他人都没啥事，最后的背锅侠一定是袭人。这才是宝钗说的"倘或吹到老爷耳朵里，虽然彼时不怎么样，将来对景，终是要吃亏的"这些话的真正意思。

袭人本身就是非常谨慎顾大局的人，此时只是因为过于心疼宝玉，方情急失态。经过宝钗一提醒，她立马就明白过来了，所以书中才说她"心内着实感激宝钗"。果不其然，很快王夫人就开始有些怀疑贾环了，当王夫人当面询问袭人是否听到过贾环诬告宝玉这事的时候，袭人果如宝钗的提醒，守口如瓶,坚决否定。

所以,宝钗对袭人说的话,体现了宝钗的大度、成熟、理智和善良。此后,二人关系也更为密切,宝钗并没计较袭人的失言,反而在袭人身上看到了忠心,袭人在宝钗身上则看到了大度和善良。

在主假派中,有一种观点认为宝钗之所以让袭人"不必惊动老太太、太太",是害怕袭人说出薛蟠一事来。如蔡义江先生就持这种看法:"所谓'不必惊动',是怕她再去说薛蟠调唆事。"[1]前文曾提及的陈熙中教授的文章中也持这样的看法。这还是把宝钗往圆滑世故方面想得多了些,对宝钗来说,有失公允。

薛蟠是个什么样的人物,贾府人早就心知肚明,一个有命案在身的人,一个"当日为一个秦钟还闹的天翻地覆"的人。所以,并不需要叮嘱袭人为其隐瞒什么,就算袭人说给了王夫人,难道王夫人会找薛蟠算账不成。再说了,如果宝钗的用意只是让袭人不要提薛蟠之事,那就不是袭人感激宝钗了,而是反过来,宝钗应是拜托袭人才对。

所以,我个人的解读是:宝钗之所以特意叮嘱袭人"不必惊动老太太、太太",真实用意是提醒袭人不要透露贾环诬告宝玉一事,否则袭人将来在贾府难以立身。其用心是关心袭人,而袭人也接收到了宝钗的这份善意。

---

[1] 蔡义江:《蔡义江新评红楼梦》,第381页。

或为"小红故事"思想主旨与叙事艺术的一个重大损失

——第三十回中一处疑似他人增补的文字[①]

一、问题之提出

《红楼梦》第三十回中有一处文字,存在明显的自相矛盾。该处文字如下:

> 一时宝钗凤姐去了,林黛玉笑向宝玉道:"你也试着比我利害的人了。谁都像我心拙口笨的,由着人说呢。"宝玉正因宝钗多了心,自己没趣,又见林黛玉来问着他,越发没好气起来。待要说两句,又恐林黛玉多心,说不得忍着气,无精打采一直出来。
>
> 谁知目今盛暑之时,又当早饭已过、各处主仆人等多半都因日长神倦之时,宝玉背着手,到一处,一处鸦雀无闻。从贾母这里出来,往西走过了穿堂,便是凤姐的院落。到他们院门前,只见院门掩着。知道凤姐素日的规矩,每到天热,午间要歇一个时辰的,进去不便,

---

① 本文首发于2023年7月25日"古代小说网"微信公众号,有一定程度的修改。

遂进角门,来到王夫人上房内。①

前面引文虽然是以庚辰本为底本的,但在各个脂评本和程高本上,该处文字皆大同小异,无实质性区别。目前比较有学术影响力的校勘本,或许是因为尚未弄清该处问题的缘由,也大多维持了底本文字的原貌。

前引文中,"从贾母这里出来,往西走过了穿堂,便是凤姐的院落"这处文字,存在明显的空间方位错误。从贾母处出来,到凤姐院或者王夫人上房,只能是"往东"过了穿堂,而不能是"往西走过了穿堂"。这一点,在第三回王夫人携林黛玉去贾母房屋的时候,书中已经描述得很清楚了;在第七回,周瑞家的往凤姐处送宫花的时候,又再次强化了一遍。

早在清朝,就已经有人指出了其中的问题,如苕溪渔隐在《痴人说梦》中就专门讲到这个问题:

> 第三回黛玉在王夫人处同王夫人出后房门由后廊往西,出了角门,是一条南北甬道,南边是倒座三间,北边小小一所房室。王夫人笑指黛玉道:"这是你凤姐姐的屋子。"遂穿东西穿堂,便是贾母的后院。是贾母房

---

① 人文社本《红楼梦》,第413页。

屋在西，凤姐房屋在东，往西应改往东。①

另外，在张俊和沈治钧两位红学家评批的《新批校注红楼梦》中，也提到该处问题，并赞同苕溪渔隐、张新之等人的看法。②

但对于造成这一问题的原因，目前学界尚在探讨中。一般来说，我们一开始都会有一种朴素的想法，认为是作者或者抄写者的笔误造成的。细想的话，笔误的可能性虽然不能排除，但也不是很大。《红楼梦》中的笔误不少，但总体是有规律的，要么是字形相似产生的讹误，要么是读音相近产生的讹误，而"西"与"东"无论字形还是读音，都相差甚远，凭空导致讹误的可能性不大。

甄道元先生从《红楼梦》成书过程的角度，提出一种新的看法，认为该处文字恰恰是曹雪芹没做修改的早期的底稿文字：在《红楼梦》早期底稿中，贾母并非居住在荣国府的西路，而是居住在东路。③此观点可备一说。

本文从该处文字的内在逻辑、文理、文艺等角度出发，提出一个新的解释思路，供学界同仁们批评指正。本文认为，

---

① [清]苕溪渔隐：《痴人说梦》（忓藏本），中国国家图书馆藏。感谢于鹏先生提供。
② 张俊、沈治钧：《新批校注红楼梦》，第565页。
③ 甄道元：《香山"新红学百年"发言》，微信公众号"芹梦轩"，2021年9月24日。

在较早期的抄本上，在"宝玉背着手，到一处，一处鸦雀无闻"与"到他们院门前，只见院门掩着"之间，或许是脱落了部分文字，而"从贾母这里出来，往西过了穿堂，便是凤姐的院落"这三句话，疑似并非曹雪芹文笔，而是由第三人为了修补明显的逻辑瑕疵而增补上的，并为后来的抄本所继承。

二、该处文字疑似由他人增补的理由

本文之所以认为该处文字非曹雪芹文笔而是由他人增补，是基于以下四点理由。

第一，文笔不简洁。《红楼梦》语言的一个典型特征是极其简洁，没有什么废话。脂批曾云："作者具菩萨之心，秉刀斧之笔撰成此书，一字不可更，一语不可少。"此言虽略有夸张，但整体而言是能成立的，想必读者在读书过程中都能感受并认同这一点。回到该处文字上来："从贾母这里出来，往西走过了穿堂，便是凤姐的院落。"虽短短三句话，但全是废话。

首先，"从贾母这里出来"这句完全是废话。前面刚刚说了宝玉"无精打采一直出来"，这当然就是从贾母处出来，中间只隔了一句话，现在又说"从贾母这里出来"，完全没必要。

其次，"往西走过了穿堂"这句，又是一句废话。因为在第三回中，作者已经一次性处理了这个方位问题。我们看第七回中周瑞家的从凤姐处出来去贾母处的书写方式："周瑞家的这才往贾母这边来。穿过了穿堂，抬头忽见他女儿打扮着才从他婆家来。"可见，在第七回中，作者就已经不再写"往西穿过了穿堂"这样的话了，而是直接用"穿过了穿堂"。我们再看第二十八回中宝玉从凤姐处出来去贾母处的书写方式："凤姐道：'你回来，我还有一句话呢。'宝玉道：'老太太叫我呢，有话等我回来说罢。'说着便来至贾母这边，只见都已吃完饭了。"可见，行书到第二十八回的时候，作者已经觉得"过了穿堂"这样的话都是多余的了。所以说，除非是有特别的必要性，如在穿堂有事情发生之类的，否则，很难想象到了第三十回的时候，作者又用起了"往西走过了穿堂"这样啰唆的表达方式，这不可思议。

再次，"便是凤姐的院落"这句也是废话，因为行文到第三十回，已经实在没有必要再一本正经地介绍凤姐院落的位置了。

第二，破坏了《红楼梦》的叙事艺术。在第三回中，作者透过林黛玉的行走路线，已经把王夫人上房、凤姐院落、贾母上房之间的方位关系介绍得清清楚楚，这是作者精心设计的抽象概括的叙事艺术，正是为了后文叙事的方便，可省却诸多麻烦。所以，从叙事艺术上看，完全没有必要在第三十回这个地方再介绍一次凤姐院落与贾母房屋之间的位置关系。

第三，文笔不合逻辑。我们来仔细品读这段文字本身，会发现其中存在内在的逻辑矛盾。"说不得忍着气，无精打采一直出来。谁知目今盛暑之时，又当早饭已过、各处主仆人等多半都因日长神倦之时，宝玉背着手，到一处，一处鸦雀无闻。"这几句话，虽稍微有点模糊，但仔细品味，可以看出贾宝玉大概已经离开贾母院落了，并非还在贾母院内。可注意"各处主仆人等"这个措辞。如果贾宝玉只是出了贾母上房，但尚没有离开贾母后院的话，那么，这里的"主仆人等"就无法解释了。贾母的后院也许会有仆人，但哪里来的"主人"呢？

第四，叙事的合理性不足，必要性欠缺。宝玉从贾母处离开，为什么要去凤姐那里呢？仅仅因为凤姐距离贾母处比较近就要去她那里？要知道，凤姐也是才刚刚离开贾母和宝玉不久的，这缺乏一个合理可信的理由。其次，从叙事价值看，也看不大出写宝玉去凤姐处这一故事情节的意义在哪里。

基于以上四点理由，就本人对《红楼梦》语言艺术和叙事艺术的理解程度而言，本人推论该处文字很可能是他人增补的文字。如果与《红楼梦》其他精妙的文字相比较，该处文字则句句都是废话，完全失去了《红楼梦》的语言味道。但如果从他人增补的角度来看此处文字，则又可以得到很好的理解：当早期的抄写者发现了这个地方存在文字脱落、前后不接榫的时候，就顺手增补了一笔，勉强对付过去就行，至于内在的准确性、合理性、艺术性等他顾不上或者是没能力去考虑。

其实，甲戌本以外的其他各脂本，皆存在多处共同的文字脱落和文字改动的现象。遗憾的是，现存甲戌本没有第三十回，如果有的话，该处我们极有可能会看到完全不同的文字，就跟第一回中"石头变玉"的文字那样。

三、 该处文字的本来面貌一探

按照前文的推断，如果"从贾母这里出来，往西走过了穿堂，便是凤姐的院落"这三句话，确为他人增补的话，那么探究该处原本脱落的文字就成为一个非常有意义且又极富挑战性的课题任务了。

本文认为，该处缺失的文字，其作用并非是要介绍凤姐院落与贾母上房之间的位置关系，因为这个任务早在第三回就已经解决了，而是要为宝玉去凤姐处找一个合理的理由。对于该处缺失的文字，自然需要从前后文中去寻找脉络。根据本人对《红楼梦》叙事艺术的理解，且先草拟出下面文字，然后再讲述理由，请学界同仁们批评指正。

谁知目今盛暑之时，又当早饭已过、各处主仆人等

或为"小红故事"思想主旨与叙事艺术的一个重大损失

多半都因日长神倦之时,宝玉背着手,到一处,一处鸦雀无闻。正不知何所往之时,忽想起前儿凤姐曾有话要对自己说,竟一直没再提起;且自小红去了之后,也不曾去望他一望,于是便往凤姐处来。到他们院门前,只见院门掩着。知道凤姐素日的规矩,每到天热,午间要歇一个时辰的,进去不便,遂进角门,来到王夫人上房内。

在前段文字中,"正不知何所往之时,忽想起前儿凤姐曾有话要对自己说,竟一直没再提起;且自小红去了之后,也不曾去望他一望,于是便往凤姐处来"这几句话,是本人草拟的。下面讲述如此草拟的理由。

首先,从常理来看,宝玉去凤姐处与去贾母、王夫人处不同,得有合乎情理的理由,正常他不会无缘无故地去凤姐处。刚好在第二十八回中,有一处文字,似乎可作伏笔理解。一起来看看:

> 凤姐儿道:"你回来,我还有一句话呢。"宝玉道:"老太太叫我呢,有话等我回来说罢。"说着便来至贾母这边,只见都已吃完饭了。[1]

从这段文字中可以看出,凤姐当时还有事要跟宝玉说,

---

[1] 人文社本《红楼梦》,第381页。

但宝玉因为急着要去找黛玉，就敷衍答复凤姐"有话等我回来说罢"，但是在后文中再无提及此事。如果将此视为伏笔的话，则是一种极高明的叙事艺术：凤姐要跟宝玉说啥其实并不重要，他只是作者的虚晃一枪，但具有双重艺术效果：第一重效果是进一步凸显宝玉心中对黛玉的惦记；第二重效果就是作为伏笔，为宝玉此时去凤姐处提供了一个合理可信的理由。故此，本文草拟出"正不知何所往之时，忽想起前儿凤姐曾有话要对自己说，竟一直没再提起"这几句。

其次，明点出宝玉去凤姐处的真实动机是想看小红。补上"且自小红去了之后，也不曾去望他一望，于是便往凤姐处来"这几句，对于保持贾宝玉人物形象的一致性以及增强本回文字的叙事艺术都具有重要的意义。

小红在怡红院中受到排挤而不得志，在第二十四回中，方有机会近距离接触宝玉而给宝玉留下深刻印象；在第二十五回中，宝玉一大早起来就四处寻觅小红，但碍于袭人等人，又不好太露。此时，贾宝玉作为情种的怜香惜玉形象，前后是连贯一致的。可是在第二十八回中，当凤姐提出向贾宝玉要小红的时候，贾宝玉的回答似乎对小红很无情。一起来看看：

> 凤姐一面收起，一面笑道："还有句话告诉你，不知你依不依？你屋里有个丫头叫红玉，我要叫了来使唤，

明儿我再替你挑几个，可使得？"宝玉道："我屋里的人也多的很，姐姐喜欢谁，只管叫了来，何必问我。"凤姐笑道："既这么着，我就叫人带他去了。"宝玉道："只管带去。"说着便要走。①

单从这段文字看，贾宝玉的人物形象，似乎跟贾环对待彩云相似，冷血无情，看不出一点情种的样子来。当然，贾宝玉言语中表现的无情也是有原因的：一方面，他大概无法拒绝凤姐这个请求，不如索性说得干脆一点，装着不在乎的样子；另一方面，他急着要去看黛玉，没心思跟凤姐多说。尽管如此，这处文字确实会对宝玉的人物形象造成一定程度的破坏，所以需要在他处进行修复。如果在该处添加"且自小红去了之后，也不曾去望他一望，于是便往凤姐处来"这几句后，大家熟悉的那个情种形象不仅立马又回来了，而且还会获得额外加分，同时也能让读者认识到第二十八回中的宝玉原来只是装着不在乎而已。

增加"且自小红去了之后，也不曾去望他一望，于是便往凤姐处来"这几句，不仅能修复宝玉的人物形象，同时还能增强本回文字的叙事艺术。增加这几句话后，我们来看看第三十回的叙事线索会发生什么变化。

小红从第二十四回登场后，至第二十九回，作者回回都

---

① 人文社本《红楼梦》，第381页。

提到了她，在部分回目中还担当主角，属于这几回文字的线索性人物。根据庚辰本第二十七回中畸笏叟的批语可知，小红后来在贾府"抄没及狱神庙诸事"中还有戏份。可见，在整部书中，她的戏份也算很足的。作者为什么要这么安排呢？本人觉得作者正是要将她与晴雯、五儿、芳官等一干人作对比：小红在怡红院不得志，出怡红院而生，属于"死里逃生"的；其他人则入怡红院而危，大体属于"痴迷的，枉送了性命"这一类型的，二者形成反差。这或许正是《红楼梦》浓墨重彩写小红的原因之一吧。

增加这几句话后，第三十回中就镶嵌着一条新的叙事线索：

小红在怡红院被排挤而不得志，离开怡红院后，贾宝玉原本想去看看小红，竟也没看成。结果小红反而在故事结局时很可能是修成了正果，根据批语可知，在贾府抄家后宝玉最困难的时候，她大概还帮助过宝玉。

宝玉没看成小红，又去了王夫人处，看到了金钏，结果金钏遭到王夫人的驱逐，最后投井自杀。

宝玉在王夫人处惹祸之后，回到大观园中，又耍性子踢了袭人一脚，导致袭人落下吐血的病根。袭人最终与宝玉无缘，不排除就是因为宝玉的这一脚。

把小红、金钏、袭人三人放在同一回文字之中立传，远宝玉而安，近宝玉而危，个中深意便不言自明。故此，本文认为，在该处增加这几句，对增强本回文字的叙事艺术和思想主旨或有助益。

　　本文所草拟的几句话，完全是基于个人的眼界，距离曹公原本的文字可能相去甚远。该处文字若果真存在文字脱落的问题，则对该处丢失文字的探求，仍有待学界同仁们的共同努力，集思广益。在新红学已过百年之际，今天的红学研究已经进入深水区，需要我们对《红楼梦》的语言艺术、叙事艺术、主旨思想有更精准的理解。

《红楼梦》前四回中贾雨村故事的叙事艺术[①]

说到贾雨村故事的叙述艺术,有的体现得比较明显,因而相对好理解;有的则相对比较隐蔽,不易领会。有些地方因为有脂批,相对好领会;有些地方就算有脂批,也依然领会不透。

相对容易理解的地方如谋篇布局的结构性艺术。作者将贾雨村故事冠于《红楼梦》之首,在结构布局上是很有艺术性的。首先,通过贾雨村人生经历的起起伏伏,很省力地就把故事的主角都串起来了。其次,把贾雨村这样一个从读圣贤书到堕落为"禄蠹"的人物故事置于开篇,后面贾宝玉不愿意走科举功名之路就有了基础了。这跟《水浒传》中没写林冲先写王进的叙事安排有异曲同工之妙。

最近本人在阅读《红楼梦》的时候,对前四回中贾雨村故事部分多了几分留意,在思想性和艺术性方面,尤其是艺术性方面,又获得一些新的认识。

阅读《红楼梦》第一回的时候,我个人的阅读体验是关键是要读懂第一回的标题。第一回的标题是一种镶嵌式结构,明面上是"甄士隐梦幻识通灵,贾雨村风尘怀闺秀",实则

---

① 本文首发于2022年11月6日"古代小说网"微信公众号。

镶嵌着另一层意思：真事隐去作者梦幻识通灵，假语村言作者风尘怀闺秀。按照这表里两层意思去分别解读文本，则会获得全然不同的阅读体验。

下面以贾雨村中秋吟诗作对部分为例，简单加以分析。先看原文：

> 原来雨村自那日见了甄家之婢曾回头顾他两次，自为是个知己，便时刻放在心上。今又正值中秋，不免对月有怀，因而口占五言一律云：未卜三生愿，频添一段愁。闷来时敛额，行去几回头。自顾风前影，谁堪月下俦？蟾光如有意，先上玉人楼。
>
> 雨村吟罢，因又思及平生抱负，苦未逢时，乃又搔首对天长叹，复高吟一联曰：玉在匮中求善价，钗于奁内待时飞。（以上引文来自甲戌本《石头记》文字）

贾雨村的这首五言律诗，明面上固然是为思念甄士隐的丫鬟娇杏而作，正对应着这一回的标题"贾雨村风尘怀闺秀"。可是，如果我们仔细琢磨，这又何尝不是作者在抒发自己写作《红楼梦》的初衷呢。

在庚辰本等部分版本的第一回回前批语中，批书人曾转述作者的话云：

> 今风尘碌碌，一事无成，忽念及当日所有之女子，一一细考较去，觉其行止见识，皆出于我之上。何我堂堂须眉，诚不若彼裙钗哉？实愧则有余，悔又无益之大无可如何之日也！当此，则自欲将已往所赖天恩祖德，锦衣纨绔之时，饫甘餍肥之日，背父兄教育之恩，负师友规训之德，以至今日一技无成、半生潦倒之罪，编述一集，以告天下人：我之罪固不免，然闺阁中本自历历有人，万不可因我之不肖，自护己短，一并使其泯灭也。[1]

可见，作者巧妙地将自己的写作动机隐藏在贾雨村的"风尘怀闺秀"之中。再进一步，贾雨村的这首诗，不仅可以看成作者本人的"风尘怀闺秀"，是不是也可以看作是贾宝玉与林黛玉的故事的高度概括呢？

同样，"玉在匮中求善价，钗于奁内待时飞"这副对联，也具有三重解读的功效。既可以看作是贾雨村的无奈，也可以看作是作者自己的无奈，还可以看作是贾宝玉的无奈。针对这副对联，甲戌本上有一条批语，曰："前用二玉合传，今用二宝合传，自是书中正眼。"可见批书人也是将这副对联当作一笔多用来解读的。戚蓼生评《红楼梦》曰"一声也而两歌，一手也而二牍"，正此之谓也。

第二回中的贾雨村游历智通寺情节，也一样具有一笔多

---

[1] 人文社本《红楼梦》，第1页。

用的艺术效果。表面上看只是贾雨村的一次偶然的郊外信步参观游览，同时它也有可能是在暗示贾府的衰落以及贾宝玉的归宿，而且大概率也预示着贾雨村本人最终的人生归宿。

只是此时的贾雨村，依然热衷于功名，是不会把眼前所见往自己身上联系的。正所谓"佛法广大，不度无缘之人"。贾雨村经历了一次官场起伏之后，估计悟到了中国古代官场的一些潜规则，比如为官须得拜码头，须得加入某个权力集团，否则就得出局。所以，当机会到来的时候，他义无反顾地加入了四大家族集团，并从此顺水顺风。

但问题是，一旦加入了某个权力集团，就得纳投名状。而这个集团会不会倾覆，什么时候会倾覆，却是自己把控不了的。而其一旦倾覆，自己也就跟着陪葬了。贾雨村或许就是随着四大家族的覆灭再次跌入人生谷底，最后在某种机缘下出家为僧，与甄士隐形成了中生代"一僧一道"组合。第一回，二人在一起；大结局的时候，估计他俩还在一起，完成了从葫芦庙到智通寺的认知转变过程，全书也从而形成了闭环。

这样，书中就会出现老中青三代"一僧一道"组合：癞头和尚和跛足道人、甄士隐和贾雨村、贾宝玉和柳湘莲。一代又一代，循环往复，可谓是悲歌从古唱到今。如果这个推测能够成立，则前四回的贾雨村故事不仅仅是对贾雨村个人命运的伏笔，也是对《红楼梦》整体故事走向做了一个大伏笔。

这种叙事艺术实在是妙不可言。

贾雨村的故事虽然很简短，却代表了《红楼梦》对中国古代官场政治的洞察和反省。当宏观的政治架构和政治生态有问题的时候，再聪明的棋手本质上也不过是棋子而已。正所谓"乱哄哄你方唱罢我登场，到头来都是为他人作嫁衣裳"。这是多么痛的领悟！

以上只是我个人对《红楼梦》的一种解读视角，未必就符合原本的曹雪芹的艺术构思。下面来看第二回中"冷子兴演说荣国府"的叙述艺术。

我们在看"冷子兴演说荣国府"时候，如果将其与第七回结合起来，则能更好地领会到其叙事艺术之高超。

比如，当贾雨村刚见到冷子兴的时候，书中说："雨村最赞这冷子兴是个有作为大本领的人。"贾雨村当年是进士出身，在都中为官，却认为冷子兴是"有作为大本领的人"。冷子兴到底是个什么来头呢？第七回才解开了谜底，原来是周瑞的女婿，而周瑞的妻子是王夫人的陪房，遇到事情摆不平的时候，冷子兴就通过老婆去找丈母娘周瑞家的，周瑞家的再找凤姐帮忙摆平。也就是说贾府奴才的亲戚，在当朝进士出身的官员眼里，就是有大本领的人了。通过这一对比，我们就知道了贾府的势力有多大，就能理解贾雨村为啥积极投奔贾府，甘为贾府爪牙了。

再如，第二回中冷子兴把宁、荣两府的内部情况介绍得十分清晰，甚至连贾敬有个八九岁就夭折的哥哥叫贾敷的他都知道。如果我们追问一句，他是凭什么知道得这么详细呢？在第二回中，我们找不到答案。这个答案同样也在第七回中。当我们知道了冷子兴原来是周瑞的女婿的时候，"冷子兴演说荣国府"就自然具有合理性了。所以，不能小看了第七回中作者在周瑞家的送花过程中插入的那段与其女儿谈话的内容。那一段文字在艺术上可不是一笔两用，而是一笔四五用。

所以说一定要把第二回和第七回结合起来品读，因为作者在叙事上就是这么设计了。从叙事技巧看，第二回中的这部分文字叫作"出榫"，第七回这部分叫"合榫"。如果只有"出榫"，而没"合榫"，那是很丑的设计。

在"冷子兴演说荣国府"的文字中，有两处文字，与全文的内容存在显著的矛盾，一个是关于宝玉与元春的出生时间之间隔，另一个是迎春的身世。冷子兴说元春出生的次年，王夫人又生了宝玉。根据后文内容可知，宝玉与元春绝对不是只差一岁。所以，部分版本将"次年"改为"后来"，如戚序本、舒序本和卞藏本，程乙本则改为"隔了十几年"。

周汝昌先生对这处文字的解读是："元春长宝玉非止一岁，用'次年'以见冷子兴放言不实之处。所以谓'次年'者，不过是酒后闲谈之言词，并非实指第二年。"[①]

---

① 周汝昌：《石头记：周汝昌校订批点本》，漓江出版社2010年版，第25页。

周先生的看法，本文不赞成。如果说冷子兴说的话，只是酒后胡说八道，那无疑动摇了整个"冷子兴演说荣国府"的可靠度。这样的理解与本回的文字设计是完全背道而驰的。本文认为作者正是借助冷子兴的话，清醒而又真实地介绍荣、宁两府从宏观到微观的情况，看不出此处设计出一个酒后放言的人物形象的文学意义在哪里。至于"次年"这处文字矛盾，原因理论上有多种可能性，本文倾向于是作者在"五次增删"过程中的一个小疏忽，即贾宝玉的年龄在不同稿本中有一个不断调整的过程。《红楼梦》中这类问题众多。同样，迎春的身世问题，很可能也是一个成书问题。

说完"冷子兴演说荣国府"的叙事艺术，下面再看看第三回中贾雨村故事在叙事上的春秋笔法。先来看第三回中的一段文字：

> 有日到了都中，进入神京，雨村先整了衣冠，带了小童，拿着宗侄的名帖，至荣府的门前投了。彼时贾政已看了妹丈之书，即忙请入相会。见雨村相貌魁伟，言语不俗，且这贾政最喜读书人，礼贤下士，济弱扶危，大有祖风；况又系妹丈致意，因此优待雨村，更又不同，便竭力内中协助。题奏之日，轻轻谋了一个复职候缺，不上两个月，金陵应天府缺出，便谋补了此缺，拜辞了

贾政，择日上任去了。①

在前引文字中，针对"因此优待雨村，更又不同，便竭力内中协助。题奏之日，轻轻谋了一个复职候缺。不上两个月，金陵应天府缺出，便谋补了此缺"这几句话，甲戌本上连续出现两个侧批，曰："春秋字法。"

如何理解这里的"春秋字法"呢？我们先来看一下第三回结尾处的一段文字：

> 次日（黛玉）起来，省过贾母，因往王夫人处来，正值王夫人与熙凤在一处拆金陵来的书信看，又有王夫人之兄嫂处遣了两个媳妇来说话的。黛玉虽不知原委，探春等却都晓得是议论金陵城中所居的薛家姨母之子姨表兄薛蟠，倚财仗势，打死人命，现在应天府案下审理。如今母舅王子腾得了信息，故遣他家内的人来告诉这边，意欲唤取进京之意。②

上引文字是黛玉进贾府的次日一早发生的事情。也就是说林黛玉进贾府的次日，贾府便收到了王子腾的情报，知道薛蟠出了命案，正在应天府审理中。

---

① 人文社本《红楼梦》，第36—37页。
② 人文社本《红楼梦》，第52—53页。

贾雨村与林黛玉是一路同行进的都城。贾雨村入都后，先去荣国府拜见了贾政。从时间来看，贾政见过贾雨村后的一两天时间内，便知道薛蟠在应天府出事了。

那么，薛蟠出事与贾政帮助贾雨村补授应天府有没有内在关联呢？这个问题作者并没直言，交给读者自己玩味。我想这或许就是批语说的"春秋字法"吧。

我们假设这两者之间确有关联，在这个视角下重读第四回，那又是一番完全不同的味道。从第四回内容看，贾政与王子腾为贾雨村谋取了应天知府职位后，应该并没有具体告诉他关于薛蟠案子一事，因为贾雨村刚接手案子的时候似乎并不知道薛蟠是谁。贾政和王子腾把政治交易变成了能力信任和品格考验，这是一种高段位的政治游戏，而贾雨村也果然不负所望。所以当贾雨村处理完薛蟠案子后，为什么要急忙给贾政和王子腾写信汇报处理结果呢？因为这并不仅仅是讨好，更是在交差。

单就贾雨村故事而言，第四回显然是个高潮，也是最精彩的部分。关于第四回的叙事艺术，本人以前曾写过《解读"葫芦僧"的新视角》和《薛家为什么不离开贾府》两篇小文章，皆收录在《玉石分明：红楼梦文本辨》一书中，因此，本文就不再啰唆了。

晴雯二题：身世之谜与花神之辨

——晴雯身世：曹雪芹尚未整合好的文字①

在第五回贾宝玉梦游太虚幻境的时候，作为又副册之冠的晴雯，其图画与判词是第一个呈现在贾宝玉眼前的。

> 宝玉便伸手先将"又副册"厨开了，拿出一本册来，揭开一看，只见这首页上画着一幅画，又非人物，也无山水，不过是水墨渲染的满纸乌云浊雾而已。②

作者将此画置于首位，可视作是通部女子命运之总写，其深意可知。与鸳鸯、龄官等名字类似，晴雯这一名字，作者用的也是反意取名法："晴雯"这一美好的名字与"乌云浊雾"的残酷现实形成鲜明对比。

作为书中一个比较重要的角色，晴雯历来也是读者和研究者谈论较多的人物之一。现存文本中，关于晴雯的文字，确有不少问题尚需要探讨。本文拟就其中两个问题加以检讨：一个是晴雯的身世问题，一个是作为晴雯代表花的芙蓉

---

① 本文首发于2022年7月3日"古代小说网"微信公众号，有一定程度的修改。
② 人文社本《红楼梦》，第75页。

花究竟是水芙蓉还是木芙蓉的问题。

一、晴雯的身世：曹雪芹尚未整合好的文字

目前书中关于晴雯身世的文字，在脂评本中，存在着明显的前后矛盾。先来看看脂评本上第七十七回中提到的晴雯的身世：

> 这晴雯当日系赖大家用银子买的。那时晴雯才得十岁，尚未留头。因常跟赖嬷嬷进来，贾母见他生得伶俐标致，十分喜爱。故此赖嬷嬷就孝敬了贾母使唤，后来所以到了宝玉房里。这晴雯进来时，也不记得家乡父母，只知有个姑舅哥哥，专能庖宰，也沦落在外，故又求了赖家的收买进来吃工食。
>
> 赖家的见晴雯虽到贾母跟前，千伶百俐，嘴尖性大，却倒还不忘旧，故又将他姑舅哥哥收买进来，把家里一个女孩子配了他。成了房后，谁知他姑舅哥哥一朝身泰，就忘却当年流落时，任意吃死酒，家小也不顾。偏又娶了个多情美色之妻，见他不顾身命，不知风月，一味死吃酒，便不免有蒹葭倚玉之叹，红颜寂寞之悲。又见他器量宽宏，并无嫉衾妒枕之意，这媳妇遂恣情纵欲，满宅内便延揽英雄，收纳材俊，上上下下竟有一半是他

晴雯二题：身世之谜与花神之辨

考试过的。若问他夫妻姓甚名谁，便是上回贾琏所接见的多浑虫、灯姑娘儿的便是了。①

此处文字明确说多浑虫是晴雯的表哥，因为晴雯的求情，赖家方将其收买了进来，并将家里一个女孩子配了他，这个女孩便是灯姑娘。

可第二十一回中，关于多浑虫的身世，却另有一番不同的说法：

> 不想荣国府内有一个极不成器破烂酒头厨子，名唤多官，人见他懦弱无能，都唤他作"多浑虫"。因他自小父母替他在外娶了一个媳妇，今年方二十来往年纪，生得有几分人才，见者无不羡爱。他生性轻浮，最喜拈花惹草，多浑虫又不理论，只是有酒有肉有钱，便诸事不管了，所以荣宁二府之人都得入手。因这个媳妇美貌异常，轻浮无比，众人都呼他作"多姑娘儿"。②

比较这两处引文，会发现其中有两处明显的出入：

第一个出入是人物的姓名有区别：一处曰多姑娘，一处曰灯姑娘。这是个小瑕疵，产生的原因不详，也不排除"灯"

---

① 人文社本《红楼梦》，第1086页。
② 人文社本《红楼梦》，第288页。

是"多"的音误。

第二个出入是多浑虫的身世不同：第七十七回说多浑虫是赖家收买进来的，并将家里的一个女孩许配给他。而第二十一回中，却明确说多浑虫是自幼父母在外给他娶的媳妇，这个媳妇便是多姑娘。

多浑虫身世的前后矛盾，显然无法用笔误来解释。造成这一前后矛盾的原因大概是成书过程中不同稿本之间缺乏深度整合所致。想来，第二十一回贾琏与多姑娘的故事及晴雯的身世原本可能没有关联性，后来应是作者出于主旨思想、叙事艺术等方面的考虑，而将二者整合在了一起，但整合得不够彻底。

若作一个推测，我个人倾向于认为：第二十一回贾琏与多姑娘的文字可能是很早期的文字。这一处文字侧重于风月，侧重于写贾琏之淫，不排除其是直接来自《风月宝鉴》中的故事桥段，而且贾琏与多姑娘的故事也打乱了前后回原本的时序。第七十七回的相关内容有些像是晚出的文字，作者之所以在晴雯与多浑虫之间确立起亲属关系，从创作意图看，可能是旨在重复利用多姑娘这一淫的角色，洗清宝玉"淫"的流言。利用对比的手法，在宝二爷与琏二爷之间构建了"情"与"淫"两者不同类型的人物形象，进而凸显出了《红楼梦》的一个重要价值取向：重情戒淫。

或许是为了修正脂评本上文字矛盾的需要，程高本对晴雯的身世进行了大幅度改写。程高本放弃了多浑虫和多姑娘这一曹雪芹着意创设的媒介，在第六十四中乱点鸳鸯谱，将多姑娘改嫁给了鲍二。而在第七十七回中，又另外给晴雯创设了一个表哥吴贵。

程高本这样处理，虽可消除文本矛盾，却也割断了第七十七回同第二十一回之间的关联，削弱了"情""淫"的对比效果，艺术性和思想性皆有一定程度的损伤。

晴雯身世的这处矛盾，各脂评本皆没作处理，只有程高本进行了改写。若果真是程伟元、高鹗二人因为察觉出其中的矛盾而作的改写，那我们应当为二人的细致和担当点赞。美中不足的是，二人的改写不是最佳修改方案。

我个人是完全赞同对这两处文字进行整合的。整合应该坚持两条原则：第一，维持第七十七回与第二十一回的关联；第二，消除其中的直接矛盾。在坚持这两个原则的基础上，至于选择什么的具体方案，可以探讨。其中，一个省事的办法便是删除第七十七回前引文中的"把家里一个女孩子配了他，成了房后"二句。

关于晴雯的身世，除了多浑虫这处文字存在矛盾外，还有其他几处可疑的文字。比如第二十六回中一处涉及晴雯的文字：

可气晴雯、绮霰他们这几个，都算在上等里去，仗着老子娘的脸面,众人倒捧着他去。你说可气不可气?①

这是小丫头佳蕙对小红说的话。其中说晴雯等人"仗着老子娘的脸面",颇为费解。应是看到了这处文字存在自相矛盾问题,程乙本将其改为"仗着宝玉疼他们"。这也是程乙本的细致处。

再看第六十三回中的一处文字:

> 林之孝家的又笑道:"这些时我听见二爷嘴里都换了字眼,赶着这几位大姑娘们竟叫起名字来。虽然在这屋里,到底是老太太、太太的人,还该嘴里尊重些才是。若一时半刻偶然叫一声使得,若只管叫起来,怕以后兄弟侄儿照样,便惹人笑话,说这家子的人眼里没有长辈。"宝玉笑道:"妈妈说的是。我原不过是一时半刻的。"袭人晴雯都笑说:"这可别委屈了他。直到如今,他可姐姐没离了口。不过顽的时候叫一声半声名字,若当着人却是和先一样。"林之孝家的笑道:"这才好呢,这才是读书知礼的。越自己谦越尊重,别说是三五代的陈人,现从老太太、太太屋里拨过来的,便是老太太、太太屋里的猫儿狗儿,轻易也伤他不的。这才是受过调教

---

① 人文社本《红楼梦》,第352页。

的公子行事。"①

　　林之孝家的说袭人、晴雯等大丫头是荣国府"三五代的陈人",这就更为费解了。"三五代的陈人",与第十九回说的袭人的身世完全不符,与第七十七回中说的晴雯的身世也完全不符。此处情节中,林之孝家的所言,应是由前文中宝玉直接呼唤"袭人"名字而引起。说明没准在早期文字中,连袭人也是贾府世代家奴。此处的"三五代的陈人",没准也是早期稿本的残留痕迹。张爱玲女士在《红楼梦魇》中对此处文字的问题也有关注,大家可以参照着看。

　　综合以上这几处文字看,晴雯的身世或许在不同稿本阶段,曾有着不同的定位。另外,第二十四回中,也有一处可疑的文字:

> 如今且说宝玉,自那日见了贾芸,曾说明日着他进来说话儿。如此说了之后,他原是富贵公子的口角,那里还把这个放在心上,因而便忘怀了。这日晚上,从北静王府里回来,见过贾母、王夫人等,回至园内,换了衣服,正要洗澡。袭人因被薛宝钗烦了去打结子;秋纹、碧痕两个去催水;檀云又因他母亲的生日接了出去;麝月又现在家中养病;虽还有几个作粗活听唤的丫头,估

---
① 人文社本《红楼梦》,第870页。

> 着叫不着他们，都出去寻伙觅伴的玩去了。不想这一刻的工夫，只剩了宝玉在房内。[1]

这处文字的可疑之处在于：书中对当时不在怡红院的丫头采用逐个列举的方式做介绍，可偏偏遗漏了晴雯，从而导致逻辑上不能周延。

这里为什么会没有晴雯呢？这就很值得思考了。可能的原因有很多：写漏了？抄漏了？怡红院原本没有晴雯？这些都有可能。另外，还有一种可能性，就是此处原本写有晴雯，不排除因与后文晴雯的身世冲突过于明显而被作者或者第三人给直接删除了，从而留下一个逻辑上的硬伤。当然，这只是我个人的推测，真相如何，终究不得而知。

总之，目前文本中关于晴雯的身世，乃至袭人的身世，都留有一些疑点。这些自相矛盾的或者不够完备的文字，显示出晴雯的身世定位在成书过程中或许曾发生过变动，只是作者尚没有来得及系统地整合好这些文字。今天的研究者，应该学习程伟元、高鹗等古人的担当精神，在精研文本的基础上，将曹雪芹未来得及整合好的文字努力整合好，打造出更和谐一致的文本，传于后世，传于世界。

今天的版本校勘者，多用功于版本之间文字差异的校对工作，而对于书中非常明显且严重的情节冲突，多置若罔闻。

---

[1] 人文社本《红楼梦》，第332页。

若说版本之间细小的文字差异是蝼蚁之穴，则情节冲突可谓是决堤。视决堤于不顾而孜孜不倦于蝼蚁之穴，这就是目前版本工作的现状。若古人也如今天我们这样"躺平"，则后果不堪设想。这是一点题外话，下面进入本文要探讨的第二个问题。

二、晴雯的代表花：水芙蓉还是木芙蓉

晴雯代表花是水芙蓉还是木芙蓉，是一个争论已久的老问题，不少学者都发表过文章阐述不同的看法。先看第七十八回中的一段文字：

> 宝玉忙道："你不识字看书，所以不知道。这原是有的，不但花有一个神，一样花有一位神之外还有总花神。但他不知是作总花神去了，还是单管一样花的神？"这丫头听了，一时诌不出来。恰好这是八月时节，园中池上芙蓉正开。这丫头便见景生情，忙答道："我也曾问他是管什么花的神，告诉我们，日后也好供养的。他说：'天机不可泄漏。你既这样虔诚，我只告诉你，你只可告诉宝玉一人。除他之外，若泄了天机，五雷就来轰顶的。'他就告诉我说，他就是专管这芙蓉花的。"[①]

---

① 人文社本《红楼梦》，第1099—1100页。

晴雯的代表花究竟是水芙蓉还是木芙蓉，取决于对前述引文中"恰好这是八月时节，园中池上芙蓉正开"的理解。

本文的看法是晴雯的代表花应是木芙蓉。从八月这一时令看，是非常有利于木芙蓉这一看法的，因为木芙蓉正常的花期就是农历八到十月。作为对照，刘姥姥二进贾府的时候，刚好也是在八月，当时描写大观园的荷花则是一派枯萎的残荷景象，这在第四十回中写得非常清楚，也是符合正常时令的。同样都在大观园中，同样都是八月中下旬，不应该一会是残荷，一会又是"蓉桂竞芳"的状态。

主张水芙蓉说的，主要是基于书中两次出现"池上芙蓉"这一措辞。

最近阅读著名红学家刘上生先生发表在《光明日报》上的一篇分析《芙蓉女儿诔》的文章《诗性虚拟与芙蓉合体》（2023年2月20日），文章认为"池上芙蓉"自然是指水芙蓉，但同时又认为书中其他地方的描写符合木芙蓉的特点，如宝玉可以将诔文挂在芙蓉枝上，又如黛玉可以从芙蓉花中走出来。从而在传统的水芙蓉和木芙蓉争论之外，又提出一种新的主张：晴雯的芙蓉是水芙蓉和木芙蓉的合体，并认为这是作者的诗性虚拟的结果。

认为"池上芙蓉"只能是水芙蓉的，或许是误解。宋代杨公远恰好就有《池上芙蓉》诗：

小池惊雨已无荷，池上芙蓉映碧波。
初试晨妆铜镜净，未醒卯醉玉颜酡。
一秋造化全种此，十月风光尚属他。
除却篱边丛菊伴，别谁能奈晓霜何。

该诗所咏正是木芙蓉。可见，仅从字眼上判断"池上芙蓉"就是水芙蓉，是不可靠的。如果单独看"池上芙蓉"字眼，固然可作两解，既可以是水芙蓉，也可以是木芙蓉。但就书中其他信息综合来看，则书中的"池上芙蓉"应是指木芙蓉，"池上"应作"池边"解。古诗词中，类似的用法非常多见，如"江上柳如烟""池上海棠梨""溪上青青草"等等，不一而足。有不少论文和著作都讲到过这些例子，本文就点到为止，不多展开了。

美玉微瑕：《红楼梦》第二十五回的彩云、彩霞故事[1]

阅读《红楼梦》第二十五回的时候，有处文字常常让人困惑，从个人的审美角度看，觉得作者处理得或许还不够理想。

先看相关引文：

> 可巧王夫人见贾环下了学，便命他来抄个《金刚咒》唪诵唪诵。那贾环正在王夫人炕上坐着，命人点灯，拿腔作势的抄写。一时又叫彩云倒茶来，一时又叫玉钏儿来剪剪蜡花，一时又说金钏儿挡了灯影。众丫鬟们素日厌恶他，都不答理。只有彩霞还和他合的来，倒了一钟茶来递与他。因见王夫人和人说话儿，便悄悄的向贾环说道："你安些分罢，何苦讨这个厌那个厌的。"贾环道："我也知道了，你别哄我。如今你和宝玉好，把我不答理，我也看出来了。"彩霞咬着嘴唇，向贾环头上戳了一指头，说道："没良心的！狗咬吕洞宾，不识好人心。"
>
> 两人正说着，只见凤姐来了，拜见过王夫人。……

---

[1] 本文首发于2023年8月8日"古代小说网"微信公众号。

美玉微瑕：《红楼梦》第二十五回的彩云、彩霞故事

说了不多几句话，宝玉也来了，进门见了王夫人……王夫人便用手满身满脸摩挲抚弄他，宝玉也扳着王夫人的脖子说长道短的。王夫人道："我的儿，你又吃多了酒，脸上滚热。你还只是揉搓，一会闹上酒来。还不在那里静静的倒一会子呢。"说着，便叫人拿个枕头来。宝玉听说便下来，在王夫人身后倒下，又叫彩霞来替他拍着。宝玉便和彩霞说笑，只见彩霞淡淡的，不大答理，两眼睛只向贾环处看。宝玉便拉他的手笑道："好姐姐，你也理我理儿呢。"一面说，一面拉他的手，彩霞夺手不肯，便说："再闹，我就嚷了。"[1]

该引文略有些长，不过对于本文要探讨的问题来说，是必要的。引文中的第一段，有几处文字，版本之间存在实质性异文。

第一处实质性异文是"可巧王夫人见贾环下了学"这句。这句话在各脂评本上，也有细微的表述差异，但大都无关紧要。而程高本却对此处文字做了实质性的改造，将其改为"王夫人正过薛姨妈院里坐着，见贾环下了学"。

程高本对此处文字的修改，其目的当是为贾环的放肆提供一个王夫人不在场的合理化的环境，乍一看，似乎有一定的合理性。张俊、沈治钧二位先生在《新批校注红楼梦》一

---

[1] 人文社本《红楼梦》，第337—338页。

书中，便认为程高本此处改得很合情合理。这一看法本文并不取。程高本的修改有两大硬伤：其一，薛姨妈和宝钗此时都去王子腾家中祝寿去了，那王夫人去薛姨妈院坐着又是为什么呢？这没有合适的理由，因而是非常不自然的文字。其二，王夫人既然在薛姨妈院坐着，又如何能"见贾环下了学"？贾环去薛姨妈家中干什么？这更是莫名其妙。可见，这是顾此失彼的修改，欲合理化却反致更大的不合理。

第二处实质性异文存在于"一时又叫彩云倒茶来，一时又叫玉钏儿来剪剪蜡花，一时又说金钏儿挡了灯影。众丫鬟们素日厌恶他，都不答理。只有彩霞还和他合的来，倒了一钟茶来递与他"以及"彩霞咬着嘴唇，向贾环头上戳了一指头"这几句中。这处文字，各版本上存在三种不同形态，主要关涉彩云、彩霞的不同组合方式。

第一种形态正如引文中所呈现的文字面貌。甲戌、庚辰、蒙府、俄藏、程高等版本皆大体如此。从版本源流关系看，此处文字大概就是现存各版本的早期文字样态。至于其是不是曹雪芹笔下的原貌，则不敢轻易作结论。

若与后面第三十回、第六十回中牵涉到的贾环与彩云故事内容结合起来看，则会发现此处文字确实欠妥当：贾环本来是叫"彩云"倒茶，结果却是"彩霞"给贾环倒了钟茶；而后面又说"众丫头们素日厌恶他，都不答理，只有彩霞还和他合的来，倒了一钟茶递与他"，依据语言逻辑，可知"彩云"便也属于"素日厌恶"贾环的丫头之一了。但这样一来，便会与第三十回中"贾环与彩云幽会东小院"以及第六十回中描述的二人情感状态很不协调了。要知道，第三十回与此回仅仅间隔个把月的时间而已，而且书中也没有任何关于贾环与彩云在情感上发生根本性转折的交代，那彩云是如何从"厌恶"贾环快速发展为幽期密约的呢？可见此处文字过于跳脱了。

第二种形态是将前引文中的"一时又叫彩云倒茶来"中的"彩云"改作"彩霞"。甲辰本、舒序本和戚序有正本皆是如此。从版本源流关系看，这很可能是改笔。

为什么要将"彩云"改成"彩霞"呢？或许有两个可能的原因：第一，依据下文彩霞给贾环倒茶这一结果，便以为前一句"叫彩云倒茶"的"彩云"是"彩霞"的笔误。第二，意识到了此处说彩云厌恶贾环与后文内容不协调，故此作了改写，将"彩云"替换成"彩霞"。到底哪个才是真正的原因，不得而知。

如此处理有一个好处：因为此处故事情节不再涉及彩云，故而也就不存在与后文相冲突的问题了，从而便消除了彩云故事之间的不和谐。

第三种形态是杨藏本的文字，其保持前面引文中的"一时又叫彩云倒茶来"不变，却将"只有彩霞还和他合的来"以及"彩霞咬着嘴唇，向贾环头上戳了一指头"这两句中"彩霞"都替换成"彩云"。这是一种改良性的方案。周汝昌先生的校本此处即部分采用了杨藏本文字，把"只有彩霞还和他合的来"这句中的"彩霞"换成"彩云"。[①]

按照杨藏本的文字，前引文第一段中的两处"彩霞"皆被替换为"彩云"，不仅可消除彩云故事前后回之间的矛盾，且可为后文贾环与彩云之间的爱情故事做伏笔。同时，因为引文第二段中的四处"彩霞"字眼皆被保留，故而，又似乎可为第七十二回中彩霞与贾环故事作一伏笔。一处情节，可同时关合后文贾环与彩云、贾环与彩霞的故事，这是杨藏本此处改文出彩之处。

通过对比可以发现：第一种版本形态的文字存在着明显的硬伤；第二种版本形态的文字，要稍微好些，至少是消除了硬伤；第三种版本形态的文字不仅消除了硬伤，还勉强可同时关合着后文贾环与彩云、贾环与彩霞的故事，在艺术性上又上了一个台阶。

如果从版本校勘角度看，此处取杨藏本文字似乎就过得去了。抛开版本校勘不说，单从文艺批评角度看，尽管前人已经作了很大的修补努力，但依然很不够，还有进一步优化提升的空间。下面本文就试验性地优化一下，大家可比较一下效果如何。

---

① 周汝昌：《石头记：周汝昌校订批点本》，第404页。

美玉微瑕：《红楼梦》第二十五回的彩云、彩霞故事

可巧王夫人见贾环下了学，便命他来抄个《金刚咒》唪诵唪诵。那贾环正在王夫人炕上坐着，命人点灯，拿腔作势的抄写。一时又叫彩霞倒茶来，一时又叫玉钏儿来剪剪蜡花，一时又说金钏儿挡了灯影。众丫鬟们素日厌恶他，都不答理，只有彩霞还和他合的来，倒了一钟茶来递与他。因见王夫人和人说话儿，便悄悄的向贾环说道："你安些分罢，何苦讨这个厌那个厌的。"贾环道："我也知道了，你别哄我。如今你和宝玉好，把我不答理，我也看出来了。"彩霞咬着嘴唇，向贾环头上戳了一指头，说道："没良心的！狗咬吕洞宾，不识好人心。"

两人正说着，只见凤姐来了，拜见过王夫人。……说了不多几句话，宝玉也来了，进门见了王夫人……王夫人便用手满身满脸摩挲抚弄他，宝玉也扳着王夫人的脖子说长道短的。王夫人道："我的儿，你又吃多了酒，脸上滚热。你还只是揉搓，一会闹上酒来。还不在那里静静的倒一会子呢。"说着，便叫人拿个枕头来。宝玉听说便下来，在王夫人身后倒下。正巧彩云去园中送东西回来，又叫彩云来替他拍着。宝玉便和彩云说笑，只见彩云淡淡的，不大答理，两眼睛只向贾环处看。宝玉便拉他的手笑道："好姐姐，你也理我理儿呢。"一面说，一面拉他的手，彩云夺手不肯，便说："再闹，我就嚷了。"

在上面的试验性修改中，实际上是作了两处文字处理：

第一处，针对甲戌、庚辰等版本上的"一时又叫彩云倒茶来"这句有问题的文字，改采甲辰、舒序、戚序有正本的文字，即将"彩云"换成"彩霞"。

第二处，在第二段中增补一句"正巧彩云去园中送东西回来"，并把第二段中的四处"彩霞"全部替换为"彩云"。

下面说说如此修改的理由：

根据第三十回、第六十回以及第七十二回的内容可知，虽然彩云、彩霞与贾环都有些瓜葛，但程度是不同的：彩云与贾环已经相当于是恋爱甚至热恋关系了，而彩霞大概只是不像金钏、玉钏等人那么讨厌贾环而已。如果拿捏住了这个情感尺度，再来看上文的改笔，就非常好理解了。

先看看彩霞与贾环的关系。"众丫鬟们素日厌恶他，都不答理，只有彩霞还和他合的来，倒了一钟茶来递与他。"其中，"只有彩霞还和他合的来"准确地界定了二人的情感分寸，就是说彩霞只是不怎么讨厌贾环。不讨厌与喜欢之间，那还差着十万八千里。

再看彩云与贾环的关系。根据第三十回的内容可知，一个多月后，贾环与彩云已经在幽期密约了。按照正常推理来说，二人此时大概已经开始了恋爱。正常来说，彩云与贾环的情感关系，要比彩霞与贾环的情感关系深得多。而上述的改笔文字，刚好能切合这一情感特征：宝玉要跟彩云亲近时，她却"淡淡的，不大答理，两眼睛只向贾环处看"，因为她心中已经有贾环了；宝玉要拉彩云的手，她"夺手不肯"，并威胁要"嚷了"，同样还是因为她心中已经有贾环了；再往后，贾环为何要烫伤宝玉的脸，也是因为贾环认为宝玉在亲近自己的女友，所以妒火中烧。

经过这一调整后，可消除文本自身的矛盾和混乱，使得全书中相关的故事内容更和谐一致，且与杨藏本文字相比，又可同时更好地为后文中贾环与彩云、贾环与彩霞的故事情节分别提供伏笔：彩霞给贾环倒水的故事，可恰如其分地关合着后面第七十二回"来旺妇倚势霸成亲"文字；彩云眼望着贾环而拒绝宝玉亲近的情节，也可合情合理地关合着后面第三十回、第六十回等处文字。

在第二十五回中，除了彩云、彩霞故事存在瑕疵之外，还有一处文字也值得商榷。先看一段文字：

> 马道婆看看白花花的一堆银子，又有欠契，并不顾青红皂白，满口里应着，伸手先去抓了银子掖起来，然后收了欠契。又向裤腰里掏了半晌，掏出十个纸铰的青面白发的鬼来，并两个纸人，递与赵姨娘，又悄悄的教他道："把他两个的年庚八字写在这两个纸人身上，一并五个鬼都掖在他们各人的床上就完了。我只在家里作

法，自有效验。……"①

引文内容是本回"魇魔法"得以实施的条件，因而也关乎着本回故事的根基。可是赵姨娘如何能将写着王熙凤和贾宝玉年庚八字的"纸人"和"五鬼"掖在王熙凤和贾宝玉的床上，书中却并没有交代清楚。

书中确曾说到赵姨娘和周姨娘一起去怡红院短暂看望过宝玉，问题是当时王熙凤、李纨、宝钗、黛玉等人都在怡红院中，如此多的人聚在一起，且时间又极短暂，赵姨娘是如何能将"纸人"和"五鬼"人不知鬼不觉地放在宝玉床中的呢？即便放置成功了，又如何确保事后不被发现呢？

至于赵姨娘怎么将"纸人"和"五鬼"放在王熙凤的床上的，书中则只字未提。

对这处文字的理解，有两种可能性：

第一种，赵姨娘在王熙凤和贾宝玉身边皆安插有奸细，故而能偷偷放置"纸人"和"五鬼"在他们的床上，并能及时销毁，否则这个"魇魔法"的实施条件是很难实现的。果真如此的话，那意味着八十回后还有涉及奸细的内容。

第二种，曹雪芹这个地方写得粗心了。

至于究竟哪个才是确切的解释，尚难以回答。

---

① 人文社本《红楼梦》，第343页。

知·趣丛书

名士派：世说新语的世界　　徐大军　著
从"山贼"到"水寇"：水浒传的前世今生　　侯　会　著
梦断灵山：妙语读西游　　苗怀明　著
探骊：从写情回目解味红楼梦　　刘上生　著
所思不远：清代诗词家生平品述　　李让眉　著
梨园识小录　　陈义敏　著
志怪于常：山海经博物漫笔　　刘朝飞　著
儒林外史人物论　　陈美林　著
沈周六记　　汤志波　秦晓磊　主编
史记八讲　　史杰鹏　著
敦煌的民俗与文化　　谭蝉雪　著　李芬林　编
拾画记　　任淡如　著
神魔国探奇　　刘逸生　著
明人范：生活的艺术　　袁灿兴　著
寻幽殊未歇：从古典诗文到现代学人　　杨　焄　著
水浒琐语　　常　明　著
玉石分明：红楼梦文本辨　　石问之　著
鲁迅的书店　　薛林荣　著
海物惟错：东海岛民的舌间记忆　　周　苗　著
猫奴图传：中国古代喵呜文化　　刘朝飞　著
见微知著：红楼梦文本探　　石问之　著